데미안
Demian

데미안

초판 1쇄 발행 2007년 1월 1일
개정판 1쇄 발행 2021년 10월 15일

지은이 헤르만 헤세
옮긴이 정소진
감수 임영태
편집 정예림
디자인 박민정
펴낸이 박찬영
마케팅 조병훈, 박민규, 최진주
발행처 리베르
주소 서울특별시 성동구 왕십리로 58 서울숲포휴 11층
등록번호 제2013-000017호
전화 02-790-0587, 0588
팩스 02-790-0589
e-mail skyblue7410@hanmail.net
ISBN 978-89-6582-322-3, 978-89-6582-315-5(세트)

데미안

Demian

헤르만 헤세 지음 · 정소진 옮김

리베르

차
례

작가와 작품세계

헤르만 헤세(Hermann Hesse)

헤세는 1877년 독일 뷔르뎀베르크 칼프 지방에서 태어났다. 부친 요하네스
는 신교의 목사였고, 모친의 가문 역시 유서 깊은 신학자 집안이었다. 외조
부 헤르만 군데르트는 인도에서 수년간 선교활동을 한 우수한 신학자였고,
어머니 마리는 인도에서 영국인 선교사와 결혼했으나 그와 사별한 후 부친
요하네스를 만나 재혼하였다. 헤세는 그러한 가정환경 속에서 동양정신과
서양사상의 양면적 영향을 받으면서 자랐다.

그는 1890년 라틴어 학교에 입학하고, 이듬해에 꽤 까다로운 시험을 통
과하여 마울브론의 신학교에 들어간다. 하지만 신학교의 속박된 기숙사 생
활에 적응하지 못하고 자퇴하여 자살까지 시도한다.

시인이 되고 싶었던 그는 고등학교도 자퇴하고 이후 칼프의 시계공장에
서 3년간 시계 톱니바퀴를 닦으면서 문학수업을 한다. 1895년 튀빙겐의 서
점에서 다시 견습사원으로 일하면서 낭만주의 문학에 심취, 첫 시집 〈낭만
적인 노래〉(1899)와 산문집 〈자정 이후의 한 시간〉(1899)을 출판한다.

그에게 확고한 문학적 지위를 가져다준 것은 1904에 출간된 최초의 장편
소설 〈페터카멘친트〉였다. 같은 해 그는 아홉 살 연상의 피아니스트 마리아
베르누이와 결혼하였고, 스위스의 보덴 호반(湖畔)의 마을 가이엔호펜에 정
착하여 1923년 스위스 국적을 취득한다. 그리고 그곳에서 자유작가로서 문
학에 전념하였다. 그가 집필한 주요 작품으로는 〈수레바퀴 밑에서〉, 〈게르
트루트〉, 〈크눌프〉, 〈싯다르타〉, 〈황야의 늑대〉, 〈나르치스와 골트문트〉 그
리고 1946년 노벨상을 수상한 〈유리알 유희〉 등이 있다.

〈데미안〉은 헤세의 자전적인 소설이다. 싱클레어라는 청년의 수기(手記)

형식으로 된 이 책은 선과 악이 공존하는 세상을 혼란스러워하는 싱클레어가 신비스런 친구 데미안의 인도를 받아 두 세상의 조화와 통일을 일궈가며 참된 내면을 발견해 가는 과정을 내용으로 하고 있다. 이는 헤세가 자신의 삶의 목표를 자기내면으로부터 찾고자 하는 중년기의 의식 변화가 크게 반영된 것으로 보인다. 이 책은 1차 세계대전의 패전으로 혼란 상태에 빠져 있던 당시 독일 청년들에게 큰 감명을 주었다.

헤세는 독일을 대표하는 작가로 동양과 서양, 자연과 정신, 예술가와 사상가, 은둔자와 세속인 등의 수많은 대립 사이에 방황하는 삶을 살았다. 그는 무엇보다 인간 내부에 공존하는 양면성을 발견하고 그들을 함께 조화시키고 통일하려 했다. 그의 문학은 자연에 대한 사랑과 지극히 서정적이고 전원적인 시풍으로 출발하여, 차츰 인간의 본질을 추구하며 '내면으로의 길'을 향하는 구도자적(求道者的)인 성격을 띠게 된다.

그에게 삶은 제한된 시간 속에서 자신을 찾아가는 노정이며, 자신의 진정한 모습을 완성해 가는 과정이다. 헤세는 자기 안으로 깊이 침잠하여 지혜의 핵심을 발견한 사람이었고, 끊임없이 자기 영혼과의 대화를 시도한 사람이었다.

작가 연보

1877년	7월 2일 독일 뷔르뎀베르크 시바벤 지방 칼프에서 출생.
1890년	괴핑겐의 라틴어 학교 입학.
1891년	마울브론 신학교 입학. 7개월 만에 작가를 꿈꾸고 신학교 자퇴.
1894년	칼브의 페트로 시계공장에서 견습공 생활. 이듬해 튀빙겐의 헤켄하우어 서점에 취직.
1904년	〈페터카멘친트〉 출간, 8월에 9세 연상의 마리아 베르누이와 결혼.
1905년	〈수레바퀴 밑에서〉 출간.
1911년	시집 〈길에서〉 출간. 화가 한스 쉬틀제너거와 함께 인도 여행.
1915년	〈크눌프〉 출간. 단편집 〈청춘은 아름다워라〉 간행.
1916년	부친 사망. 부인 마리아의 정신병이 악화되어 헤세도 정신쇠약에 시달림. C. G, 융의 제자인 랑 박사로부터 정신요법 치료.
1919년	에밀 싱크레어라는 필명으로 〈데미안〉 출간. 9판부터 자신을 저자로 공개.
1922년	장편소설 〈싯다르타〉 출간. 이듬해 별거 중이던 부인과 이혼.
1927년	〈황야의 이리〉 출간. 산문집 〈뉘른베르그의 기행〉 출간.
1931년	프랑스로 귀화한 역사학자 니논 돌빈과 결혼. 시집 〈내면의 길〉 출간
1939년	2차 세계대전 발발. 나치의 탄압으로 작품들이 몰수되고 출판 금지됨.
1943년	〈유리알 유희〉 출간.
1946년	〈유리알 유희〉로 프랑크푸르트의 괴테상과 노벨 문학상 수상.
1957년	80회 생일 기념으로 이미 간행된 전집 6권을 〈헤세 전집 7권〉으로 증보하여 발간.정식을
1962년	8월 9일 뇌출혈로 몬타뇰라에서 사망.

구성과 줄거리

발단
크로머에게 괴롭힘을 당하는 싱클레어에게 데이안이 나타남

에밀 싱클레어는 독실한 기독교 집안의 안정되고 평온한 환경에서 자라난다. 부모의 사랑과 보호를 받는 '밝은 세상'에 속한 아이였던 것이다. 그세계를 지배하는 것은 사랑과 평화와 질서이다. 하지만 그는 곧 세상이 그의 가정처럼 밝고 찬란한 선(善)으로만 이루어져 있지 않다는 것을 알게 된다. 밝음의 세계 옆으로 하녀와 견습공의 '어둠의 세계'가 있음을 보았기 때문이다. 그 어둠의 세계는 미움과 싸움과 무질서로 얼룩져 있다. 그가 세상에는 이처럼 극명하게 대립되는 두 개의 세계가 공존한다는 것을 처음으로 알아차린 것은 10세 무렵이었다. 그러한 계기를 마련해준 아이는 프란츠 크로머이다. 또래 집단에 끼기 위해 그 우두머리 격인 크로머에게 도둑질을 했다고 거짓말을 꾸민 것을 빌미로 싱클레어는 계속 크로머에게 협박을 당하고 돈을 갈취 당한다. 결국 이 일로 싱클레어는 불안과 모욕으로 일종의 정신착란 증세까지 보인다. 이런 위기 속에서 그의 앞에 데미안이 나타난다.

전개
데미안의 카인에 대한 독특한 해석에 싱클레어는 충격을 받음

데미안은 크로머의 협박으로부터 싱클레어를 구해준다. 그러나 크로머로부터 자유로워진 후에도 싱클레어는 그들과 어울려 엿보게 된 어둡고 은밀한 악의 세계에 대해 은근히 매력을 느낀다. 한편 그는 또 다른 혼란에 빠지는데, 그것은 자신을 구해준 데미안이 성경에 나오는 카인(아담과 이브의 아들로 동생 아벨을 죽임)을 독특하게 해석하기 때문이다. 카인은 아벨을 죽인 패륜아로 취급되지만, 실상 그가 지성과 용기를 지니고 있을 뿐 아니라 권력, 즉 하느님의 특별한 '표지'를 지니고 있다는 것이다. 그래서 사람들은 카인을 두려워했고, 그 때문에 그를 살인자로 몰았다는 것이다. 따라서 성경을 액면 그대로 받아들여서는 안 된다는 것이었다. 데미안의 해석은 선악의 이분법에 익숙한 싱클레어의 종교적·정신적 뿌리를 뒤흔든다.

위기
싱클레어는 베아트리체를 만나면서 사춘기의 혼란에서 벗어나기 시작함

이런 혼란과 더불어 가정과 사회의 금욕주의적인 가치관과 금지된 것에 대한 동경 사이에서 싱클레어는 갈등한다. 결국 유년기를 지나 사춘기가 되자 그의 격정은 가장 먼저 성(性)에 대한 의식에서 드러난다. 그는 성적 충동을 억제하지 못하면서도 적절히 해소할 길을 찾지 못해 방황한다. 그러나 이내 어두운 세계에 대한 호기심을 적극적으로 드러내기 시작한다. 그는 처음으로 부모를 떠나 김나지움(독일의 고등학교)의 기숙사에서 생활하는데, 베크라는 동급생을 만나 술과 쾌락을 배우면서 학교, 선생, 부모로부터 벗어나 일시적으로 환락을 맛보고 일탈의 자유를 만끽한다. 싱클레어는 한동안 술집에만 드나들고 세상에 반항하며 스스로를 가망 없는 존재로 전락시키고 만다. 그러던 중 베아트리체를 만나고, 어두운 충동의 세계로부터 벗어나 안정을 찾아간다. 싱클레어는 그녀의 초상화를 그리게 되는데, 초상화의 모습이 점차 데미안을 닮아간다. 그의 마음에 데미안에 대한 그리움이 차오른다.

절정
아프락사스를 찾던 싱클레어는 데미안의 어머니 에바부인을 흠모함

싱클레어는 지구 위로 날아오르려 하는 새의 그림을 그려 데미안에게 보낸다. 그리고 데미안의 답장처럼 보이는 쪽지를 받게 된다. 쪽지에는 이전의 세계를 파괴하고 더 나은 세계를 향해 날아오르는 새에 대한 이야기와 아프락사스라는 신의 이름이 적혀 있다. 아프락사스를 찾아 헤매던 싱클레어는 교회의 오르간 연주자 피스토리우스를 통해 빛과 어두움, 선과 악, 남성성과 여성성을 동시에 지닌 아프락사스에 대해 듣게 된다. 한편 데미안의 분신과도 같은 피스토리우스는 싱클레어의 꿈을 풀이해주고 용기와 자존심을 심어주며 그에게 임시 피난처와 같은 역할을 해준다. 어느 날 싱클레어는 길에서 데미안을 다시 만나게 되고, 그의 어머니 에바 부인을 처음으로 보게 된다. 에바 부인은 그에게 탄생의 괴로움과 인간의 운명에 대해 들려주고, 싱클레어는 이런 그녀에게 사랑을 느낀다. 그는 흠모하는 에바 부인과의 사랑에 좀 더 적극적이지 못한 자신을 책망하지만, 그 사랑은 불가능함을 잘 알고 있다. 그리고 에바 부인은 '바다' 이고 자신은 그 속으로 흘러드는 '강' 이라고 생각한다.

결말
싱클레어는 친구이자 스승인 데미안과 닮아 있는 자신의 모습을 발견함

그 즈음 1차 세계대전이 발발한다. 싱클레어와 데미안도 전쟁에 참전하게 된다. 전쟁 중 싱클레어는 부상을 당해 야전병원으로 옮겨지는데, 옆 자리에 데미안이 나란히 누워 있다. 데미안은 싱클레어에게 언젠가 자신의 도움이 필요하다고 느끼게 된다면 너 자신의 내면의 소리에 귀 기울이라고 말한다. 다음 날 아침 눈을 떴을 때 데미안은 이미 옆 자리에 없었다. 싱클레어는 자신의 내면을 들여다보다가 친구이자 인생의 스승이었던 데미안과 완전히 닮아 있는 자신의 모습을 발견한다.

주요 등장인물

싱클레어

소설의 주인공. 진정한 자아를 찾기까지 인간의 영혼에 대해 회의를 품고 방황하는 소년이다. 부모의 따뜻한 사랑을 받고 밝은 세상만을 접하며 살아오다 어두운 세계를 접하면서 혼란과 자기 형성의 첫 걸음을 디딘다. 라틴어 학교 재학 시절에 불량소년 프란츠 크로머의 유혹에 빠져 정신적인 곤경에 처하기도 하고, 고등학교 시절 베크라는 학생을 통해 술과 쾌락의 세계를 배우며 탈선의 길에 접어들지만 신비스런 친구 막스 데미안의 도움으로 그것에서 벗어난다. 데미안과 그의 어머니 에바 부인, 음악가 피스토리우스의 영향으로 차차 안정적인 구도의 길을 걷게 된다.

막스 데미안

에바 부인의 아들로 독심술과 자기 자신을 지배하는 도술을 익힌 신비스런 인물이다. 싱클레어가 크로머의 협박 때문에 곤경에 처하자 그를 구해줌으로써 데미안이 그의 인도자 혹은 구세주임을 암시한다. 자신의 내부에 존재하는 순수 명령을 따라야 한다는 철학을 가진 이상적 인간상이다. 그는 싱클레어에게 '카인론'과 '도둑론'을 전개하고, 그가 기존의 밝은 세계에서 얻은 고정관념에서 벗어나도록 돕기도 한다.

에바 부인

데미안의 어머니. 큰 키에 남자다운 인상을 주지만, 여성적인 매력과 원초적인 모성의 힘을 갖춘 신비의 여인이다. 이는 그녀가 이원적인 것 혹은 대립하는 것을 한 몸에 지니고 있음을 상징한다. 그런 의미에서 아프락사스와 같은 존재이며, 싱클레어가 고대하던 복합적인 존재이다. 싱클레어에게는 '어머니'인 동시에 '연모의 대상'으로 여겨진다.

프란츠 크로머

하층 계급인 양복점 주인 아들로 태어난 불량소년. 성격이 거칠고 어둠의 자식 같은 소년이다. 어린 싱클레어가 무심코 한 거짓말을 빌미 삼아 그를 협박하며 악의 길로 끌어들인다. 그러나 그의 위협은 데미안의 등장으로 방해를 받는다.

피스토리우스

교회 오르간 연주자로, 목사 집안에 태어난 청년이다. 원래는 신학도였으나 신학을 버리고 작곡에 몰두하게 된다. 그는 정상적인 길에서 이탈한 싱클레어에게 '자기 자신을 지향하는 길'을 가르쳐준다. 신적인 것과 악마적인 것을 결합한 아프락사스 신(神)에 대해 이야기해주고, 데미안의 분신처럼 싱클레어를 돕는다.

알폰스 베크

싱클레어가 고등학교 때 만난 동급생. 다채로운 여자 경험을 자랑하는 불량 학생의 전형이다. 그의 유혹으로 싱클레어는 술과 쾌락의 세계를 배우고, 어둠의 세계로 발을 깊숙이 들여놓는다.

크라우어

싱클레어의 동급생. 성적 욕망과 금욕에 고민하다가 자살 미수까지 저지르는 인물이다.

베아트리체

술집에만 드나들며 세상에 반항하던 싱클레어가 베아트리체를 본 후 어두운 세계로부터 벗어나기 시작한다. 싱클레어가 그린 그녀의 초상화는 데미안을 닮은 것으로 드러난다.

생각해볼 문제

1. 데미안의 결정적인 가르침은 '새는 알을 깨고 나온다. 알은 새의 세계이다. 태어나려는 자는 하나의 세계를 파괴하지 않으면 안 된다. 새는 신을 향해 날아간다. 그 신의 이름은 아프락사스이다'라는 의미심장한 말 속에 담겨져 있다. 이 말이 의미하는 바는 무엇일까?

새가 알을 깨고 나오듯이 태어나려는 자는 하나의 세계를 파괴해야만 세상으로 나올 수 있다는 것이다.

선과 악, 밝음과 어둠을 동시에 품은 신 아프락사스는 인간의 진정한 모습을 상징한다. 인간은 그 두 가지 속성을 동시에 가지고 있으며, 그것을 동시에 포용할 때에만 거짓과 어리석음에서 벗어날 수 있게 된다.

아프락사스를 향해 날아간다 함은 인간이 두 세계를 동시에 체험함을 의미한다. 악을 경험하지 못한 자의 선은 어리석은 순진함일 뿐이다. 선악과에 대한 헤세의 관점은 인간이 선악과를 따먹음으로써 악을 알게 되었을 때 비로소 신의 보호를 받는 어린아이가 아니라, 진정한 인간, 자립한 성인이 되었고 또한 자기 내면의 분열과 대립에서 해방되었다는 것이다. 좀 더 현실적으로 적용시켜 보면, 아프락사스는 인간의 자연적이고 무의식적인 욕망에 대해 관대하다.

우리는 간혹 지나치게 엄격한 가치 판단으로 인해 실제로 죄가 아닐 수 있는 문제들을 껴안고 스스로를 어둠 속으로 몰아넣기도 한다. 더욱이 무의식에 의해 일어나는 욕망과 여러 사념들까지도 죄책감의 발로가 되기도 한다. 헤세 역시 그런 과정을 겪었을 것이고, 칼융에 의해 듣게 된 아프락사스에 대한 이야기는 그에게 일종의 구원과 같았을지도 모른다.

2. 헤세가 진정으로 추구한 인간상은 어떤 모습이었을까?

헤세는 삶에 있어서의 깨달음이란 곧 자기 발견을 의미한다고 보았다. 자기 내면에 존재하는 진정한 자신을 발견하는 것이 곧 자기완성이며, 독자적인 인간으로서의 자립이라는 말이다.

소설의 마지막 부분을 보면, 싱클레어는 이제 더 이상 데미안의 도움을 필요로 하지 않게 된다. 자기 내면을 바라볼 수 있게 된 그는 이제 무슨 상황에 부딪치더라도 스스로 해결 방법을 찾아낼 수 있다는 자신감을 갖게 되었기 때문이다. 선과 악, 밝음과 어둠이라는 양극을 조화롭게 통일시킬 수 있는 인간, 자기 삶의 문제에 대한 해답을 스스로 찾아낼 수 있는 인간이 바로 헤세가 추구하는 진정한 인간의 모습이라고 할 수 있다.

헤세가 일생 동안 집필한 작품들을 통해 그리려고 한 것도 바로 이런 통일성을 지닌 자아상과 그 자아상을 찾아가는 과정이었다. 새끼 새가 피나는 투쟁으로 알을 깨고 부화하려는 것처럼, 불완전한 존재가 부단한 노력을 통해 조화와 통일을 이루어 가는 모색과 방황의 과정 말이다.

3. '데미안'이 그리는 내용은 한 젊은이가 지극히 개인적인 내면의 세계를 발견해가는 과정으로써 사회적 문제점은 거론되지 않고 있다. 그렇다면 이 작품에는 당시의 사회상이 전혀 반영되어 있지 않은 것인가?

한 젊은이의 치열한 내면 탐구를 담고 있는 '데미안'에도 유럽 사회에 대한 매서운 비판이 있음을 엿볼 수 있다. 그 당시 유럽은 정신을 고양시키는 위한 자기 성찰이나 반성 없이 물질주의에 물들고 제국주의에 집착하여 전례 없이 야만적인 전쟁의 불길을 스스로 일으키고 있었다. 이 작품은 외형상 사회 현실을 거의 다루고 있지 않지만 실은 유럽 사회의 정신적인 위기와 비이성적인 행태를 통렬하게 추궁하고 있다. 헤세는 전체에 묻혀 개인이 사라지고 영혼이 실종된 시대에 자기를 찾아 나선 한 젊은이의 초상을 그려 보임으로써, 당대 유럽 사회의 황폐화를 드러내고 그 대안을 은근히 제시하고 있는 것이다.

또한 당시 독일은 1차 대전의 패망과 빌헬름 2세를 축출하려는 움직임으로 많은 혼란이 발생되던 때였다. 소설 속에서 정체성을 상실한 싱클레어는 마치 국가적인 정체성의 위기로 절망하던 당시 독일을 대변하는 것처럼 보인다. 때문에 싱클레어에게 길을 제시하는 데미안은 새로운 지도자의 모습으로 당시 독일 젊은이들에게 나타나게 되었던 것이다.

이 책이 출간된 1919년은 독일이 1차 대전에서 패망한 직후이다. 독일 국민의 한 사람으로서 헤세는 당시의 암울한 시대적 분위기를 주인공에게 투영시키지 않을 수 없었을 것이다.

데미안

두 세계

내가 열 살 때의 일이다. 나는 고향의 라틴어 학교에 다니던 시절의 체험부터 이야기를 하려 한다.

막상 얘기를 꺼내려고 하니 가슴 깊은 곳에서부터 아픔이 밀려온다. 그러면서도 동시에 기분 좋은 전율이 일어 마음을 뒤흔든다.

그때의 기억이란 마치 오랜만에 맡아보는 익숙한 향기와도 같다. 사방으로 뻗은, 끝이 어디인지 모를 어둡고 습한 골목들과 불 켜진 환한 집. 멀지 않은 곳에 음산하게 서 있는 탑에서 울리는 시계 소리와 각기 다른 표정의 사람들. 편안하고 따뜻해 안락함을 느끼게 했던 방과, 반대로 무시무시한 유령의 공포와 비밀이 가득한 방들. 따뜻하지만 비좁았던 방의 퀴퀴한 냄새, 집토끼 냄새와 시중을 들던 하녀들의 체취. 그리고 어딘가에 있을 가정용 상비약의 냄새와 꽤 오랫동안 말라 있었던 듯한 과일의 향기까지 느껴진다.

그곳은 두 세계가 뒤섞여 있었다. 그 두 세계는 양극이며, 밤과 낮은 그 두 극(極)으로부터 나왔다

그 하나의 세계는 우리 집이었다. 아니, 엄밀하게는 아버지의 집이었다. 너무나 협소하여 부모님만 겨우 머물 수 있는 공간이었던 그곳을 난 대부분 기억하고 있다. 그 세계의 이름은 어머니와 아버지였다.

그 세계에는 사랑과 엄격함, 모범과 교훈을 주시던 두 분이 있었다. 그 세계에 속하는 것은 대부분 온화하고 따사로운 광채였고, 맑고 깨끗함을 느끼게 했다. 집에서는 언제나 부드럽고 다정한 이야기들이 오갔다. 외출 후 돌아오면 반드시 손을 깨끗하게 닦아야 하거나, 옷은 언제나 청결하게 하라는 등의 좋은 습관이 깃든 곳이기도 했다. 아침에는 늘 찬송가를 불렀고, 성탄절에는 파티도 했다.

그 세계는 곧은 미래로 이어지는 선과 길이 있었다. 의무와 책임, 양심의 가책과 고해, 용서와 선의, 사랑과 존경, 성경 말씀과 현명한 지혜를 얻을 수 있는 곳. 미래의 인생을 맑고 깨끗하고 아름답게 지내려면 그 세계에 머물러야만 했다.

그렇게 평화로운 세계의 한 구석에서 또 하나의 세계가 시작되는 것을 난 모른 체해야만 했다. 그곳은 내가 속해야 할 세계와는 완전히 다른 세상이었다. 무언가 익숙하지 않은 냄새가 나는 그곳은 언어도 달랐으며, 약속과 요구하는 것이 엉뚱한 세상이었다.

그 두 번째 세계에는 하녀들이 있었고, 직공들이 존재했으며, 유령 이야기와 추문이 끊이지 않았다. 무엇에 쓰는 것인지 모를 무시무시한 물건들이 가득했으며 원인을 알 수 없는 수수께끼 같은 일들이 일어났다. 도살장 앞에서는 술에 취한 사람들이 소란을 피웠고, 감옥 근처에는 늘 욕을 하고 악을 쓰는 여자들이 있었다. 새끼를 낳는 암소도 있었고, 쓰러진 채 움직이지 않는 말들도 있었다. 그런 흉흉한 거리에는 늘 강도와 살인, 자살과 같은 끔찍한 일들이 일어났다.

언뜻 유혹적이면서도 무시무시하고, 이루 말할 수 없을 정도로 야만적이며 잔인한 일들은 사방에서 일어났다. 좁고 미로 같은 골목에서도, 담 너머 옆집에서도 일어났다. 그리고 어김없이 그런 곳에는 항상 경찰의 끄나풀들과 부랑자들이 돌아다녔다.

주정뱅이들은 아내를 패느라 소란을 떨고, 저녁이 되면 공장 입구를 통해 젊은 여공들이 어지럽게 뒤엉켜 꾸역꾸역 쏟아져 나왔다. 늙은 여자들이 누군가에게 요술을 걸거나 병이 나게끔 할 수 있다는 기분 나쁜 소문이 나돌았고, 숲에는 도둑떼가 살았으며, 방화범과 경찰관 의 쫓고 쫓기는 실랑이가 종종 일어났다.

이런 격렬하고도 요란하며 분분하게 유혹적인 냄새를 풍기는 일들이 가는 곳마다 시도 때도 없이 생겨났다. 어머니와 아버지가 머물던 세계, 그 공간을 제외한 어디에서나 늘 일어나는 이러한 일들은 걱정과 두려움만큼이나 흥미를 자극했으며, 매우 좋아 보였다.

우리 집에 늘 평화와 질서, 안식과 의무, 거리낌 없는 양심과 용서, 그리고 사랑이 존재하는 것에 대해 난 경이롭게 생각했다. 그러면서 그와 다른 모든 것들, 소란하고 요란하며 음침하고 폭력적인 것들의 존재로부터 한 걸음만 뒤로 물러서면 어머니의 품으로 도망칠 수 있다는 것 역시 멋진 일이었다.

그러나 나에게 가장 기이했던 것은 그 두 세계의 경계가 서로 맞닿아 있다는 사실이었다. 나는 두 세계가 얼마나 밀접한지에 대해 우리집 하녀 리나의 예를 들어 알 수 있었다. 평상시의 그녀는 저녁 기도때 거실 출입문 옆에 앉아 깨끗하게 씻은 두 손을 매끈한 앞치마 위에 올리고 명랑한 목소리로 노래를 부르는데, 그럴 때의 그녀는 아버지어머니와 마찬가지로 밝고 올바른 세계에 속해 있었다.

그러나 부엌에서, 혹은 장작을 쌓아둔 헛간에서 나에게 머리가 없는

그곳은 두 세계가 뒤섞여 있었다.
그 두 세계는 양극이며, 밤과 낮은
그 두 극(極)으로부터 나왔다

난쟁이들의 이야기를 들려주거나 푸줏간에서 이웃 아낙네들과 싸움을 벌일 때는 다른 세계의 사람이 되었다. 그럴 때의 리나는 분명 다른 세계에 속하며 비밀에 휩싸였다.

그런데 굳이 리나뿐 아니라 모든 것들이 그랬다. 그리고 나 또한 그런 변화가 심했다고 할 수 있다. 물론, 나는 분명 밝고 올바른 세계에 속해 있었다. 나는 부모님의 자식이었던 것이다.

그러나 나의 눈과 귀가 향하는 곳 어디에든 올바른 세계에 속하지 않은 것들이 존재했다. 그렇다. 나는 부모님의 세계에 살면서도 분명 다른 세계에서도 살고 있었던 것이다. 비록 그것이 내게는 너무 낯설고 무시무시하고 가끔 양심의 가책과 불안함을 느끼게 할지라도 나는 그 세계에도 몸을 담고 있는 것이다. 심지어는 낯설다고 생각한 그 세계에 한동안 머물기도 했다. 그리고 밝은 세계로의 귀환은—그것이 제아무리 필연적이고 당연하며 좋은 일이라고 하더라도— 생각한 것보다 아름답다거나 하지는 않았다. 그럴 경우, 보다 지루한 곳으로 혹은 보다 황량한 곳으로 돌아가는 것 같은 느낌이 들었다.

인생의 목표에 있어서 아버지 어머니처럼 밝고 맑게, 그렇게 뛰어나고 단정해져야 함을 나도 모르지 않았다. 그러나 거기까지 이르는 길은 멀고도 험했다. 그렇게 되기까지는 어머니의 말씀대로 학교에서 지루한 수업을 견뎌내야 하고 대학에 진학해 공부를 해야 한다. 그리고 온갖 시험을 치러야만 한다. 게다가 그 길은 자꾸만 또 하나의 세계, 어두운 세계 옆을 지나거나 꿰뚫으며 이어지기도 해서 마음만 먹으면 그 세계에 머물러 안주하는 것이 전혀 불가능한 일만은 아니었다.

그렇게 된 탕아들의 이야기가 많았는데, 나는 그런 이야기들을 많이 읽었다. 그런 이야기를 나는 열정을 가지고 탐독했으며, 이야기를 통해 아버지에게로, 그리고 선으로의 귀환은 언제나 구원이며 위대한 것이며 가치가 있는 일이라고 느낄 수 있었다. 그럼에도 악당이나 탕아가 나오는 대목에 훨씬 더 마음을 빼앗겼다. 이런 고백을 해도 되는지 모르겠지만, 탕아가 참회를 하고 다시 받아들여지는 것이 어떤 때는 그야말로 안타까웠다. 그러나 그런 속마음을 드러내거나 말하지는 않았다. 아니, 아예 입 밖으로 꺼낼 생각조차 하지 않았다. 그것은 그냥 하나의 예감이자 가능성으로 감정의 밑바닥에 막연히 가라앉아 있을 뿐이었다.

나는 악마를 생생하게 상상할 수 있었다. 음습한 길거리의 선술집, 혹은 너저분한 시장바닥에 변장을 하거나 아니면 공공연하게 활보하는 모습은 수도 없이 상상할 수 있었지만 결코 우리 집에 있는 모습은 상상조차 할 수 없었다.

나에게는 누이들이 있다. 나의 누이들 또한 부모님과 마찬가지로 밝은 세계에 속해 있었다. 나의 눈에 비친 그녀들의 본질은 아버지 어머니와 마찬가지로 밝은 세계에 더 가까웠다. 그녀들은 나보다 한결 선하고 얌전했으며, 도덕적이며 결점이 없었다. 물론 그녀들에게도 부족한 점이 있고 나쁜 습관이 있었지만 내가 보기에는 그리 심각한 수준은 아니었기 때문에, 나와는 달리 악과의 접촉을 통해 힘들어하고 우울해하며 고통스러워함으로 그녀들보다 어두운 세계에 훨씬 더 가까이에 있던 나와는 달랐다. 누이들은 부모님들과 마찬가지로 아낌을 받고 존중받아야 마땅했다.

간혹 누이들이 나 혹은 다른 누군가와 다투더라도 나중에 양심 앞에 서서 용서를 빌어야 할 때는 언제나 나 아니면 다른 누군가가 그 대상이었다. 그 이유는, 누이들을 욕되게 하는 것은 곧 부모님을, 선과 계율을 모욕하는 것이기 때문이다.

나는 누이들보다는 오히려 타락한 부랑아나 방종하기 그지없는 거리의 아이들과 나눌 수 있는 비밀이 더 많았다. 하지만 날씨가 화창하고 양심에 거리낌이 없을 정도로 기분이 좋은 날이면 누이들과 노는 것도 얌전하게 견딜 수 있었다. 선하고 얌전하게 누이들과 지내며 착하고 고귀함이 느껴지는 나 자신을 보는 일은 무척이나 유쾌한 일이기도 했다. 천사라면 분명 그래야 했으며, 마다하지 않았으리라. 천사는 분명 우리가 알고 있는 한, 착하고 선한 세계의 최고가 아닌가. 그런 이유로 선한 세계에 사는 누이들과 부모님은 감미롭고 경이롭게 생각됐다. 늘 성탄절의 그것처럼 행복하고 밝은 기분과 아름다운 찬양이 맞물려 천사가 된다는 것은 참으로 감미롭고 멋진 일이라고 생각했다.

그러나 그런 시간과 나날들은 얼마나 드물었던가. 나는 종종 악의 없이 얌전하고 허물없는 놀이를 하다가도 곧잘 격한 열정에 사로잡혔고, 그것이 누이들의 눈에는 너무 심하게 비춰져 다툼과 불행의 연속으로 이어졌다. 화가 치밀면 나는 상상조차 할 수 없을 만큼 끔찍해져서 닥치는 대로 이런저런 말을 늘어놓고 나쁜 행동을 저질렀는데, 그것이 결국 타락임을 빤히 알면서도 행동으로 옮기고 있는 나는 흥분을 주체하거나 절제하지 못했다. 그렇게 누이들을 고통스럽게 한 후에는 어김없이 두렵고 우울하며 주체하지 못했던 격앙된 행동에 대한 후회와 회한의 시간이 돌아왔다. 그 다음 용서를 비는 고통스러운 순간이 오고 그 다음에서야 몇 시간, 혹은 몇몇 찰나의 짧은 순간 다시한 줄기 광명, 분열이 없는 한 가닥 고요하고 고마운 행복의 시간이되돌아오곤 했다.

나는 라틴어 학교에 다니고 있었다. 시장의 아들과 수석 삼림관의아들이 같은 반에 있어 이따금씩 우리 집에 놀러 왔다. 제법 난폭한아이들이지만 그래도 용납이 가능한, 선한 세계에 몸담은 아이들이었다. 그럼에도 불구하고 나는 여느 때 우리가 경멸하던 이웃의 아이들이나 공립학교의 학생들과 가까운 관계를 맺고 있었다. 그들 중 한 아이를 통해 이제 나의 이야기를 시작하려고 한다.

수업이 없는 어느 날 오후―내가 막 열 살이 넘었을 때였다―나는이웃에 사는 두 명의 친구와 함께 집 근처를 이리저리 돌아다니고 있었다. 그때 나와 친구들보다 머리 하나가 더 큰 아이가 다가왔다. 대략 열세 살쯤 된, 얼굴만 봐도 억세 보이는 아이는 공립학교 학생이면서 재단사의 아들이었다. 그 아이의 아버지는 술꾼이었고, 온 가족의악평이 동네에 자자했다. 나는 프란츠 크로머라는 이 큰 아이를 잘 알고 있었다. 그리고 나는 그 아이가 무서웠다. 프란츠 크로머가 불쑥가까이 다가서자, 나는 기분이 썩 좋지 않았다. 내 친구들보다 훨씬큰 그 아이는 벌써 어른 티가 풀풀 났고, 공장의 젊은 직공들의 걸음걸이와 말투를 흉내 내고 있었다.

녹슬고 아무렇게나 구겨진 철사 뭉치며 갖가지 다른 쓰레기더미가어지럽게 널려 있어 지저분하기 이를 데 없었다. 간혹 그곳에서 이따

우리는 프란츠 크로머가 시키는 대로 다리 옆으로 난 작은 길을 따라 강가로 내려갔다. 첫 번째 교각 밑, 태양도 들지 않는 어둠 속으로 걸어 들어가 세상으로부터 몸을 숨겼다. 완만하게 굽은 아치형 교각과 조용히 흐르는 강물 사이에 있는 좁은 강변에는 온통 사금파리와 쓰레기 같은 잡동사니가 어지럽게 널려 있었다.

금 쓸 만한 물건이 발견되기도 했다.

나와 두 명의 친구들은 프란츠 크로머의 지휘에 따라 지저분한 쓰레기더미를 샅샅이 뒤져 찾아낸 것을 보여야만 했다. 그 아이는 마음에 들면 주머니에 집어넣었고, 마음에 들지 않으면 물에 던져버렸다. 프란츠 크로머는 우리들에게 납과 구리, 혹은 주석으로 된 것이 있는지 살피도록 시키고는 그런 것을 찾아주면 모두 주머니에 넣었다. 뿔로 된 작은 빗도 찾아냈는데, 그것도 역시 주머니에 넣었다.

나는 그 아이와 함께 있는 것이 불편했다. 아버지께서 아시기라도 하는 날에는 이런 만남을 금하시리라는 것을 빤히 알았기 때문이다. 게다가 프란츠 크로머에게 두려움을 느끼고 있기 때문이기도 했다. 그 아이가 겉으로 보아서는 샌님 같은 나를 받아들여 또래의 불량스러운 다른 친구들과 마찬가지로 취급한다는 것은 기뻤다. 크로머는 명령했고, 나는 복종했다. 처음으로 크로머와 함께 뭔가를 하는 것이었음에도 불구하고 내게는 마치 오래된 하루의 일과 중 하나처럼 느껴졌다.

마침내 우리는 땅바닥에 앉았다. 크로머는 강물에다 침을 뱉었다. 그 행동은 어른처럼 보였다. 잇새로 침을 찍 뱉어내는데, 신기하게도 원하는 곳을 곧잘 맞혔다. 잠깐의 시간이 흐른 뒤, 크로머가 얘기를 시작했다. 나를 비롯한 친구들을 상대로 학생으로서 저지를 수 있는 온갖 종류의 영웅적 행동과 나쁜 짓거리들을 자랑삼아 떠벌였다.

나는 아무 말도 하지 않았다. 그러면서도 나의 침묵이 시선을 끌어 노여움을 사지 않을까 두려웠다. 나와 함께 했던 두 명의 친구는 이미 그의 편이라고 공언한 터라, 나는 이미 이방인이 된 것이나 다름없었다. 내 옷차림과 태도가 그 아이들에게 거슬리고 있음을 알고 있었다. 라틴어 학교 학생이며 좋은 집안의 자식인 나를 크로머가 좋아할 리 없었다. 다른 두 명의 친구도 여차해서 내가 골탕을 먹어도 모르는 척 방관할 것임을 나는 잘 알고 있었다.

두려운 나머지 마침내 나도 이야기를 늘어놓기 시작했다. 황당무계한 도둑의 일화를 꾸며냈는데, 나를 그 이야기의 주인공으로 만들었다. 모퉁이 물방앗간 근처의 과수원에서 어느 날 밤에 친구 하나와 커다란 자루 하나 가득 사과를 훔쳤는데 그냥 보통 사과가 아니라 전부 라이네테와 황금빛 파르메네 같은 최고 품종의 사과였다고 말했다. 순간의 위험을 피해 나는 내 입을 통해 나온 이야기로 도피한 것이다.

이야기를 꾸며내 들려주는 것은 나에게는 흔히 있는 일이었다. 금방 말이 막혀 더 고약한 일에 말려드는 사태만은 면하기 위해 갖은 재치를 동원한 나의 이야기는 계속 이어졌다. 둘 중 하나가 나무에 올라가서 사과를 밑으로 던지는 동안 다른 하나는 계속 망을 보아야 했다고 말하고는, 자루가 너무 무거워 결국 절반의 사과를 남겨두고 반 시간 후 다시 돌아와 나머지 사과를 모조리 가져갔다고 이야기를 이어갔다.

그 이야기를 마칠 때, 나는 세 명의 박수를 기대했다. 이야기를 꾸며대는 데 열을 올렸더니 온몸이 화끈 달아오른 듯했다. 이야기를 꾸며내며 그만 스스로 도취되었던 것이다. 작은 두 아이는 심드렁하니 말이 없었지만 크로머는 반쯤 지그시 내리 감은 시선으로 나를 쏘아보며 위협하는 투로 물었다.

"그 얘기 진짜야?"

"그럼!"

나는 고개까지 끄덕이며 대답했다.

"그러니까 진짜로 있었던 일이라는 거지?"

"그래. 진짜로 있었던 일이야."

내심 겁이 나 숨이 턱턱 막히는 중에도 나는 고집스럽게 단언했다.

"너, 맹세할 수 있어?"

그의 질문에 나는 몹시 놀랐지만 즉시 그렇다고 답했다.

"그럼 말해. 하느님을 걸고, 목숨을 걸고 맹세한다고!"

나는 말했다.

"하느님을 걸고, 목숨을 걸고 맹세해."

"그러셔."

크로머는 그대로 몸을 돌려버렸다.

그걸로 잘 끝났다고 나는 생각했다. 크로머가 곧 일어나 집으로 돌아가려는 듯 움직이자 기뻤다. 나는 다리 위에 도착했을 때 이제 집으로 가야 한다고 수줍게 말했다.

"집에 가는 게 뭐 그리 급하냐?"

크로머가 나의 말에 답하듯 웃으며 말을 이었다.

"우린 가는 길이 같잖아."

크로머는 어슬렁어슬렁 계속 걸어갔고, 나는 감히 발걸음을 다른 곳으로 돌리지 못했다. 그런데 앞서 걷던 크로머는 정말로 우리 집을 향해 걷고 있었다.

집에 거의 다다랐을 때, 현관문과 묵직한 구리 손잡이, 어머니가 계실 방의 커튼이 보일 때가 되어서야 나는 깊이 숨을 내쉬었다.

오, 집으로 돌아왔구나! 오, 축복받은 집으로의 귀환! 밝은 세계의 평화로의 복귀!

나는 서둘러 문을 열고 들어가 등으로 떠밀듯 문을 닫으려 했다. 그런데 그게 쉽지 않았다. 곧바로 프란츠 크로머가 문과 나를 함께 밀고 들어섰다. 마당에만 빛이 들어오는 서늘하고 침침한, 타일 깔린 복도에서 크로머가 내 곁에 서서 팔을 붙들고 낮은 목소리로 말했다.

"그렇게 바쁘게 굴지 마, 너!"

나는 놀란 눈으로 응시했다. 내 팔을 움켜쥔 크로머의 손은 마치 무쇠처럼 단단했다. 대체 무슨 속셈인지 나는 생각하지 않을 수 없었다. 혹시 나를 괴롭히겠다는 것인지, 내가 소리를 지른다면 어떻게 될까 하는 생각을 했다. 내가 만약 요란하게 소리를 지른다면 누군가 위에서 시기적절할 때 나를 구하러 내려올 것인가? 그러나 그런 생각을 나는 곧 포기하고 말았다.

크로머를 바라보며 나는 물었다.

"뭐야? 어쩌겠다는 거야?"

"별거 아니야. 너한테 그냥 뭘 좀 물어봐야겠어. 다른 사람들은 들을 필요 없고."

"그래? 좋아. 나더러 뭘 더 얘기하라는 거야? 나는 지금 올라가야 해. 알잖아."

"너도 알겠지? 모퉁이의 물방앗간 옆에 있는 과수원이 누구네 것인지."

크로머가 나직이 물었다.

"아니, 난 몰라. 물방앗간 주인의 것이겠지 뭐."

그렇게 말하자 크로머는 내 어깨에 팔을 두르더니 나를 바싹 끌어당졌다. 순식간에 나는 바로 코앞에 있는 크로머의 얼굴을 직시해야만 했다. 크로머의 두 눈은 사악했다. 음흉한 미소를 띤 얼굴에는 잔인한 기운이 넘쳤다.

"그렇다면 애야, 그 과수원이 누구네 것인지 내가 말하지. 난 그 집 사과가 도둑맞았다는 것을 이미 예전에 알고 있었어. 주인이 누가 과일을 훔쳐갔는지 말해주는 사람한테는 2마르크를 주겠다고 한 것도 알고 있지."

"맙소사!"

나는 나도 모르게 크게 소리치고야 말았다.

"그래도 네가 그 사람한테 무슨 말을 하진 않겠지?"

크로머의 양심에 호소하는 것이 아무 소용이 없음을 나는 느꼈다. 그는 분명 다른 세계에서 왔기 때문에 그에게 있어 배신 따위는 범죄가 아니었다. 이런 일에 있어서 다른 세계에서 온 사람은 나와 밝은 세계와는 다르다는 것을 나는 알고 있었다.

"무슨 말을 하진 않겠지?"

그러자 날 바라보던 크로머가 웃었다.

"이봐, 친구. 내가 2마르크 동전을 만들어낼 수 있는 화폐 위조범이라도 된다고 생각하는 거야? 보다시피 나는 가난한 놈이야. 너처럼 부자인 아버지가 내게는 없단 말이지. 그러니 2마르크를 벌 수 있다면 벌어야 해. 어쩌면 주인은 더 줄지도 모르지."

크로머는 그렇게 말하더니 갑자기 나를 놓았다. 우리 집 현관에서는 이제 더 이상 평화와 안전의 냄새가 나지 않았다. 세계가 내 주위에서 무너졌다. 분명 떠들고 다니겠지. 내가 죄를 지었다고 고발할 것이다.

나는 범죄자가 분명하니까. 게다가 그 말은 분명 아버지의 귀에도 들어가겠지. 어쩌면 경찰도 올 것이다.

온갖 공포와 혼돈스러움이 나를 위협하고 있었다. 모든 흉측하고 위험한 것이 일제히 나에게 닥쳐왔다. 내가 훔치지 않았다는 것은 이제 문제가 되지 않았다. 나는 맹세까지 하지 않았던가? 세상에, 하느님 맙소사!

눈물이 핑 돌았다. 나는 크로머에게 어떤 대가를 치르더라도 나 자신을 구해야겠다고 생각했다.

나는 절망하며 주머니를 뒤졌다. 그러나 사과도 주머니칼도 없었다. 그때 문득 시계 생각이 났다. 낡은 은시계였는데, 작동은 하지 않았지만 그냥 가지고 다니는 것이었다. 낡은 은시계는 할머니가 물려주신 것이었다. 나는 재빨리 손을 놀려 낡은 은시계를 꺼내 크로머에게 내보이며 말했다.

"크로머, 들어봐. 내 이름을 말해서는 안 돼. 그건 너에게도 결코 좋지 않을 거야. 자, 내 시계를 줄게. 봐. 미안하지만 다른 건 아무것도 가진 게 없어. 이 시계 가져도 돼. 이거 은(銀)이야. 내부장치도 아주 좋아. 조금 고장이 나기는 했지만 고치면 쓸 수 있어."

크로머는 기다렸다는 듯 미소를 짓고는 시계를 커다란 손으로 거머쥐었다. 그의 우악스러운 손을 보며 깊은 적개심을 느꼈다. 그것이 내 삶과 평화를 송두리째 움켜잡으려고 다가오는 것만 같아 섬뜩했다.

"그거 은으로 된 거야."

나는 수줍은 듯 말했다.

"네 고물 은시계 따위는 관심 없어! 너나 고쳐서 쓰시지."

크로머는 깊은 경멸을 드러내며 말했다.

"하지만 프란츠!"

나는 그가 달아나버리지나 않을까 불안에 떨며 외쳤다.

"잠깐 기다려! 이 시계는 가져! 정말 은이야. 진짜란 말이야. 그리고 난 다른 건 아무것도 없어."

나의 하소연에도 크로머는 여전히 싸늘하고도 경멸에 찬 눈빛으로 나를 바라보았다.

"흥, 알긴 아는구나. 내가 누구한테 갈 건지. 네가 했던 말을 경찰한테 할 수도 있어. 난 경찰 아저씨를 잘 아니까 말이야."

그는 몸을 돌렸고, 나는 자연스럽게 옷소매를 붙잡았다. 그렇게 되면 안 된다. 만약 이대로 가버린다면 앞으로 겪게 될 온갖 일들을 참아내는 것보다 차라리 죽는 것이 훨씬 나을 것만 같았다. 그런 불안한 상태의 나는 쉬어버린 목소리로 애걸하며 매달렸다.

"프란츠. 어리석은 짓은 하지 마. 분명 그냥 장난으로 그러는 거지? 날 놀라게 하려고 그러는 거지?"

"그럼. 그냥 장난삼아 그러는 거지. 하지만 너는 비싼 대가를 치를 수도 있지 않겠어?"

"그러지 말고 말을 해. 프란츠. 내가 어떻게 해야 되는지! 뭐든 하겠어!"

프란츠는 가늘게 뜬 눈으로 나를 바라보며 재미있다는 듯 웃었다.

"멍청하게 굴지 마!"

큰소리도, 웃음도 잦아들 즈음 그는 침착한 투로 냉정하게 말했다.

"너도 나처럼 훤히 알잖아? 난 2마르크를 벌 수 있어. 그리고 난 그런 돈을 내던져버릴 수 있는 부자가 아니라서 말이야. 그건 너도 알지? 그런데 넌 부자란 말이야. 봐, 시계도 있잖아. 넌 나한테 2마르크를 주기만 하면 돼. 그럼 끝이지."

프란츠 크로머는 마치 선심이라도 쓰는 듯 말했다.

나는 그 논리를 이해할 수밖에 없었다. 그러나 2마르크라니! 2마르크란 돈은 나에게는 10마르크나 100마르크, 혹은 1,000마르크나 마찬가지로 얻을 수 없는 금액이었다. 나는 돈이 없었다. 고심 끝에 어머니의 방에 놓아둔 저금통이 기억나기는 했다. 그 저금통에는 가끔 아저씨가 오신다든지 그럴 때 받았던 몇 개의 10페니히와 5페니히짜리 동전이 들어 있었다. 그밖에 나는 아무것도 가진 것이 없었다. 아직 어린 나이라 용돈 같은 것은 받을 수 없었던 것이다.

"난 아무것도 없어."

나는 서글픈 목소리로 말했다.

"난 돈이 없어. 그러나 그밖에는 네게 뭐든 다 줄게. 내게는 인디언 책이 있고, 병정들과 나침반도 하나 있어. 그걸 다 주겠어."

내 말에 크로머는 뻔뻔하고 심술궂게 입술을 움직이더니 바닥에 침을 탁 내뱉었다.

"헛소리는 집어치워!"

크로머는 윽박지르며 명령하는 투로 말했다.

"그깟 고물 잡동사니들은 너나 실컷 가지고 있으라고! 나침반이라고? 흥! 날 더 이상 화나게 하지 말고 잘 들어. 돈, 돈을 가져와!"

"하지만 난 돈이 없는걸. 나는 돈을 받아본 적이 없어. 어떻게 할 길이 없어!"

"거두절미하고, 넌 내일 나에게 2마르크를 가져와야 하는 거야. 학교가 끝난 뒤 저 아래 시장에서 기다리겠어. 그럼 모든 일이 끝이야. 하지만 만약 네가 돈을 가져오지 않으면, 그때는 알지?"

"알겠어. 하지만 대체 어디서 돈을 가져오란 말이야? 난 돈이 없는데."

"흥, 너희 집에는 돈이 충분히 있잖아? 가져오고 안 가져오고는 네가 결정할 일이지. 내일 방과 후다. 다시 한 번 말하지만 만약 안 가져오면 그때는……."

크로머는 무서운 시선으로 내 눈을 쏘아보고는 또다시 침을 뱉었다. 그리고 내가 뭐라고 말할 틈조차 없이 그림자처럼 사라져버렸다.

크로머가 떠난 뒤 난 계단을 올라갈 수 없었다. 이 순간 내 인생이 산산이 부서진 것처럼 느껴졌다. 어딘가로 달아나서 다시는 돌아오고 싶지 않았다. 차라리 물에 빠져 죽어버리면 어떨까 생각도 해봤지만 그것은 그저 막연한 생각일 뿐이었다. 나는 어두운 계단의 맨 아래 칸에 한껏 웅크리고 앉아 불행한 생각에 몰입했다.

그때 장작을 가지러 광주리를 들고 내려오던 하녀 리나가 울고 있는 나를 보았다. 나는 걱정스러운 눈빛으로 바라보는 리나에게 아무런 말도 하지 말아달라고 부탁하고는 힘겹게 계단을 올라갔다.

위층으로 올라가 보니 유리문 옆에 있는 옷걸이에 아버지의 모자가 걸려 있었다. 어머니의 양산도 걸려 있었다. 그것을 보자 이곳이 바로 우리 집이라는 생각에 새삼 가슴이 뭉클해졌다. 마치 집을 나가 방황했던 탕아가 고향으로 돌아와 그리웠던 향기에 감사하는 것처럼.

그러나 그 모든 것은 이제 더 이상 내 것이 아니라는 생각만 맴돌았다. 그 모든 것은 이제 아버지와 어머니만의 밝은 세계일 뿐, 나는 이제 그 세계에서 멀어져 죄의식이라는 깊고도 낯선 물속에 잠겨 허우적댈 뿐이었다. 모험과 죄악에 얽혀들어, 적의 위협을 받는 신세일 뿐이다. 나를 기다리는 것은 위험과 불안, 치욕뿐이었다.

모자와 양산, 오래되었지만 질 좋은 사암(砂巖)으로 된 바닥, 마루 장식장 위에 걸려 있는 커다란 그림, 그리고 안쪽 거실에서부터 들려오는 누나의 목소리까지. 그 하나하나가 어느 때보다도 더욱 사랑스럽고 다정한 느낌으로 다가왔다. 그러나 더 이상 그 모든 것은 온전한 내 소유가 될 수 없었다. 위로받을 수 없는 나에게 남은 건 온통 비난뿐이었다.

그 모든 것은 더 이상 내 것이 아니었다. 나는 그 명랑함과 고요함에 더 이상 끼어들 수 없었다. 나는 매트에 문질러도 닦이지 않는 더러움을 내 구두에 묻혀 오고 만 것이다. 우리 집이라는 세계는 전혀 알지 못하는 어둠의 그림자를 나는 끌어 오고 만 것이다. 이제까지 얼마나 많은 비밀과 두려움을 가졌었는지 돌이켜보아도 내가 오늘 이 공간으로 끌고 온 것에 비하면 하찮은 놀이이며 장난일 정도로 미약했다. 어머니가 알아서는 안 될 검은 손들이, 어머니조차 나를 보호할 수 없을 정도로 두려운 운명이 뒤쫓아 오고 있었다.

이제 내 범행이 절도였든 거짓말이었든—분명 나는 하느님과 목숨을 걸고 거짓 맹세를 하지 않았던가?—그것은 매한가지였다. 나의 죄악은 단순하게 이것이냐 저것이냐를 논하는 것이 아니었다. 내가 악마에게 손을 내밀었다는 사실 그 자체였다.

왜 나는 함께 갔던 것일까? 왜 나는 일찍이 아버지 말에 귀 기울이

기보다 크로머의 말에 더욱 복종하고 말았던 걸까? 왜 나는 쓸데없이 도둑질 이야기 따위를 지어내 영웅적인 행위인 양 뽐냈을까? 이제 악마가 내 손을 잡고야 말았다. 이제 원수가 내 뒤를 바짝 쫓게 되었다.

한순간 나는 내일의 두려움을 느낀 것이 아니라, 그 무엇보다도 이제 나의 길이 점점 더 가파른 비탈을 굴러 암흑 속으로 빠져 들어가고 있다는 무서운 확신이 들었다. 똑똑하게도 나는 알고 있었다. 지금까지의 나의 죄과에 더해 이제 새로운 잘못들이 들통 나 죄과는 계속해서 이어질 것이 불을 보듯 뻔하다는 것과 누이들 곁에 내가 존재하는 것, 부모님께 인사를 하고 키스를 건네는 것이 거짓이라는 것을. 또한 나만이 알고 있는, 그들에게는 숨겨야 할 운명과 비밀 하나를 갖게 되었다는 것을 거부할 수 없었다.

아버지의 모자를 보는 순간이나마 신뢰와 희망이라는 단어가 마음속에 번쩍 떠올랐다. 그래, 아버지께 모든 이야기를 고하리라. 그리고 현명한 아버지의 결정과 처벌을 겸허히 받아들이고 그를 내가 가진 두려운 비밀의 공유자이자 나를 구원할 구원자로 만들고 말리라. 그것은 때때로 내가 아버지에게 고했던 일종의 참회와 다를 바 없으리라. 힘들고 가혹한 시간을 거쳐 후회에 찬 용서를 비는 일에 불과하리라.

이런 생각이 얼마나 달콤하고 감미롭게 울려왔던가? 얼마나 아름답게 내 마음을 이끌었는가! 그러나 내 생각처럼 일은 그렇게 쉽게 풀리지 않았다. 나 스스로 그러지 못하리라는 것을 잘 알고 있기 때문이었다. 난 이 순간 하나의 비밀을, 하나의 죄를 지니고 있으며, 그것을 나 스스로 삼켜 침묵하지 않으면 안 된다는 것을 알고 있었다. 어쩌면 나는 바로 지금 두 갈래의 갈림길에 서 있는지도 모른다. 어쩌면 지금 이 순간부터 난 영원히 나쁜 것, 어두운 곳에 소속되어 나쁜 사람들과 비밀을 공유해야 할지도 모른다. 그들에게 종속되고 복종하며 분명 같은 사람이 되고 말리라. 잠시 나는 어른 행세를, 고작 영웅의 연기를 했던 것이다. 나는 이제 그 결과를 홀로 감당해야만 한다.

방으로 들어섰을 때 아버지께서 내가 신은 젖은 구두만 보신 것이 그나마 나에게는 천만다행이었다. 그것이 운 좋게 아버지의 관심을 사로잡아 더 나쁜 것을 들키지 않게 되었다. 아버지는 젖은 구두만으로 나를 비난했으나, 그 정도는 충분히 견딜 만했다. 그러면서 나는 그 질책을 다른 것과 연관시켰다.

순간 이상하게도 새로운 느낌 하나가 불꽃처럼 번득이며 내 마음을 흔들었다. 그것은 마치 채 뽑지 못한 미늘이 거꾸로 움직이는 듯한, 참으로 고약하고도 반항적인 의식이었다. 나는 그 순간 스스로를 아버지보다 우월하다고 느꼈던 것이다. 한순간 아버지의 무지에 대해 약간의 경멸을 느낀 것이다. 젖은 구두에 대한 질책은 내게는 소소해 보였다.

아버지가 내 죄를 아시면 어쩌나 하는 걱정만 했는데 막상 살인죄를 고백해야 되는 판국에 조그만 빵 하나를 훔친 죄로 심문을 받는 죄인이 된 듯한 느낌을 받았다. 그것은 정말이지 추악하고도 꺼림칙한 기분이면서도 강렬하며 깊은 매력이기도 했다. 그 느낌은 나를 다른 어떤 생각보다도 비교할 수 없을 정도로 단단하게 비밀과 결박했다. 어쩌면 지금쯤 크로머는 벌써 경찰관을 만나 내 이름을 고했을지도 모른다. 순진하고 조그만 아이로 나라는 존재를 바라보는 사이 폭풍우가 내 머리 위로 몰려오고 있을지도 모른다는 생각이 들었다.

지금까지 얘기한 모든 경험 가운데 지금 이 순간은 매우 중요하다. 이는 아버지의 신성함에 내가 할퀸 첫 번째 흠집이었다. 나의 유년 생활을 떠받치고 있으며, 누구든 자신이 되기 전에 깨뜨려야 하는 큰 기둥에 그어진 최초의 칼자국이었다. 우리들 운명의 내면적이고 본질적인 선(善)은 아무도 보지 못한 이런 체험들로 이루어진다. 칼자국과 균열은 다시 아문다. 그것은 치유되고 아물고 잊히지만 아무도 모르는 비밀스러운 내면에 머물며 여전히 피를 흘린다.

나는 이렇듯 새롭게 느낀 감정에 몸을 떨었다. 나 자신이 무서울 지경이었다. 당장에 엎드려 아버지의 발에 키스 세례라도 퍼부어 사죄하고 싶었다. 그러나 본질은 사과로 해결할 수 있는 것이 아니었다. 어린아이도 그쯤은 여느 현자 못지않게 느끼고 알고 있다.

나는 내 문제에 대해 곰곰이 생각하고 앞으로의 일에 대해 궁리해볼 필요성을 느꼈다. 그러나 쉽지 않았다. 나는 저녁 내내 오로지 거실의 달라진 공기에 익숙해지느라 여념이 없었다. 벽시계와 테이블, 성경과 거울, 벽에 붙은 책 선반과 그림들이 마치 나에게 이별을 고하는 듯했다. 나의 세계, 익숙한 평온과 행복, 아름다운 나의 삶이 이제 과거가 되어 떨어져 나가는 것을 얼어붙는 가슴을 쓸어내리며 바라보고 있어야만 했다. 그리고 마치 뿌리를 내리듯, 어둠과 낯선 세계에 닻을 내리듯 주저앉는 나를 느껴야만 했다. 나는 생애 처음으로 죽음을 맛보았다. 그 맛은 지독히도 쓴맛이었다. 왜냐하면 그것은 탄생이니까. 무섭게도 몰아친 변혁에 대한 두려움과 불안이며, 새로운 삶에 대한 공포이기 때문이었다.

마침내 잠자리에 들게 되어서야 나는 조금 기뻤다! 그보다 앞서 치른 저녁 기도가 연옥의 불길이라도 되는 것처럼 누워 있는 나를 휘감고 지나갔다. 잠자리에 들기 전 우리는 찬송가를 한 곡 불렀는데, 그 노래는 내가 제일 좋아하는 노래 중 하나였다. 아! 나는 부모와 누이, 그리고 문간에 앉은 리나와 함께 노래하지 못했다.

찬양의 음조(音調) 하나하나가 나에게는 쓰디쓴 쓸개즙이자 독약이나 마찬가지였던 것이다. 나는 함께 기도하지 않았다. 아버지가 축복을 내리며 '저희 모두와 함께 하소서!'라는 구절로 기도를 끝내실 때 몸을 스쳐간 경련이 순식간에 이 행복의 테두리에서 나를 몰아냈다. 하느님의 은총과 자비가 식구들 모두에게 있었지만 나와 함께 하지는 않았다. 몹시 피곤에 지쳐 몸을 떨며 나는 그 자리를 피했다.

한동안 침대에 몸을 누이고 나서야 밀려드는 따뜻함과 안정감이 다정하게 나를 감쌌을 때 비로소 나의 마음은 다시 불안에 떨기 시작했다. 어머니는 내게 늘 그러듯이 잘 자라는 말을 했다. 그녀의 발소리가 남긴 여운이 아직 적막한 방에 남아 있었다. 어머니가 들고 계셨던 촛불이 흩뿌리던 빛이 아직 굳게 닫힌 문틈에서 어른거리고 있었다.

지금, 지금 어머니가 다시 한 번 되돌아오시면 좋겠다는 마음이 간절했다. 어머니는 이미 느꼈을지도 모른다. 나에게 입맞춤을 하시며 물으셨으면 하는 바람이 간절했다. 그리고 너그러운 말투로 희망을 주시며 물으시길 희망했다. 어쩌면 그런 모습을 통해 나는 눈물을 흘릴 수도 있겠지만 목에 걸린 돌덩이 같은 답답함은 녹아내릴 것이다. 그렇게 되면 나는 그녀를 껴안을 것이고, 모든 것을 고하고 말 것이다.

그러면 모든 것이 해결될 것이 뻔한데, 그러면 난 다시금 구원을 받아 밝은 세상에 머물 수 있을 텐데! 흔들리던 불빛이 점점 멀어져 문틈에 다시 어둠에 물들고 나서도 한동안 나는 귀를 기울이며 생각했다. 그런 일이 일어나기를, 꼭 일어나리라. 그래야만 한다고.

하지만 나는 곧 당면한 문제로 되돌아와 적의 눈을 응시했다. 그의 모습이 또렷하게 보였다. 그는 실눈을 하고 있었고, 입가에는 야비한 웃음을 머금고 있었다. 그리고 내가 바라보며 피할 수 없는 일을 속으로 삭임에 따라 더욱 커지고 더 추한 모습이 되었다. 사악한 눈은 마치 악마의 그것처럼 번득였다. 그는 내가 잠들 때까지 내 곁에 있었다. 그러나 잠든 다음 그의 꿈을 꾸지는 않았다. 오늘 있었던 일에 대해서도 꿈을 꾸지 않았다. 꿈에 보인 것은 그저 부모님과 누이들과 함께 배를 타는 모습이었다. 유유자적한 휴일의 평화와 따사로운 햇빛이 우리를 에워싸는 꿈이었다.

한밤중에 나는 잠에서 깨어났다. 잠에서 깨어나서도 꿈에 맛보았던 행복이 여운을 남겼고, 누이들의 흰 여름옷이 햇빛 속에서 빛나는 것이 보였다. 그러고는 어느 순간 나는 꿈에 보았던 낙원의 여운을 잃고 다시 현실로 돌아왔고, 사악한 눈을 가진 적과 마주보게 되었다.

아침에 어머니가 급히 오셔서 벌써 늦었다며 왜 아직도 누워 있느냐고 소리쳤을 때 나는 안색이 어두워졌다. 어머니가 아프냐고 물었을 때는 결국 토하고 말았다.

구역질을 하니 좀 나아지는 듯했다. 나는 몸이 아플 때 아침 내내 카밀레 찻잔을 곁에 놓고 누워 있고는 했다. 그러면서 옆방에서 어머니가 방을 치우는 소리와 하녀 리나가 복도에서 고기를 팔러 온 사람에게 건네는 말을 듣는 것을 몹시 좋아했다.

학교를 빠지고 집에서 보내는 오전 시간은 무척이나 마력적이고 동화적인 느낌이었다. 햇살이 어른거리며 장난치듯 방으로 쏟아져 들었는데 학교에서 초록색 커튼을 따라 떨어졌던 그런 햇살이 아니었다. 그런데 오늘은 그런 동화적인 느낌을 맛볼 수 없었다. 분명 다른 음향을 지니고 있었다.

그래, 내가 차라리 죽어버리면! 그러나 나는 이미 예전에 종종 그랬던 것처럼 가벼운 몸살을 치를 뿐이었다. 그 정도로는 아무것도 이루어지지 않았다. 고작 학교에 가는 기본적인 일과로부터 나를 보호하기는 했지만 결코 11시에 시장에서 나를 기다리고 있을 크로머로부터는 보호하지 못했다. 어머니의 다정함도 이번만큼은 딱히 위로가 되지 않았다. 그래서 그런지 귀찮고 미안한 마음만 들었다.

나는 곧 다시 깊은 잠에 빠져든 척하며 곰곰이 생각했다. 아무것도 소용이 없었다. 11시에는 반드시 시장에 가 있어야만 했다. 그래서 나는 10시쯤 일어나 몸이 나았다고 말했다. 예전에도 그랬던 적이 있었는데 다시 잠자리로 가거나 아니면 오후에 학교로 가야 했다. 나는 학교에 가고 싶다고 어머니에게 말했다. 모종의 계획을 하나 세워두었다.

돈을 준비하지 않은 채 크로머를 만날 수는 없었다. 나는 작은 저금통을 가져올 수밖에 없었다. 이미 이 작은 저금통에 크로머를 만족시킬 만큼의 충분한 돈이 들어 있지 않다는 것은 알고 있었다. 아무리 굴리고 흔들어 털어도 어림없다.

그래도 얼마는 되니 빈손보다는 조금 마음이 편했다. 고작이라고 할 만큼의 적은 돈이지만 적어도 빈손으로 크로머를 달래려 노력하는 것보다는 수월할 것임을 직감했다.

　난 양말만 신은 채 살금살금 어머니의 방으로 들어가 책상 위에 놓인 내 작은 저금통을 집어 들었다. 기분은 몹시 나빴지만 그나마 어제 겪었던 기분만큼은 아니었다. 들킬지도 모른다는 긴장감에 가슴이 뛰고 숨이 막혔다. 계단 아래에 와서 비로소 저금통이 잠겨 있는 것을 눈으로 확인했을 때도 여전히 가슴은 뛰고 있었다. 저금통을 깨뜨려 여는 것은 아주 쉽다. 얇은 양은 막대 하나만 두 동강 내면 되니까.

　그러나 부서진 저금통을 보니 마음이 아팠다. 이것으로 나는 도둑질을 한 것이다. 그때까지의 나는 허락지 않은 사탕이나 과일 같은 주전부리에 입을 댔을 뿐이었다. 그런데 지금의 행동은 도둑질인 것이다. 비록 나의 돈이긴 하지만 훔친 것이었다.

　이로써 나는 크로머와 그의 세계에 다시 한 걸음 더 다가선 것이다. 이제부터는 일이 시시각각 보기 좋게 내리막으로 치달을 것임을 느꼈다. 하지만 나는 저항하고 싶었다. 악마가 데려간다 하더라도 이제 되돌아갈 길은 없음을 깨달으며 나는 걱정스레 돈이 얼마인지 세었다. 저금통 안에서 그렇게 가득한 소리를 냈는데 막상 손안에 쥐고 보니 비참할 정도로 얼마 안 되는 65페니히였다.

　나는 저금통을 아래층 마루 밑에 감추고 돈은 손에 꼭 쥔 채 집을 나섰다. 이 문을 지났던 그 어느 때와도 다르게 위에서 누군가가 나를 불렀다. 아니, 마치 부르는 것만 같았다는 불안에 떨며 도망치듯 걸음을 재촉했다.

　아직 시간은 많았다. 달라진 도시의 골목들을 지나 한 번도 본 적 없는 구름 아래로 나를 유심히 굽어보는 집들을 지났다. 나에게 혐의를 둔 듯한 사람들을 지나 돌아가는 길로 접어들었다. 도중에 학교 급우 중 한 명이 가축시장에서 1탈러를 주웠던 생각이 떠올랐기 때문이다. 혹 하느님이 기적을 행하신 것이라면 나에게도 그런 일이 생기게 해 달라고 기도하고 싶었다. 그러나 이제 나는 기도할 권리가 없었다. 그럴 권리가 있다 하더라도 저금통이 다시 온전한 예전의 모습으로 돌아가지는 않으리라.

프란츠 크로머는 멀리서도 나를 알아보았다. 하지만 그는 아주 천천히 나에게 다가왔다. 나를 눈여겨보지 않는 듯 행동하며 가까이 다가와 따라오라고 명령하는 눈짓을 했다. 그리고는 단 한 번도 돌아보지 않고 유유히 계속 앞서 걸었다. 슈트로 가세(Gasse, 골목)를 따라 내려가 좁은 판자 다리를 지나고 나서야 마침내 빽빽한 집들이 끝나는 곳에 도착했다. 공사 중인 어느 건물 앞에서 우리는 걸음을 멈추었다.

우리가 멈춘 곳만 작업을 하지 않았다. 앙상한 벽만이 문도 창문도 없이 을씨년스럽게 서 있었다. 크로머는 나를 돌아다보더니 안으로 들어갔다. 나도 곧 뒤따라 들어갔다. 그는 벽 뒤로 가더니 다가오라는 눈짓을 하고 손을 내밀었다.

"갖고 왔지?"

그 싸늘한 물음에 나는 주머니에서 꼭 움켜쥔 손을 빼 크로머의 손바닥에 동전을 건넸다. 크로머는 마지막 5페니히짜리의 쨍그랑 소리가 채 잦아들기도 전에 '65페니히로군' 이라며 나를 노려보았다.

"그래."

나는 수줍게 말했다.

"이게 내가 가진 전부야. 너무 적은 것은 잘 알고 있어. 하지만 이게 전부야. 더는 없어."

"나는 네가 좀 더 똑똑한 녀석인 줄 알았는데."

크로머는 온화하지만 분명 비난하는 말투였다.

"명예를 아는 남자들 사이에는 당연히 질서가 있어야지. 정당하지 않은 것은 아무것도 갖지 않겠어. 그건 너도 잘 알겠지? 이 따위 니켈로 만든 동전은 도로 가져가. 자, 받아! 딴 데 가면 에누리 없이 몽땅 받을 수 있어!"

"더는 없다구! 난 없어. 이건 내 저금통을 뜯어 통째로 가지고 온 거야."

"그거야 네 사정이지. 널 불행하게 만들 생각은 추호도 없어. 넌 나한데 아직 1마르크 35페니히의 빚이 있어. 언제쯤 그걸 받을 수 있지?"

"오, 반드시 줄게! 크로머! 지금은 모르지만 어쩌면 곧 더 생길 거야. 내일, 아니면 모레. 내가 이 말을 아버지한테 할 수 없다는 건 너도 이해하겠지?"

"그건 나하고 아무 상관없는 일이야. 네게 손해를 끼칠 생각 없다고 했잖아? 난 내 몫의 돈을 오늘 오전 중에 가질 수도 있어. 너도 알겠지만 난 가난하거든. 너는 멋진 옷을 입고 있고, 점심으로 내가 먹는 것보다 훨씬 좋은 무언가를 먹겠지. 난 아무 말 않겠어. 조금 기다려 주겠다는 것뿐이야. 모레 오후쯤 휘파람을 불지. 그때는 제대로 가져와야 할 거야. 내 휘파람소리 알지?"

크로머는 휘파람을 불어 보였다. 여러 번이나 들었던 소리여서 나는 말했다.

"응, 알고 있어."

나를 홀로 그곳에 남겨두고 크로머는 돌아갔다. 마치 상관없는 사람이라는 듯이. 그것은 우리들 사이의 거래였을 뿐이며 더는 아무것도 아니었다.

오늘이라도 크로머의 휘파람소리가 다시 들린다면 나는 놀라고 말 것이다. 그 순간부터 자주 그 소리가 쉴 새 없이 들려오는 듯했다. 나를 예속시켜 운명이 되어버린 휘파람소리가 뚫고 들어가지 않는 장소는 없었다. 난 때때로 단풍이 곱던 어느 온화한 가을날, 아주 좋아하는 집의 작은 화단에 있곤 했다. 특별한 충동이 나로 하여금 어린 시절 소년들의 놀이를 다시금 추억하게 했다. 나는 어느 정도 나보다 어리며 아직 선하고 자유롭고, 죄 없이 안정감 있는 소년의 역을 했다. 그러나 그 한순간 늘 예상하고 있었음에도 깜짝 놀라게 하는 크로머의 휘파람소리가 어딘가에서 들려와 줄을 탁 끊었고, 그때까지 계속된 추억의 상상들을 짓뭉갰다.

그러면 나는 가야 했다. 나쁘고 추한 곳으로 나를 고문하는 고문자(拷問者)를 따라가야만 했다. 그래서 그에게 자초지종을 털어놓아야 했고, 돈 때문에 경고를 받아야만 했다. 그 모든 것이 몇 주일이나 이어졌다. 나에게는 그것이 여러 해를 지나 영원이 될 것처럼 느껴졌다. 내게 돈이 있었던 적은 극히 드물었다. 기껏해야 5페니히짜리 하나, 혹은 10페니히 하나가 전부였다. 리나가 장바구니를 놔두면 부엌 식탁에서 훔친 것이 대부분이었다.

번번이 나는 크로머로부터 욕을 먹었다. 내게로 경멸이 쏟아졌다. 크로머를 기만하고 그의 당당한 권리를 유보하려 한 것이 나였고, 그의 몫을 가로챈 것이 나였다. 그를 불행하게 만든 것이 바로 나였다.

괴로움이 그렇게 심장 가까이 다가선 적은 살면서 거의 없었다. 더 큰 절망과 더 큰 종속을 느껴본 적은 정말이지 전혀 없었다.

저금통은 장난감 돈으로 채워 다시 제자리에 놓아두었다. 아무도 그 것에 대해 묻지는 않았다. 그러나 언제든 발각될 수 있었다. 그런 이 유로 나는 크로머의 거친 휘파람소리 이상으로 어머니를 무서워했다. 어머니께서 나직이 내게로 다가설 때면 저금통에 대해서 물어보기 위 해 오는 것은 아닐까 하는 생각이 꿈틀거렸다.

내가 번번이 돈을 구하지 못한 채 나를 속박한 악마에게 갔을 때 악 마는 나를 다른 방법으로 괴롭히고 이용하기 시작했다. 나는 크로머 를 위해 일해야만 했다. 그는 자기 아버지 심부름을 해야 했는데 그것 을 내가 대신 해야만 했다. 간혹 그는 나에게 무언가 힘든 것을 하도 록 시키곤 했다. 10분 동안 외발뛰기를 하게끔 한다든지, 지나가는 사 람의 저고리에 쪽지를 붙이게도 했다. 여러 날이나 꿈속에서도 이 괴 로움은 지속되어 나는 악몽에 겨운 땀에 흠뻑 젖어 누워 있었다.

그리고 한동안 무척이나 아팠다. 자주 토했고, 쉬이 오한이 일어났 으며, 밤에는 땀과 열에 젖어 그냥 누워만 있었다. 어머니는 무언가 잘못되었다는 것은 느끼셨는지 관심과 걱정을 보이셨는데, 그것이 더 나를 괴롭혔다. 어머니의 관심과 애정에 신뢰로써 부응할 수·없었기 때문이었다.

한 번은 내가 이미 잠자리에 들었던 저녁에 어머니가 초콜릿 하나를 가져오셨다.

그날 하루를 착하게 보내면 잘 자라고 그날 저녁에 상으로 주전부리 를 받곤 하던, 더욱 어렸던 시절을 떠올리게 했다. 어머니가 그 시절의 모습 그대로 나에게 초콜릿 한 조각을 내밀고 계셨다. 어찌나 괴로운지 나는 고개를 가로저을 뿐이었다.

어머니는 뭐가 잘못되었느냐고 물으시며 내 머리를 쓰다듬어 주셨다. 나는 간신히 '아니요! 아니요! 아무것도 먹지 않겠어요!' 라고 말할 수 있었을 뿐이다. 어머니는 초콜릿을 침대 맡 탁자에 두고 가셨다.

다음 날 어머니께서 어제의 일을 두고 캐물으려 하셨을 때, 나는 아무것도 모르는 척했다. 한 번은 의사를 데려오셨다. 의사는 나를 진찰하고 아침에 차가운 물로 몸을 씻도록 처방을 내렸다.

그 시절 나는 일종의 착란증세를 보이고 있었다. 우리 집안의 정돈된 평화의 한가운데에서 나는 소심하게, 그리고 고통을 받으며 유령처럼 살았다. 다른 사람들의 생활에는 관여하지 못했으며, 잠깐이라도 내 자신을 잊고 지낼 수도 없었다.

때때로 흥분을 주체하지 못하고 해명을 요구하시는 아버지에게는 아예 마음을 닫고 냉담했다.

카인

구원은 전혀 예상치 못했던 곳에서 일어났다. 동시에 내 인생에 지대한 영향을 주는 새로운 것이 내 삶으로 들어왔고, 그것은 오늘날에 이르기까지 지속적으로 영향을 주고 있다.

내가 다니던 라틴어 학교에 얼마 전 학생이 한 명 새로 전학을 왔다. 우리 도시로 이사 온 어느 유복한 미망인의 아들로, 소매에 검은색 띠를 두르고 있었다. 나보다 한 학년 높았고, 나이도 몇 살이나 더 먹었다. 곧 모든 학생들처럼 나도 그를 주목했다. 이 이상한 학생은 보기보다 훨씬 더 나이가 든 것 같았다. 그 누구에게도 소년이라는 인상을 주지 않았기 때문이다. 마치 어른처럼, 아니 그냥 딱히 어른이라기보다는 신사처럼 낯설고도 성숙한 모습으로 나를 비롯해 유치한 소년들의 틈바구니를 오갔다. 그렇다고 딱히 인기가 있지는 않았다. 놀이에 끼지 않았을 뿐더러 싸움에는 더더욱 가까이 하지 않았다. 다만 선생님들과 얘기할 때 자신감 넘치고 단호한 어조가 다른 학생들의 마음에 들었던 것이다. 그의 이름은 막스 데미안이었다.

어느 날, 무슨 이유에선가 매우 넓은 우리 교실에 또 하나의 반이 들어와 앉는 일이 있었다. 데미안의 반이었다. 어린 학생들은 성경 이야기 시간이었고, 큰 학생들은 작문을 해야 했다. 우리 어린 반 학생들이 카인과 아벨의 역사를 배우는 동안, 나는 독특하게 나를 자극하는 데미안의 얼굴을 자주 훔쳐보았다. 그 총명하고 환하며 엄청나게 단호한 얼굴은 작문 과제를 주의 깊고도 명민하게 바라보고 있었다.

그는 전혀 숙제를 하고 있는 학생처럼 보이지 않았다. 마치 당면한 자신의 문제에 전념하는 연구자처럼 느껴졌다.

나는 사실 그에게 호감보다는 거부감을 느꼈다. 그는 나보다 우월하고 침착했다. 그 본질에 있어서 너무나도 도전적일 만큼 안정된 모습이었다. 그리고 그의 눈은 아이들이 결코 좋아하지 않을 것 같은 어른의 표정이었는데, 약간 슬픈 듯한 냉소를 담고 있었다. 하지만 줄곧 바라볼 수밖에 없었다. 그가 호감을 주었던 것 같기도 하고 반감을 주었던 것 같기도 했다. 한 번은 그가 내게 눈길을 돌렸는데, 나는 그만 놀라서 얼른 시선을 외면했다.

지금에 와서 그가 학생으로서 어떤 모습이었는지를 생각해보면, 나는 감히 말할 수 있다. 그는 어느 면에서 다른 학생들과 달랐으며, 전적으로 특별하고 개인적 특징이 뚜렷해 눈에 띄었다고. 하지만 그는 눈에 띄지 않으려고 온갖 노력을 했다. 몸가짐이 마치 농부들 가운데 있으면서 같아 보이려고 갖은 애를 다 쓰는 변장한 왕자님 같았다.

학교에서 집으로 가는 길에 그가 내 뒤에서 걸어왔다. 다른 아이들이 뿔뿔이 헤어지고 나자 그는 나를 따라잡더니 인사를 했다. 학생다운 말투를 따라하려는 노력이 역력함에도 그는 무척이나 어른스럽고 공손했다.

"잠깐 같이 갈까?"

그가 다정하게 물었다. 나는 아첨을 받은 듯한 기분으로 고개를 끄덕였다. 그리고 어디 사는지 묻는 그에게 집의 위치를 일러주었다.

"아, 거기구나?"

그는 미소를 지으며 말했다.

"그 집을 이미 알고 있어. 현관문 위에 붙여놓은 기묘한 것이 관심을 끌더라."

무엇을 두고 하는 말인지 나는 금방 알아차리지 못했다. 그가 우리 집을 나보다 더 잘 아는 것 같아 그저 놀라울 따름이었다. 아마도 대문 위 아치형 띠를 마무리하는 꼭대기에 박힌 문장 같은 돌을 말하는 것 같았다. 그것은 세월이 흐르면서 편편해지고 페인트로 자주 덧칠된 것으로, 나와 우리 가문과는 내가 아는 선에서는 아무 상관이 없는 그런 것이었다.

"그것에 대해서 나는 아는 게 없어."

내가 수줍게 말했다.

"그건 아마도 새이거나 그 비슷한 거야. 분명 아주 오래되었어. 예전에 그 집이 한때 수도원의 일부였다는 건 알아."

"그럴 수도 있겠군."

데미안이 고개를 끄덕였다.

"한번 잘 봐! 그런 것들은 대부분 아주 재미있지. 그건 아마 매, 암놈일 거야."

우리는 계속 걸었다. 나는 몹시 당황하고 있었다. 그러자 갑자기 데미안이 웃었다. 마치 뭔가 재미나는 것이 떠오르기라도 한 듯한 미소였다.

"그래. 내가 그때 너희 반에 있었지?"

그가 활기찬 목소리로 물었다.

"이마에 표적을 단 카인의 이야기였지. 그렇지? 그 이야기가 마음에 들었니?"

전혀 아니었다. 내가 배워야 하는 것, 배웠던 것들 중 마음에 드는 것은 극히 드물었다. 그러나 나는 감히 답하지 못했다. 마치 어른과 이야기하고 있는 것 같았기 때문이다. 그냥 썩 마음에 든다고 말했다.

데미안이 내 어깨를 툭툭 두드렸다.

"나한테는 그럴듯하게 꾸며댈 필요는 없단다. 하지만 그 이야기는 정말로 특이하지. 그 이야기는 수업 시간에 나오는 대부분의 다른 이야기들보다는 훨씬 특이해. 선생님은 거기에 대해 이야기를 많이 하시지 않고 그냥 신과 죄악에 대한, 다들 알고 있는 시시콜콜한 얘기만 하셨어. 그렇지만 내 생각은 말이지."

그가 말을 끊더니 미소를 띠며 물었다.

"그런데 너, 이런 것들에 관심은 있니?"

내가 긍정도 부정의 뜻도 드러내지 않자 데미안은 계속 말을 이어 갔다.

"그러니까 내 생각은 카인에 관한 이야기를 완전히 다르게 이해할 수도 있다는 거야. 우리가 배우는 대부분의 것들은 분명 완전한 진실이고 올바른 것일지도 모르지만 선생님들이 보시는 것과는 다르게 볼 수도 있지. 그러면 대체로 나은 뜻을 갖게 돼. 예를 들면 카인이나 그의 이마에 찍힌 표적에 대해서 설명을 들은 대로만 만족할 수는 없잖아? 너도 그렇게 생각하지 않니? 어떤 사람이 싸우다가 자기 형제를 때려죽이는 일은 분명 일어날 수 있어. 그리고 그 사람이 나중에는 더

력 겁이 나 굴복하게 된다는 것도 분명 있을 수 있는 일이야. 그러나 그의 비겁함에 대해 일부러 훈장을 주어 표창까지 했는데 그 훈장이 그를 보호하고 다른 사람들에게 겁을 준다는 얘기는 정말 이상하지 않니?"

"물론이야."

난 무척이나 흥미를 느꼈다. 그런 일련의 문제가 마음을 사로잡기 시작했다.

"하지만 그 이야기를 어떻게 다르게 설명할 수 있다는 거지?"

그러자 데미안은 내 어깨를 툭 쳤다.

"간단해! 문제가 되고 실마리가 되는 것은 표적(標的)이야. 어떤 사람이 있었는데 그는 얼굴에 다른 사람들을 겁나게 하는 무언가를 갖고 있었어. 사람들은 감히 그를 건드리지 못했지. 그들을 압도했던 거야. 그와 그의 자손들까지 말이야. 어쩌면, 아니면 분명한 것은 편지에 찍히는 소인처럼 정말로 이마에 찍힌 낙인 같은 것은 아니었을 거야. 그렇게 단순하지만은 않겠지. 오히려 그건 거의 알아볼 수 없는 무시무시한 무엇이 아니었을까? 그것은 오히려 시선에 담긴 비범한 정신과 담력이었을 것 같아. 그 남자에게는 그런 힘이 있었고 사람들은 그를 겁냈을 거야. 그는 분명 표적 하나를 가지고 있었던 것이 분명해. 그걸 사람들은 자기 원하는 대로 설명했을 거야. 그들은 언제나 자기들한테 편하고 옳다고 하는 것을 원하잖아? 그들은 카인과 그의 자손들을 무서워했어. 그들 또한 카인과 마찬가지로 표적 하나를 가지고 있었거든. 그러니까 사람들은 그 표적을 그것의 원래 모습인 우월함에 대한 증거로 설명하지 않고 반대로 설명한 거야. 사람들은 말

58

했지. 이 표적을 가진 녀석들은 무시무시하다고. 또 그들이 실제로 그렇기도 했어. 용기와 나름의 개성이 있는 사람들은 다른 사람들한테 늘 두려운 존재거든. 겁 없고 무시무시한 족속 하나가 돌아다닌다는 것은 몹시 불편한 일이었지. 그래서 이제 이 족속에게 별명 하나와 우화 하나를 덧붙여 놓은 거야. 복수를 하려고 견뎌낸 무서움을 모든 사람들을 위해서 약간 해롭지 않게 억제해두기 위해서랄까. 이해되니?"

"응. 그러니까 카인은, 그럼 전혀 나쁜 사람이 아니었단 말인 거야? 성경에 있는 모든 이야기가 실제로는 전혀 사실이 아니라는 말이야?"

"그렇기도 하고 아니기도 해. 그렇게 오래 되고 해묵은 이야기들은 늘 사실이야. 그러나 언제나 사실대로 기록되어 있지도 않고 사실대로 설명되지도 않지. 간단히 말해서 내 생각은 이래. 카인은 늠름한 젊은이였는데, 그저 사람들이 그를 무서워했기 때문에 그에게 이런 이야기를 꼬리표처럼 달아놓은 거라는 거지. 이야기는 그냥 하나의 소문이었어. 사람들이 온 사방에 떠들고 다니는 그런 것이었지. 그러나 카인과 그 자손들이 정말로 일종의 표적을 지녔고 대부분의 사람들과 달랐다는 것은 사실이야."

나는 몹시 놀라고 충격에 휩싸여 물었다.

"그럼, 동생을 쳐 죽인 일도 전혀 사실이 아니라고 생각하는 거야?"

"아니지. 죽인 건 분명 사실이야. 강한 사람이 약한 사람 하나를 쳐 죽였어. 그것이 정말 자기 형제였는지에 의심할 여지가 남아 있지. 정말 형제였는지 아닌지는 중요하지 않아. 결국 모든 인간이 형제잖니? 그러니까 강한 사람이 약한 사람 하나를 때려죽인 거야. 어쩌면 그건 영웅적 행위였을지도 모르고 아닐 수도 있지. 어쨌든 주변의 다른 약한 사람들이 잔뜩 겁이 난 거야. 그들은 몹시 탄식을 했지. 그런데 '왜 너희들도 그 사람을 그냥 쳐 죽이지 않는 거지?'라고 누가 물으면, 그들은 '우리가 겁쟁이이기 때문이죠'라고 말하지 않고 '그럴 수 없습니다. 그는 표적을 가지고 있거든요. 하느님이 그에게 그려 주신 겁니다'라고 말했지. 대략 그런 식으로 그 사기는 이루어졌음이 틀림없어. 아, 참참. 내가 널 오래 붙들고 있구나. 그럼 안녕!"

데미안은 나를 그렇게 혼자 두고 알트 골목으로 접어들었다. 혼자 남은 나는 그 어느 때보다 혼란스러워져 멍하니 서 있었다. 데미안이 가버리자마자 그가 했던 모든 말이 터무니없이 느껴졌다.

카인은 고귀한 인간이고, 아벨이 비겁자라고! 카인의 표적이 표창이라고!

그건 정말이지 어처구니없는 얘기였다. 신성모독이고 극악무도한 얘기였다. 그렇다면 하느님은 어디로 가신 거야? 하느님은 아벨의 제물을 받지 않으셨던가? 아벨을 사랑하시지 않았던가? 아니다. 말도 안 되는 소리다!

나는 데미안이 나를 놀리며 골탕 먹일 속셈이었다고 추측했다. 실로 빌어먹게 영리한 녀석이었다. 말은 잘도 했다.

그렇지만 그렇게…… 아니다…….

어쨌든 나는 아직 한 번도 그 어떤 성서의 이야기나 다른 이야기에 대해 그렇게 많이 생각했던 적이 없었다. 그리고 오래전부터 한 번도, 저녁 내내 여러 시간을 프란츠 크로머를 그렇게 완전히 잊어버린 적은 없었다.

집에서 그 이야기를 다시 한 번 곱씹어보았다. 성경에 써 있는 이야기는 짧고 분명했다. 그걸 남모르는 특별한 생각으로 풀이를 해본다는 것은 완전히 미친 짓이라고 생각했다. 데미안의 말대로라면 사람을 쳐 죽인 자도 스스로를 하느님이 사랑하시는 사람이라고 선언할 수도 있다! 아니, 그건 말도 안 되는 소리였다. 데미안이 그 이야기를 하는 태도가 그저 남들과 다르게 세련되었을 뿐. 마치 모든 것이 자명한 일이나 되는 것처럼 그렇게 쉽고 멋지게 말하다니. 게다가 그런 총명한 눈!

물론 나 자신도 아주 정상적인 상태는 아니었다. 심지어 몹시 혼란에 빠져 있었다. 나는 얼마 전까지 깨끗한 세계에서 살아왔다. 나 자신이 일종의 아벨이었다. 그런데 이제 나는 이토록 깊이 '다른 것'에 섞여 이렇게 심하게 굴러 떨어지고 가라앉고 있었다. 그럼에도 불구하고 나는 마음 깊은 곳에서부터 이런 것에 찬성할 수 없다니! 어떻게 그럴 수 있었단 말인가? 그렇다. 순간 마음속에서 기억 하나가 번쩍 떠올라 한순간 거의 숨을 쉬지 못했다. 비참한 이 상황이 시작되었던 고약한 저녁. 그때 나는 한순간 아버지와 밝은 세계, 그리고 지혜를 문득 꿰뚫어본 듯 경멸했다! 그렇다. 그때의 나는 카인이었다. 그의 표적을 달았던 나는 이 표적은 치욕이 아니라고, 이건 표창이라고 함부로 상상했다. 악의와 불행을 두려워했기 때문에 아버지보다 더 높은 곳에, 더 선하고 경건한 사람들보다도 높은 곳에 서 있다고.

내가 그 당시 이렇게 명확한 사고를 갖고 그 일을 체험한 것은 아니었다. 이 모든 생각이 포함되어 있다는 느낌이 한 번 타올랐을 뿐이다. 아픔을 주지만 그래도 나를 자랑으로 채웠던 기이한 움직임들에 의하여 온갖 느낌들이 한꺼번에 타오른 것일 뿐이었다.

천천히 생각을 더듬어 보고서야 알게 되었다. 데미안은 이상하게 겁 없는 사람들과 비겁한 사람들에 대하여 이야기했다. 그토록 기이하게 카인의 이마에 찍힌 표적을 풀이했다. 그때 그의 눈, 그 독특한 어른 의 냄새를 풍기는 눈은 얼마나 놀랍게 빛을 뿜었던가! 어렴풋이 이런 생각이 뇌리를 꿰뚫고 지나갔다.

그가, 데미안이 혹시 카인 같은 존재는 아닐까? 스스로 비슷하다고 느끼지 않았다면 왜 그는 카인을 옹호하는 정의를 내렸을까? 왜 그의 눈에서 그런 힘이 느껴지는 걸까? 왜 그는 그렇게 하느님의 마음에 드 는 밝은 세상의 경건한 사람들에 대해 비웃음을 띠며 말했던가?

이런 생각이 머릿속을 끝없이 맴돌았다. 돌 하나가 우물 안에 던져 진 것이고, 그 우물은 바로 나의 젊은 영혼이었던 것이다. 그리고 몹 시 길고도 긴 시간 동안 카인과 쳐 죽임과 표적은 인식과 회의, 비판 에 이르려는 내 미약한 시도의 출발점이 되었다.

나는 다른 학생들도 나와 마찬가지로 데미안에게 관심이 많다는 것 을 알아차렸다. 하지만 카인의 이야기에 대해서는 아무에게도 말하지 않았다. 데미안이 다른 학생들에게도 나에게 했던 얘기를 했는지는 모르겠지만 다른 학생들에게도 흥미를 끌고 있는 듯했다. 새로 온 아 이에 대한 소문들이 돌았기 때문에 난 알 수 있었다.

내가 다 알기만 했더라면 어느 소문이든 데미안의 전모를 조금이나 마 밝혀주고 그 어떤 소문이든 쉽게 정답을 내릴 수 있었을 것이다. 그러나 그때의 내가 알았던 것은 데미안의 어머니가 매우 부자라고 소문이 났다는 것이 전부였을 뿐이다.

그녀는 교회에 가지 않았고, 아들인 데미안도 역시 그렇다는 말을 들었다. 어떤 사람은 데미안 모자가 유태인인 것 같다고 주장했지만, 어쩌면 그들은 은밀한 회교도일 수도 있었다.

데미안의 신체적 힘에 대해서도 더 동화 같은 이야기들이 떠돌았다. 데미안에게 싸움을 걸고는 거절하자 비겁자라고 욕하는 같은 반의 가장 힘센 동급생에게 굴욕을 주었다는 것은 확실했다. 거기 있던 아이들 말에 의하면 데미안이 그냥 한 손으로 덜미를 잡아 꽉 눌렀을 뿐인데, 그 동급생의 얼굴은 창백하게 굳었고 나중에는 슬금슬금 달아났다는 것이다. 그리고는 여러 날 팔을 쓰지 못했다고 했다. 심지어 어느 날 저녁에 그가 죽었다는 말까지 떠돌았다.

별별 이야기가 한동안 난무하고 또 기정사실처럼 되는 일이 생겼다. 모두가 자극적이고 놀라운 소문들이었다. 그리고는 한참이나 잠잠했다고 생각할 무렵 새로운 소문이 학생들 사이에서 떠돌았다. 데미안이 어떤 여자애와 사귀면서 이미 알 건 다 아는 사이로 발전했다는 소문이었다.

그 사이 나는 프란츠 크로머와의 불가피한 만남을 계속 이어가고 있었다. 나는 그로부터 헤어 나오지 못했다. 그나마 가뭄에 콩 나듯 자유를 며칠간 얻었다 하더라도 나는 궁극적으로는 그가 원하는 만큼의 돈을 주지 못하는 이상 그에게 얽매여 있는 것이나 마찬가지였다. 때문에 그는 꿈속에서만큼은 그림자처럼 확실하게 들러붙은 채 함께 살았다. 망상은 점점 심해져 크로머가 현실에서 감히 나에게 저지르지 못할 끔찍한 것조차 스스로 꿈에서 자행했다. 꿈에서 나는 전적으로 그의 노예였다.

나는 현실에서보다 더 많이 이런 꿈에서 헤매었다. 나는 본래 꿈을 많이 꾸는 편이었기 때문에 그림자 같은 크로머로 인해 힘과 활기를 잃고 말았다. 다른 꿈도 꾸긴 하지만 크로머가 나를 학대하며 침을 뱉고 올라타는 것도 모자라 무릎으로 짓누르는 꿈을 자주 꾸었다. 그리고 더 고약한 것은 심한 범죄를 저지르도록 나를 유혹하는 꿈이었다. 그런 꿈은 딱히 유혹이라 정의를 내릴 수 없을 정도로 영향력을 끼쳤다.

그중 가장 무서운 꿈의 예를 들자면, 내가 반쯤 정신이 나간 상태로 깨어나는 아버지를 습격하고 처참히 살해하는 꿈이었다. 크로머가 칼을 갈아 내 손에 쥐어주고 나와 어느 가로수 길의 나무들 뒤에 서서 누군가를 노렸다. 누구를 노리고 있는지 나는 잘 몰랐다. 그러다 누군가가 어둠을 따라 가까이 접근했고, 크로머는 내 팔을 누르며 찔러 죽여야 할 사람이 바로 그라고 말했다. 그건 바로 우리 아버지였다. 그러다 잠에서 깨어나기를 수도 없이 반복했다.

일련의 꿈 때문에 나는 카인과 아벨에 대한 생각을 오래도록 하고 있었다.

그러나 데미안에 대해서는 별로 생각하지 않았다. 그가 나에게 다시 가까이 다가 온 것은 이상하게도 꿈에서였다. 나는 또다시 견뎌야만 하는 학대와 폭력의 꿈을 꾸었다. 그러나 내 몸을 타고 앉은 것이 크로머가 아닌 데미안이었다. 무척이나 놀랐지만 그 꿈은 아주 독특했고 깊은 인상을 남겼다. 크로머를 통해 고통과 저항으로 받아들인 모든 감정들이 데미안을 통해서는 기쁨과 환희의 감정으로 느껴졌기 때문이다. 이 꿈을 나는 두 차례 꾸었다. 그러나 그 이후로는 꿈에서 데미안 대신 여전히 끔찍한 크로머에게 시달려야 했다.

이렇게 꿈에서 체험한 일련의 일과 현실에서 체험한 것을 나는 언제부터인가 명확하게 구분 짓지 못하게 되었다. 크로머와 나의 나쁜 관계는 그 상태를 유지하며 나름대로 진행되었다. 내가 저지른 도둑질을 통해 빚진 돈을 마침내 다 갚고 났을 때도 그와의 악연은 끝나지 않았다. 아니, 결코 끝날 리 없었다.

그는 내게 늘 어디서 그렇게 돈이 나오느냐며 종종 물었기 때문에 내가 저지른 갖은 도둑질에 대해 알고 있었다. 그리하여 나는 그 어느 때보다 더 단단히 크로머의 손아귀에 들어 있었다. 그는 툭하면 나의 아버지에게 전부 고하겠다고 위협했고, 그럴 때 두려움은 애초에 그 일을 하지 말았어야 했다는 생각에 미쳐 깊은 후회만 점점 더했다. 반면, 아무리 비참했어도 나는 내 죄를 뉘우치지는 않았다. 적어도 항상 전부를 뉘우치지는 않았다. 이따금 모든 것이 이럴 수밖에 없다는 느낌도 들었다. 나에게 마치 어떤 숙명이 드리워져 있기 때문에 내가 애를 써가며 그것을 깨뜨리려 노력하는 것은 소용없는 일 같았다.

부모님은 내가 낯선 악령에 씌어 그토록 친밀했던 가족과의 관계를 지속하지 못하는 것처럼 보이자 적잖이 괴로워했다. 난 나를 포함한 공동체에서 외따로 떨어진 것이다. 그 공동체를 향해, 마치 잃어버린 낙원을 그리워하는 듯한 향수가 격렬하게 엄습했다. 어머니는 아버지와 다르게 나를 악동이라기보다는 아픈 환자처럼 걱정하셨다. 그러나 내가 처한 현실이 진정 어땠는지는 나의 두 명의 누이들이 하는 행동을 통해 가장 잘 알 수 있었다. 매우 안타까워하면서도 나를 끝없이 비참하게 만들었던 그녀들의 태도를 통해 난 신들린 동생, 현실을 통해 비난당하기보다는 탄식을 받아야 할 동생으로 치부되었다.

그것뿐이라면 천만다행이었을 것이다. 하지만 그녀들은 애처로운 남동생의 속에 악이 둥지를 틀고 앉았다는 편견으로 일관된 시선으로 나를 미치광이 보듯 하며 불쾌한 감정을 역력하게 드러냈던 것이다. 사람들이 나를 위해 여느 때와는 사뭇 다른 기도를 올리는 것을 나는 느꼈다. 그리고 그 기도가 헛된 것이라는 것 또한 알고 있었다. 나는 이 분위기를 벗어나고 싶었다. 나를 사로잡은 격렬한 욕구는 안도를 향한 동경이었으며, 간절한 열망과 진정한 참회와 고해라는 것을 느꼈다.

하지만 그럼에도 불구하고 아버지에게도 어머니에게도 이 모든 것을 솔직하게 털어놓고 설명할 수 없으리라는 것을 먼저 깨달았다. 나는 알고 있었다. 부모님과 누이들이 내가 털어놓은 애기들을 정말 다정하게 받아들이고 아껴주며 실로 유감스러워 하리라는 것을 알고 있었지만, 그들이 완전히 이해하지는 못하리라는 사실을 알고 있었다. 그리고 이 모든 일들이 진정한 운명임에도 불구하고 그저 일탈이며 불량스러운 탈선으로 간주되고 말 것이라는 것 또한 잘 알고 있었다.

아직 열한 살도 채 안 된 아이가 그렇게 느낄 수 있다는 것을 믿지 않을 사람들도 있을 것이다. 하지만 난 그런 사람들에게는 내 이야기를 들려주고 싶은 것이 아니다. 나는 인간을 보다 잘 아는 사람들에게 말하고픈 것이다.

자기 감정의 일부를 사상으로 변화시킬 줄 아는 어른들은 아이에게 이런 사상이 있다는 것을 분명 알아차리지 못할 것이다. 심지어 잘못 판단하고 무시할 것이 뻔했다. 그러나 나는 내 평생에 있어 그때처럼 심각한 체험과 혼란으로 인해 고민했던 적이 거의 없었다.

한 번은 이런 적이 있었다. 어느 비 오는 날 나는 박해자로부터 성 앞 광장으로 나오라는 부름을 받았다. 나는 광장에 서서 크로머를 기다리며 흠뻑 젖은 검은 밤나무에서 떨어진 축축한 잎을 발로 건드리고 있었다. 그가 원하는 돈은 갖고 오지 못했다. 그래서 난 뭐라도 줘야겠기에 케이크 두 조각을 들고 그를 기다리는 참이었다. 나는 한참이나 긴 시간을 그렇게 한구석에 서서 오랫동안 그를 기다리는 것에 이미 익숙해 있었다. 마치 도저히 피할 수 없는 일을 감수하듯 나는 그를 기다렸다.

마침내 크로머가 왔다. 하지만 그는 그리 오래 머물지 않았다. 그는 내 가슴을 주먹으로 가볍게 몇 대 치고는 웃었다. 내게서 케이크를 빼앗고는 축축하게 젖은 담배를 권하기까지 했다. 그러나 나는 받지 않았다. 크로머는 평소보다는 다소 친절한 느낌이었다.

"간다. 아참!"

그는 몸을 돌리려다 멈춰 서며 말했다.

"잊기 전에 말해두지만, 다음에는 네 누이를 데려와야 해. 둘 중에 나이 많은 누나 말이야. 이름이 뭐더라?"

나는 전혀 이해를 하지 못했고, 대답도 할 수 없었다. 그냥 어리둥절한 표정으로 크로머를 물끄러미 바라보았다.

"못 알아듣겠어? 네 누나를 데려와야 한단 말이다."

"알아들었어. 크로머. 하지만 그건 안 돼. 나는 할 수 없을 뿐더러 누나도 결코 따라오지 않을 거야."

나는 늘 그랬듯 그의 말이 농간이며 나를 속박하는 구실에 지나지 않다고 생각했다. 크로머는 자주 그런 식으로 날 구속하려 했다. 가끔 불가능한 것을 요구해 나를 놀라게 하면서 굴욕을 주어 서서히 협상하게끔 만드는 것이다. 그러면 나는 어쩔 수 없이 약간의 돈 아니면 다른 선물을 몸값으로 주고 빠져나와야 했다. 이번에도 역시 뭔가를 건네지 않으면 빠져나올 수 없으리라 생각했다. 하지만 크로머의 분위기는 예전과 사뭇 달랐다. 내가 거부의 뜻을 밝혔음에도 화난 기색을 보이지 않은 것이다.

"글쎄."

크로머는 잠시 얼버무리듯 중얼거리고는 조용히 말했다.

"잘 생각해두라고. 나는 네 누나와 사귀고 싶단 말이야. 지금 당장은 안 되더라도 언젠가 한 번은 기회가 오겠지. 넌 그냥 누나와 산책만 하면 되는 거야. 그럼 내가 알아서 함께 할 테니까. 내일 휘파람을 불 테니, 그때 다시 한 번 얘기하는 걸로 하자."

말을 마친 크로머가 떠나고 나서야 난 그가 원하는 것이 무엇인지 어렴풋이나마 깨달을 수 있었다. 나는 아직 어린아이였다. 하지만 소년과 소녀가 어느 정도 나이가 들면 어떤 금지되고 상스러운 일을 은밀히 함께 벌일 수 있다는 것은 이미 들어서 알고 있었다. 그제야 내 머릿속이 명료해졌다. 그리고 크로머가 얼마나 해괴망측한 의도를 품고 있는지 확실하게 알아차리게 되었다! 동시에 결코 그가 원하는 대로 하지 않겠다는 결심을 확고히 했다.

그러나 한편으로는 두려움도 커졌다. 원하는 것을 얻지 못한 크로머에게 어떤 일을 당할 것인지, 그가 어떻게 내게 복수를 할지에 대해서는 거의 생각할 엄두조차 내지 못했다. 아직도 뭔가 충분치 않은 그의 욕심이 나에게는 새로운 고문이 된 것이다.

걸 알게 된 거야. 그럴 때 그가 바로 널 지배하는 힘을 갖게 되는 거지. 알아들었니? 어때, 내 말이 틀렸어?"

나는 어찌할 바를 몰라 안절부절못하며 데미안의 얼굴을 빤히 보았다. 그의 표정에는 항상 그랬듯 진지함과 영민함이 깃들어 있었다. 한편으로는 너그러움과 온갖 정다움이 깃든 듯도 했지만 그만큼 엄격해 보이기도 했다. 정의나, 혹은 뭔가 그 비슷한 것이 그의 얼굴에 있었다.

나는 내게 무슨 일이 벌어지고 있는 건지 느끼지도 못하고 있었지만 그는 내 앞에 서서 마술사처럼 내 마음을 다 읽어내고 있었다.

"이해했니? 알아들었어?"

그는 꿀 먹은 벙어리가 된 내게 다시 한 번 물었다. 난 그저 조용히 고개를 끄덕였을 뿐 아무 말도 할 수 없었다.

"독심술이란 것은 말이야, 재미있게도 아주 자연스럽게 할 수 있는 거야. 예를 들면, 언젠가 카인과 아벨의 이야기를 네게 들려주었을 때 네가 나에 대해서 어떻게 생각했는지 정확하게 말해줄 수도 있어. 딴 이야기 같지만 말이야. 난 네가 한 번쯤은 내 꿈을 꾸었을 거라고 확신해. 흠…… 어쨌든 이런 이야기는 그만두자. 너는 영리한 아이니까. 대부분의 아이들은 참 명청하거든. 나는 내가 믿고 신뢰하는 명석한 소년과는 언제 어디서든 즐겁게 이야기를 해. 어때, 너도 괜찮겠지?"

"그럼! 물론. 하지만 내가 하나도 못 알아들어서……."

"그럼 우리 다시 한 번 재미있는 실험을 계속할까? 자, 그러니까 우리는 찾아낸 거야. 소년이 잘 놀란다는 것과 누군가를 무서워하고 있다는 것을. 그리고 분명 그 누군가와 몹시 불편한 비밀이 하나 있다.

어때, 대략 맞아 떨어지지?"

나는 데미안의 목소리를 들으며 꿈속에서처럼 점점 그의 영향력에 굴복하고 있었다. 나는 그의 지배력에 압도당하며 머리를 끄덕였다. 그 음성은 꿈속에서나 들을 수 있었던 목소리가 아니었던가? 마치 모든 것을 알고 있다는 듯한 데미안의 목소리와 말투는 나 자신보다 나의 모든 것을 더욱 잘 알고 있다는 듯 명확하기 그지없었다.

그런 생각을 하는 사이 데미안이 내 어깨를 힘차게 두드렸다.

"그럼 맞는 거지? 역시 그럴 줄 알았어. 자, 이제 딱 한 가지 질문만 더 할게. 아까 저기서 만났던 녀석, 그의 이름이 뭔지 알고 있지?"

나는 깜짝 놀랐다. 데미안에 의해 나의 어두운 비밀이 들통 난 것이다. 그것은 고통스럽게 날 움츠러들게 만들었다. 나는 더욱 깊은 곳으로 숨고만 싶었다.

"누구? 다른 사람은 없었어. 나 혼자뿐이었어."

그러자 데미안은 씨익 웃었다.

"그냥 말해. 그 아이의 이름이 뭐지?"

나는 조그맣게 입을 뻐끔거리며 겨우 말했다.

"저…… 프란츠 크로머 말이야?"

그러자 데미안은 무척 흡족한 표정을 지으며 고개를 끄덕였다.

"브라보! 넌 정말 똑똑한 녀석이로구나! 좋아, 우리는 친구가 될 수 있겠다. 그런데 네게 꼭 할 말이 있어. 그 크로머라는 녀석은 말이야…… 아니, 이름이 뭐든 간에 정말 나쁜 녀석이야. 그 애의 얼굴에는 악당이라고 쓰여 있어. 너는 어떻게 생각하니?"

"응, 그래!"

나는 한숨을 푹 내쉬었다.

"그놈은 나빠! 사탄이야! 하, 하지만 그 녀석이 아무것도 알면 안 돼! 맙소사. 오오, 제발! 크로머가 알아서는 안 돼! 혹시 그를 알아? 그가 혹시 형을 알아?"

"쉿! 조용히 해. 그놈은 갔어. 그리고 나를 모르지. 아직은 모를 거야. 하지만 나는 그 녀석에 대해서 알고 싶어. 혹시 그 녀석 공립학교에 다니니?"

"응."

"몇 학년인데?"

"5학년. 크로머에게 아무 말도 하지 마. 제발, 제발! 그에게 아무 말도 하지 말아줘!"

"걱정 마. 네게 아무 일도 안 일어날 테니까. 그러니 그 크로머라는 아이에 대해 조금 더 말해줄 수 있지?"

"아니, 그럴 수 없어! 안 돼. 나를 그냥 내버려둬!"

내가 버럭 소리를 지르자 데미안은 한동안 말이 없었다. 그러더니 이내 안타깝다는 표정을 지으며 무겁게 입을 열었다.

"안타깝다. 우리는 이 실험을 조금 더 할 수 있었을 텐데. 하지만 나는 너를 괴롭히지는 않을 거야. 하지만 그 크로머라는 아이를 두려워하는 것이 옳지 않다는 것은 너도 알지? 안 그래? 자, 그런 두려움이 바로 우리를 완전히 망가뜨리는 거야. 두려움을 떨쳐버리고 그것에서 벗어나야만 해. 네가 제대로 된 사내대장부가 되려면 말이야. 이해하겠니?"

"그래. 분명 데미안 형 말이 전적으로 옳아. 하지만 역시 그렇게 안 되는 걸. 형은 몰라……."

"어떤 면에서는 네가 생각했던 것보다 내가 더 많이 안다는 것을 너도 느끼고 있겠지? 너…… 혹시 그 녀석에게 돈이라도 빚진 거 아냐?"

"그래! 그렇기도 해. 하지만 그게 그렇게 중요한 문제는 아니야. 더 이상 말할 수 없어. 할 수 없다고!"

"네가 그에게 빚진 돈을 내가 다 갚아줘도 아무런 소용이 없다는 거야? 어쩌면 내가 줄 수도 있는데……."

"아니, 아니야! 그게 아니니까 제발 부탁이야! 아무에게도 그 얘기를 하지 말아줘! 한 마디도! 형은 날 불행하게 해!"

"날 믿어, 싱클레어. 그리고 넌 언젠가 너희 두 사람 사이의 비밀을 나에게 말하게 될 거야."

"결코! 그런 일은 없어. 절대로!"

난 격렬하게 소리치며 고개를 가로저었다.

"다 너 좋을 대로 해. 어쩌면 네가 나중에 한 번 더 내게 말하게 될 테니까. 너 스스로 말이야. 그건 아마도 당연한 일일 거야. 설마 내가 그 크로머처럼 머리를 굴리고 잔머리를 쓴다고 생각하는 건 아니겠지?"

"오, 이런! 아니야. 하지만 데미안 형은 전혀 모르는걸."

"그래, 전혀 모르지. 그냥 너와 크로머, 둘 사이에 어떤 일이 있었는지에 대해서 곰곰이 생각할 뿐이야. 그리고 네가 걱정하는 것처럼 나는 결코 크로머처럼 굴지는 않을 거야. 그거 하나는 믿어줘. 또 넌 나에게 아무런 빚도 지지 않았잖아?"

데미안과 나, 우리 둘은 한동안 말이 없었다. 그리고 나는 차츰 안정을 되찾았다. 하지만 내게 있어 데미안이 나와 크로머와의 관계와 일련의 일들을 알고 있다는 것은 여전히 수수께끼였다.

"이제 집에 가야겠다."

데미안은 빗속에서 외투자락을 더욱 단단히 여미며 말했다.

"한 가지만 네게 다시 말해주고 싶어. 우리가 벌써 이만큼 가까워졌으니까. 넌 필히 크로머라는 그 녀석을 떨쳐버려야 할 것 같다! 다른 방법이 없다면 차라리 그 애를 때려죽여서라도 말이지! 만약 네가 그렇게 한다면 내 마음도 편해질 것 같아. 그리고 내가 널 그냥 두지도 않을 거고."

나는 또 다른 불안에 사로잡혔다. 불현듯 카인의 이야기가 다시 떠올랐다. 무시무시한 느낌에 나는 그만 눈물을 흘리며 훌쩍훌쩍 울기 시작했다. 그간 내 주위에서 일어난 모든 일들은 하나같이 무시무시하지 않았던 일이 없었다.

"그럼 좋아!"

데미안이 미소를 지었다.

"집으로 가! 우리는 분명 크로머를 해치우게 될 거야. 때려죽이는 것이 가장 간단한 일이겠지만, 한 가지 확실한 것은 그런 일은 어쩌면 가장 단순한 것이 늘 최선의 방법일 수도 있다는 거지. 네가 크로머와 계속 인연을 쌓는 것은 좋지 않아."

나는 집으로 돌아왔다. 마치 1년쯤 먼 외지를 방황하다 돌아온 것 같았다. 모든 것이 달라 보였다. 분명 나와 크로머 사이에는 무엇이 있었다. 미래, 혹은 희망과 같은 무언가 분명 존재했다. 그렇다. 나는 더 이상 혼자가 아니었다. 얼마나 무섭도록 혼자서 여러 주일 동안 말

못 할 비밀을 품고 지냈는지를 비로소 깨닫게 된 것이다. 내가 이따금 깊게 생각했던 걱정이 연이어 떠올랐다. 부모님 앞에서 고해를 하는 것이 후련하겠지만 그것이 완전히 날 어둠에서 구원할 수는 없으리라는 생각이 새삼 떠올랐다. 이제 나는 고해를 한 것이나 마찬가지였다. 전혀 다른 사람, 생각지도 못했던 낯선 이에게 말이다. 그리고 구원은 짙은 향기처럼 내게 다가왔다.

그 후로 오랫동안 나는 적과의 길고도 무서운 대결을 벌일 각오를 하느라 두려움을 쉽사리 극복하지 못했다. 그랬던 만큼, 모든 것이 고요하고, 완전하고, 비밀스럽게 흘러가는 것이 이상하게 느껴질 정도였다.

그 후로 집 앞에서 들리던 크로머의 예의 휘파람 소리가 들리지 않았다. 하루, 이틀, 사흘…… 일주일이 지나는 동안.

나는 믿을 수 없었다. 그런 나의 불신은 크로머가 불쑥 나타날 것에 대한 대비를 늦추지 않게 했다. 나는 크로머가 어느 날 갑자기, 전혀 예상치 않은 때 눈앞에 서서 날 기다리지 않을까 걱정했다. 그러나 걱정과 다르게 그는 나타나지 않았다. 쭈욱 내 앞에 모습을 드러내지 않았다!

내게 주어진 새로운 자유를 난 믿을 수 없었다. 내가 프란츠 크로머와 마주치게 되었을 때까지도 나는 그 사실을 현실로 받아들이지 못했다. 자일러 거리를 지날 때 나는 프란츠 크로머와 맞닥뜨릴 수 있었다. 그는 맞은편에서 내려오고 있었다. 그런데 그가 나를 보자 움찔거리다가 얼굴을 험악하게 찡그리더니 휙 돌아서서 피하는 것이 아닌가!

나에게 있어서 실로 놀라운 순간이 아닐 수 없었다! 내 적이 나를 피해 달아난 것이다! 그 동안 신물이 나게 괴롭히던 사탄이 나를 두려워하고 있다! 기쁨과 놀라움이 나의 전신을 화살처럼 관통하며 지나갔다.

그 무렵 데미안이 다시 한 번 내 앞에 나타났다. 그는 학교 앞에서 나를 기다리고 있었다.

"안녕하세요."

"안녕? 싱클레어. 네가 요즘 어떻게 지내는지 확인해보고 싶었다. 크로머가 이제 널 건드리지 않지? 그렇지?"

"데미안 형이 어떻게 하기라도 한 거야? 대체 어떻게? 대체 어떻게 했기에…… 난 도저히 이해할 수 없어. 지겹도록 날 불러내던 크로머가 이제는 내 앞에 나타나지 않아."

"그거 참 잘 됐구나. 언젠가 다시 나타나기라도 하면 내가 일러주는 대로 말해. 물론 더 이상 그렇지 않겠지만 워낙에 뻔뻔한 녀석이니까 어떨지 모르지. 다시 크로머가 네 앞에 나타나면 딱 한 마디만 해. 데미안을 기억하라고. 그냥 그 녀석에게 그렇게 말하면 돼."

"그게 무슨 뜻이야? 혹시 크로머랑 싸운 거야? 때려준 거야?"

"아니. 난 그런 짓을 별로 좋아하지 않아. 그 녀석하고는 그냥 대화를 나눴을 뿐이야. 너하고 얘기했듯이. 그리고 널 가만히 내버려두는 것이 자신에게 이로울 것이라는 사실을 똑똑히 알게 해주었지."

"데미안 형, 크로머한테 돈을 준 건 아니겠지?"

"아니. 그런 방법이라면 네가 벌써 해봤잖아."

나는 궁금한 것을 더 묻고 싶었지만 데미안은 떠나버렸다. 나는 그 자리에 서서 데미안에 대해 예전에 느꼈던 감사와 수줍음, 그리고 찬

탄과 두려움을 비롯한 헌신과 내면의 거부감이 기이하게 뒤섞인 답답함을 느끼며 마냥 서 있었다. 난 얼마 지나지 않아 데미안을 다시 보겠거니 생각했다. 그리고 그의 모든 것에 대해, 또한 카인의 일에 대해서도 더 이야기를 나눌 수 있기를 바랐다.

하지만 그건 쉽게 이루어지지 않았다.

감사라는 것은 나로서는 쉽게 믿을 수 있는 미덕이 아니었다. 그리고 그것을 나와 같은 어린아이에게 요구한다는 것은 잘못인 것처럼 느껴졌다. 그래서 나는 내가 막스 데미안에게 전혀 감사하는 감정을 느끼지 않았다는 것에 대해서 지금도 크게 놀라지 않는다. 데미안이 크로머의 손아귀에서 나를 구원해주지 않았더라면 나는 평생 병들고 상했을지도 모른다고 지금도 확신한다. 당시에도 나는 데미안의 구원을 내 짧은 인생의 가장 큰 경험으로 느꼈다. 그러나 정작 날 해방시켜준 사람의 존재감은 기적이 이루어진 순간부터 외면당했던 것이다.

감사해하지 않았다는 것은 이미 말했듯, 내게 있어 이상하게 느껴지지 않았다. 단지 특이하게 느낀 것은 오로지 내가 보인 호기심에 대한 해답이 없었다는 점이다. 나를 데미안과 접촉하게 했던 은밀한 비밀들에 좀 더 가까이 접근하지 않은 채 어떻게 단 하루라도 평온하게 살아갈 수 있었을까? 카인의 이야기에 대해서, 크로머와 독심술에 대해서 좀 더 알고 싶다는 욕망을 나는 어떻게 억누를 수 있었을까?

사실 이해가 안 되는 일이었지만 실로 그랬다. 나는 어느 순간 갑자기 날 구속한, 악령이 쓰인 그물로부터 풀려났음을 알고 있었다. 그리고 다시 날 감싼 세계가 밝고 기쁨으로 가득 찬 상태로 날 대해주고 있음을 체감하고 있었다. 더 이상 나는 두려움에 사로잡힌 발작과 숨통을 죄는 듯한 심장의 격한 고통에 시달리지 않았다.

저주의 주문은 풀렸다. 나는 더 이상 괴롭힘을 당하는 저주받은 아이가 아니었다. 나는 다시 예전과 다름없는 평범한 학생으로 돌아갔다. 신기하게도 내 본성은 될 수 있는 한 빠른 속도로 균형과 안정에 이르려 노력했다. 내면의 본질은 추하고 위협적인 것을 떨쳐버리고 잊으려 노력했다. 나의 죄와 불안했던 긴 역사 전체가 어떤 흉터와 깊은 인상도 남기지 않은 채 놀라운 속도로 빨리 치유되었다. 아픈 기억은 내 머릿속에서 미끄러지듯 흘러나가 자취를 감추었다.

그와 동시에 나는 조력자이자 구원자도 빨리 잊어버렸다. 이제는 이해할 수 있다. 손상당한 영혼의 남아 있는 모든 충동과 힘을 쏟은 나는 저주와 비탄의 계곡에서, 크로머의 무섭도록 지겨운 속박에서부터 도망쳐 돌아온 것이다. 내가 일찍이 행복했고 만족해했던 밝은 세계, 아버지와 어머니 그리고 두 누이들의 정결한 향기가 깃들어 있고 아벨이 누렸던 신의 호위가 가득한 밝은 세계로 돌아온 것이다!

데미안과의 짧은 대화를 나눈 그날, 다시 얻은 자유를 완전히 확신한 것으로도 모자라 더 이상 재발할 것을 두려워하지 않게 되었을 때, 나는 예전부터 그토록 자주 그리워하며 소망했던 것을 실행에 옮겼다. 고해를 한 것이다.

나는 어머니 앞에서 자물쇠가 망가지고 진짜 돈이 아닌 장난감 돈으로 채워진 저금통을 보여드리고 얼마나 오랫동안 내 잘못으로 인해 사악한 자의 손아귀에 묶여 있었는지 솔직하게 말씀드렸다. 갑작스러운 고해를 어머니는 다 이해하지 못하는 눈치였지만 저금통과, 예전과 다른 나의 눈동자와, 변한 목소리를 듣고서야 내가 회복되었으며 어머니에게 되돌아왔다는 것을 알아채셨다.

그리고 나는 벅찬 감정을 억누르며 내가 다시 받아들여진 사실에 대해 축제를 벌였다. 탕아의 귀향 의식을 치른 것이다. 어머니는 나를 아버지께 이끌고 갔다. 고해는 되풀이되었으며 질문과 놀람, 탄성과 감탄이 연이어 터져 나왔다. 부모님은 내 머리를 쓰다듬으시며 길고 긴 마음의 아픔을 떨쳐내고 안도의 한숨을 내쉬었다. 이 모든 것이 근사했다! 마치 모든 현실이 이야기와도 같았다. 모든 것이 놀라울 정도로 순조롭게 풀려나갔다.

나는 정말 열정적으로 이 안정 속으로 도피해 들어갔다. 다시 평화를 되찾고 부모님의 신뢰를 되찾았다는 것은 아무리 달리 생각해보아도 싫증나지 않는 것이었다. 나는 집에서 모범적인 소년이 되었다. 그어느 때보다 더 많이 누이들과 행복한 시간을 보냈고, 기도를 할 때는 구원받은 개종자의 감정으로 좋아하던 옛 노래를 함께 불렀다. 신기하게도 그런 행동은 진정한 충심에서 우러났으며, 어떤 거짓도 섞여 있지 않았다.

그럼에도 그걸로 만사가 안정되고 해결된 것은 절대, 절대 아니었다! 따라서 내가 데미안에 대한 망각을 사실대로 설명할 수 있게 되는 것이다. 나는 데미안에게 분명 참회를 했어야만 했다! 그 참회가 집에서처럼 화려하고 감동적이지는 않았을 테지만 나에게 있어서 결과는 분명 집에서보다 유익했을 것이다. 지금의 나는 사력을 다해 예전의 낙원과 같은 세계에 달라붙어 있다. 집으로 돌아와 자비와 관대 속에 받아들여진 것이다. 그러나 데미안은 결코 이 세계에 속하지 않은 존재였다. 결코 이 세계와 어울리는 존재가 아니었다. 크로머와도 분명 다르지만 데미안은 또 다른 의미의 유혹자이자 또 하나의 악한 존재였다. 그리고 나쁜 세계와 인연을 맺게끔 나를 묶는 고리였다. 하지만 나는 더 이상 깊은 생각을 하고 싶지 않았다.

예컨대, 바로 나 자신이 아벨이 된 지금 아벨을 포기하고 카인을 찬미하는 것을 도울 수는 없었고, 절대 그러고 싶지도 않았다.

외면적인 상황은 그랬다. 그러나 내면적인 상황은 정반대였다. 나는 크로머라는 악마의 손아귀에서 풀려남에 있어 내 자신의 힘과 노력이 통하지 않았다는 것을 알고 있었다. 나는 세상의 오솔길들을 똑바로 걸으려고 노력하다가 내게 있어 너무 미끄러운 길에서 친절히 내밀어진 하나의 손에 구원을 받았다. 그러나 나는 나를 잡아 이끌어준 구원의 손길에 눈길 한 번 주지 않고 곧바로 경건한 유년의 아늑함이 깃든 어머니의 품으로 달려들었다.

나는 스스로를 어리고 의존적인 어린애라고 규정짓고 크로머에게 속했던 예속을 새로운 상대로 바꿔놓아야 했다. 혼자서는 갈 수 없었기 때문이다. 그렇게 나는 맹목적인 마음으로 아버지와 어머니에게 의지함으로써 '밝은 세계'에 예속됨을 택했다. 그렇게 하지 않았다면 나는 분명 데미안의 편이 되어 모든 것을 털어놓았을 것이다. 내가 데미안의 편이 되지 않은 것은 당시 그가 가진 이념과 사상이 이상했고 나에게 수상쩍은 불신을 주었기 때문이었다. 하지만 그것은 두려움 외에 아무것도 아니었다. 데미안이 부모님보다 더 많은 것, 훨씬 더 많은 것을 내게 요구했을 것은 뻔했다. 그는 채찍질과 경고로, 조롱과 풍자로 나를 보다 자립적으로 만들려고 했을 것이다. 아! 비로소 나는 알게 되었다. 인간에게 있어 이 세상에서 자기 자신을 이끌어가는 것보다 더 힘든 것이 없다는 것을!

  그럼에도 불구하고 약 반 년이 지난 뒤, 나는 그 유혹에 저항할 힘이 없어 산책길에 동행한 아버지에게 질문을 던졌다. 혹자는 카인이 아벨보다 더 훌륭하다고 하는데 그 얘기에 대해서 어떻게 생각하는지를. 아버지는 몹시 놀라 그것은 새로울 게 없는 견해라고 못 박아 설명했다. 그것은 이미 기독교 이전에 거론되었으며 사이비 종파를 통해 전수된 카인교도라고 불린다고 말했다. 하지만 이 어리석기 그지없는 교의는 미치광이 취급을 받았고, 이는 우리가 가진 믿음과 신앙을 파괴하려는 악마의 시험과 다르지 않다고 설명했다. 왜냐하면 카인이 옳고 아벨이 그르다고 사람들이 믿는다면 결과적으로 신이 오류를 범하게 되기 때문이라는 얘기였다. 그렇게 되면 성서의 신이 올바르고 유일한 신이 아니라 그릇된 신이라는 결론이 나오기 때문이라며 아버지는 열변을 토했다. 카인교도들은 정말 이런 유사한 것을 설파하려고 노력했지만 이 이교도의 행동은 이미 예전에 인간의 세계에서 사라졌다.

  아버지는 나의 학우가 그것에 대한 이야기를 했다는 것이 이상하다고 하며 가급적 그런 생각은 버려야 한다고 진지하게 경고했다.

도둑

나의 유년 시절에 대해, 아버지와 어머니 곁에서 누렸던 안정과 부드럽고 사랑스러운 밝은 환경 속에서 넉넉히 즐기며 유희적인 삶을 살아가는 것에 대해, 정겨운 얘기를 말해줄 수 있을 것이다. 그러나 그런 이야기들은 이미 다른 사람들이 충분히 하고도 남았다. 내 인생에 있어 흥미로운 것은 오직 나 자신에 도달하기 위해 내딛던 걸음뿐이다. 그 모든 안락과 휴식의 순간들, 행복한 휴식처와 낙원의 마력을 모르지 않았지만 나는 그것들을 아득히 먼 곳 광명 속에 남겨두고 다시는 발을 들여놓고 싶지 않다. 이야기가 아직 유년에 머무르는 동안 더 하고 싶은 이야기는 새롭게 일어난 일련의 일들과 나를 내몰고 앗아간 것이 대부분일 것이다.

그런 충격들은 늘 그렇듯 '다른 세계' 에 와서는 불안과 강압과 양심의 가책을 동시에 느끼게 하며 내가 항상 머물고 싶은 평화를 늘 혁명과도 같이 위태롭게 했다.

밝은 세계에서는 숨기고 은폐해야 하는 하나의 원시적인 충동이 내속에 살고 있다는 사실을 새롭게 발견해야만 했던 시절이 나에게 왔다. 누구나 그렇듯 천천히 눈뜨는 성(性)에 대한 감정이 나에게 적이자 파괴자로, 금기로 물든 유혹이자 죄악으로 들이닥쳤다. 나의 호기심이 찾아다닌 것, 꿈과 쾌락과 두려움이 나에게 준 것, 사춘기의 비밀 같은 것들은 유년 시절에 맛보던 평화와, 아늑한 행복과는 전혀 어울리지 않았다. 나는 다른 모든 사람들과 다를 바 없이 행동했다. 이제 더는 어린아이가 아닌 아이의 이중적인 생활을 영위했다. 내 의식은 집안의 허용된 세계에 살며 어렴풋이 솟아오르는 새로운 세계를 부정했다. 그러나 그와 동시에 나는 꿈과 충동, 그리고 은밀한 소망에 사로잡혀 살았다. 그렇기 때문에 의식적인 삶이 만들어 낸 다리는 점점 더 불안해져만 갔다. 내 속에서 언제부터인가 유년기가 붕괴되고 있었다.

거의 모든 부모가 그렇듯, 나의 부모님도 말없이 침묵으로 일관하며 눈뜨는 생명의 충동을 모른 척 덮어 주셨다. 그들은 전에 없던 세심한 배려를 아끼지 않으며 현실을 부인하고 점점 더 비현실적이고 위선적으로 변해가는 어린이의 세계 속에 좀 더 머무르려는 절망적인 나의 시도를 도와주었다. 부모라는 존재가 과연 이런 문제에 있어서 얼마나 도움이 될 수 있는지는 모르나 부모님들을 비난하고 싶지는 않다. 마음을 다스리고 방법을 찾아내는 것은 고민을 안고 있는 나 스스로의 몫인 것이다. 그런데 나는 유복하게 키워진 대부분의 아이들이 그렇듯 내 자신의 일을 잘 해내지 못했다.

누구나 이런 어려움을 겪는다. 평범한 사람들에게 있어서 인생의 분기점이라 할 수 있는 일이다. 주변 세계와 갈등에 빠지며 혹독한 삶의 요구를 충족시켜 얻어내는 것은 투쟁과 쟁취를 통하게 이뤄진다. 많은 사람들은 인간의 기본적인 운명인 죽음과 새로운 탄생을 경험한다. 삶에서 오로지 한 번인 유년이 퇴색되어 서서히 빛이 바랠 때, 우리의 사랑을 얻었던 모든 것이 곁을 떠나감으로 인해 고독과 함께 치명적인 추위를 느낄 때, 그것을 경험하는 것이다. 많은 사람들이 영원히 이 과거라는 절벽에 매달려 집착하고 모든 꿈 중에서 가장 나쁘고 살인적이며 잃어버린 실낙원의 꿈에 고통스러울 정도의 집착과 미련을 남기는 것이다.

나의 이야기로 되돌아가 보자. 나 또한 유년의 끝이 왔음을 알리던 느낌들을 기억한다. 꿈과 감정, 그리고 환상 등은 이야기를 할 만큼의 충분한 가치가 없었다. 하지만 중요한 것은 바로 그 '어두운 세계', '다른 세계'가 다시 나타났다는 데 있다.

한때 프란츠 크로머였던 그것은 이제 나의 내부에 박혀 있었다. 그렇게 해서 '다른 세계'가 외부로부터 나에 대한 지배력을 다시 장악한 것이다. 크로머와의 사건이 있은 이래, 몇 년이 지난 뒤였다. 내 삶의 일부 중에서도 가장 극적이고 죄로 얼룩졌던 시절이 짧았던 악몽처럼 소멸되고 이미 추억거리도 되지 않을 정도로 지나간 때였다. 프란츠 크로머는 꽤 오래 전부터 내 삶에서 존재감을 상실해, 어쩌다 마주치는 일이 있어도 난 거의 신경 쓰지 않을 정도였다.

그렇지만 내 비극적인 삶에 있어 또 다른 인물 막스 데미안은 그때까지도 아직 내 주변에서 완전히 멀어지지 않았다. 오히려 데미안은 눈에 보이면서 영향을 끼치지 않을 정도의 거리에서 오랫동안 서 있었다. 그러던 그가 비로소 다시 서서히 가까이 다가와 힘과 영향을 미치기 시작했다.

그 시절 데미안과 내가 과연 무엇을 했는지 떠올려보면 1년 남짓 동안 단 한 번도 얘기를 나누지 않았던 것 같다. 나는 외면했고, 데미안은 결코 재촉하는 일이 없었다. 언젠가 우연히 마주쳤을 때, 그는 고개만 끄덕여 인사를 건넸을 뿐이다. 그 다음에는 이따금씩 특유의 다정함이 깃든 눈빛과 냉소, 묘한 시선과 날 비난하는 듯한 섬세한 표정으로 나를 자극했다. 하지만 그것은 어디까지나 나만의 상상일 수도 있었다. 내가 그와 함께 경험했던 사건이며, 당시 나에게 영향을 끼쳤던 기이한 영향력은 둘 다 잊은 듯했다.

나는 그의 모습을 더듬어 떠올렸다. 막상 그를 추억하려다 보니 그는 언제나 거기 있었고 내가 그의 존재를 예의 주시하고 있었음을 깨달았다. 데미안이 등교하는 모습이 보였다. 그는 늘 혼자가 아니면 언제나 키가 큰 학생들 사이에 섞여 있었다. 자신만의 분위기에 둘러싸여 자신이 정한 법칙 속에 살면서 낯설고도 외롭게, 외롭고도 고요한 모습으로 마치 무리에서 별처럼 거니는 듯한 그를 볼 수 있었다. 아무도 데미안을 사랑하지 않았다. 아무도 그와 친하지 않았다. 오직 그의 어머니만 빼고는 말이다. 어머니와도 어린아이와 어른이 아닌, 마치 한 사람의 성인과 성인처럼 교류하는 듯 보였다. 선생님들은 그를 될 수 있는 한 가만히 내버려두었다. 데미안, 그는 좋은 학생이었지만 누구의 마음에 들려고도 노력하지 않았다. 이따금 그가 어떤 일을 통해 선생님에게 항변을 했다는 소문이 들렸다. 하지만 그의 항변은 그저 날카로운 도전이 아닌 비꼼 정도로 무시되고 치부될 뿐이었다.

두 눈을 감고 데미안을 떠올려보았다. 그러면 그의 모습을 볼 수 있었다. 그곳은 어디였을까? 그래, 그렇다. 다시 그곳이었다. 다름 아닌 우리 집 앞에 있는 골목이었다. 하루는 데미안이 손에 노트를 들고 서서 현관문 위에 있는 오래된 문장을 그리는 것을 보았다. 새가 있는 오래된 문장을 보고 그리는 그를 나는 창가에 서서 커튼 뒤에 몸을 숨기고 바라보았다. 그림으로 옮기고 있는 사물을 바라보는 데미안의 주의력 깊은, 서늘하면서도 밝은 얼굴을 난 한동안 바라보았다. 마치 어른의 것과도 같은 그의 얼굴은 연구가 혹은 예술가의 얼굴이며, 뛰어난 의지가 가득했다. 게다가 이상하게도 확실히 뭔가를 알고 있는 듯 환히 빛나는 두 눈을 담은 얼굴이었다.

또다시 그의 모습이 보였다. 그보다 조금 시간이 지난 후 거리에서였다. 학교에서 집으로 돌아오는 길에 우리들 모두는 쓰러진 말 한 마리를 에워싸고 서 있었다. 말은 농가에서 쓰는 수레 앞에서 끌채에 메인 채 숨을 헐떡거리고 있었다. 말은 고개를 분주히 움직였다. 어딘가 상처가 났는지 피를 흘리고 있었다. 말의 옆구리 근처에서는 거리의 바닥에 가라앉았던 하얀 먼지가 천천히 검붉은 피를 빨아들이고 있었다. 그 광경이 메스꺼워서 몸을 돌렸을 때 데미안의 얼굴과 마주쳤다.

그는 앞으로 나서지 않고 편안하고 멋지게 멀찍이 뒤쪽에 서 있었다. 그의 시선은 말의 머리를 향해 고정되어 있었다. 다시금 그 깊고 고요하면서도, 광적이지만 격정적이지는 않은 주의력을 띤 눈빛이 느껴졌다. 나는 오래도록 데미안을 바라보지 않을 수 없었다. 비록 분명한 것은 아니지만 표현할 수 없는 매우 독특한 것이 느껴졌다.

나는 데미안의 얼굴을 보았다. 그리고 그가 단지 어른의 얼굴을 가졌다는 것뿐만 아니라 더 많은 것을 알 수 있었다. 보았다고, 혹은 감지했다고 믿었던 이유는 남자의 얼굴 때문만이 아니며 또 다른 무엇을 담고 있기 때문이었다. 혹은 여자와도 같은 느낌이 얼굴에서 조금 느껴지는 듯했다. 특히 그 얼굴은 한순간이지만 내게 정말 남자답거나 어린이답지 않으며 나이가 들었거나 어리게 보이지 않았다. 왠지 수천 살은 됨직한, 왠지 시간을 초월한 듯한, 우리가 사는 것과는 다른 시대의 인장이 찍힌 듯 보였다. 짐승들이, 아니면 나무나 별들이 그렇게 보일 수 있었을 것이다. 지금 비로소 성인이 된 나는 정확히 말할 수 있지만 그때는 명확하게 알 수 없었을 뿐더러 정확하게 정의를 내리지 못했다. 다만 그런 것들과 뭔가 비슷한 것을 느꼈을 뿐이다.

어쩌면 그는 미남이었을 것이고, 어쩌면 내 마음에 들었던 것뿐이었을지도 모른다. 아니면 그와 반대로 내게 거슬렸을 수도 있다. 다만 내가 그것을 구분할 수 없었던 것일 뿐. 내가 보았던 것은 오직 그가 평범한 우리들과는 달랐다는 사실이다.

그는 어쩌면 한 마리 짐승 같아 보였거나 아니면 유령, 혹은 어떤 형상과도 같았을지 모른다. 그때 그의 모습이 정확히 어땠는지에 대해 정의를 내릴 수는 없지만 어쨌든 그는 달라 보였다. 우리들 모두와 견주어 상상할 수 없을 만큼 달랐다.

아쉽게도 그 이상은 기억나지 않는다. 그리고 어쩌면 그런 기억도 내 스스로 일부를 재구성한 것인지도 모르겠다.

그 후로 나는 몇 년이 더 지나 제법 나이가 들어서야 비로소 다시 그와 가까운 관계가 될 수 있었다. 데미안은 관습대로 교회에서 받는 견진성사를 그 또래들과 함께 받지 않았는데 그에 대해서도 소문이 무성하게 꼬리에 꼬리를 물었다. 학교에서는 그가 사실은 유태인이라고, 아니, 아예 이교도라는 소문이 돌았다. 그리고 혹자는 데미안이 그의 어머니와 함께 어떤 종교도 갖지 않았거나 상당히 질이 나쁜 소수 종파 소속이라고 생각했다. 그래서 그런지 그가 어머니와 마치 애인처럼 지내며 산다는 의심도 받았던 것 같다. 추측컨대 그는 그때까지 아무런 신앙도 없이 키워진 것 같았다. 그런데 그의 그런 점이 장래에 어떤 불이익을 초래할지도 모른다는 우려를 낳은 것 같았다. 어쨌든 그의 어머니는 데미안의 또래보다 2년이나 늦게 견진성사에 그를 참여시킬 결심을 했다. 그렇게 해서 그가 몇 달간 견진성사 수업을 통해 나와 반 친구처럼 지내게 되었던 것이다.

한동안 나는 데미안과 완전히 거리를 두며 그에게 관여하고 싶지 않았다. 그는 너무나 무성한 소문과 비밀을 갖고 있었기 때문이다. 무엇보다 내 신경을 거스른 것은 크로머와의 사건 후 내 마음에 남은 일종의 의무감 때문이기도 했다. 나는 당시 내가 가진 비밀에 열중하느라 여념이 없었다. 불행하게도 견진성사 수업과 성에 대한 고민과 갈등 문제로 눈을 뜨는 시기가 결정적으로 일치했기 때문에 경건한 가르침을 받음에도 불구하고 나는 그것에 관심이 전혀 없는 상태였다. 게다가 신부님이 말씀하시는 성스러운 일들은 나로 하여금 체감할 수 없는 비현실성 가운데 있었다. 물론 대단히 아름답고 가치가 있을지언정 현실성이 결여된 듯하고 자극적이지 않았기 때문에 성에 눈을 떠가는 나에게는 싱겁게만 느껴졌다. 반대로 성에 대한 열의와 몰두는 현실감이 생생할 뿐더러 극도의 자극을 주었다.

이런 상태가 지속되면서 나는 수업에 무관심하게 되었고, 그러면 그럴수록 데미안에 대한 관심은 커졌다. 무엇인가 우리 두 사람을 묶어주는 느낌이 들었다. 나는 그와 연결된 듯한, 눈에 보이지 않는 끈을 될 수 있는 한 정확하게 따라가야겠다고 생각했다.

어느 이른 아침 수업 때였다. 아직 교실에 등불이 켜져 있을 만큼 어둠이 짙을 때 종교 담당 선생님이신 목회 신부님의 얘기가 카인과 아벨의 이야기에 이르게 되었다. 그럼에도 나는 신부님 수업에 거의 주목하지 못했다. 졸려서 들리는 내용이 무엇인지 분간할 수 없었기 때문이다. 그때 신부님이 강도 높은 목소리로 카인의 표적에 대해 얘기하기 시작했다. 순간 나는 뭔가 내 몸에 와 닿은 듯한, 혹은 경고를 받은 듯한 느낌이 들었다. 졸음을 쫓고 고개를 들던 나는 줄지어 놓인 책상의 앞쪽에 앉아 있던 데미안과 시선이 마주쳤다. 나를 바라보는 데미안의 눈빛이 조롱일 수도, 진지함일 수도 있었지만 어느 쪽인지 정의를 내릴 수는 없었다. 그는 환한 표정으로 뭔가 뜻을 내비치려는 듯 한동안 나를 바라보았다.

나는 긴장감에 사로잡혀 눈을 돌리고는 신부님의 말씀에 귀를 기울였다. 카인과 그의 표적에 대한 얘기를 들으며 마음 깊은 곳에서 솟아오르는 한 가지 깨달음을 감지했다. 그것은 신부님이 열변하는 일련의 성스러운 얘기와는 연관이 없었다. 그것은 달리 볼 수 있는 시각, 비판을 가할 수 있다는 깨달음이었다. 그 1분이라는 짧은 순간에 데미안과 나는 다시 연결되었다. 게다가 영혼이 서로 연결된 듯한 시점부터 마술과 같이 공간에 전파되는 것을 보았다. 데미안이 직접 그런 능력을 구사할 수 있었는지, 아니면 순수한 우연이었는지 구분할 수 없었지만 점차 우연이라는 생각이 확고해졌다.

그리고 며칠 후 데미안은 종교 시간에 늘 앉았던 자리 대신 자리를 바꿔 내 앞에 앉았다. (난 학생들로 꽉 찬 교실에서 늘 풍기던 비천한 빈민들의 냄새 대신 데미안의 목덜미에서 은은하게 풍기는 감미롭고 신선한 비누향기를 맡게 되었다. 그리고 그 향기가 얼마나 좋았는지에 대해 아직도 기억하며, 지금도 여운을 느낀다.) 그러고는 다시 며칠 지난 뒤 데미안은 아예 내 곁에 앉았다. 그리고 겨울이 다 가고 찾아온 봄이 끝날 무렵까지 그 자리에 앉아 나를 바라보았다.

그로 인해 아침 수업 시간은 완전히 딴판이 되었다. 졸음이 사라지고 지루하지 않았다. 데미안과 함께 하는 수업 시간만 생각하면 즐거웠을 뿐이다. 이따금씩 나와 데미안은 신부님 말씀에 귀를 기울이며 집중했다. 데미안의 눈길 한 번이면 주의해서 들어야 할 이야기, 혹은 이상하기만 한 격언에 집중할 수 있었다. 그리고 내 마음속에 가득한 비판과 회의를 일깨우기 위한 경고는 그의 단호한 눈길 하나면 충분했다.

그러나 우리는 때때로 학업에 충실하지 못한 학생이 되었다. 수업에 전혀 귀를 기울이지 않았다. 데미안은 언제나 선생님과 학급 친구들에게 공손함을 잃지 않았다. 그는 단 한 번도 남자 아이들 특유의 멍청한 짓들을 저지르는 것을 보이지 않았다. 큰소리로 웃는다거나 요란하게 떠드는 소리를 내지 않았으며 선생님의 비난이 자신에게로 향하지 않게 했다. 대신 아주 나직이 소리를 낮춘 귓속말이나 간단한 신호와 시선을 통해 나로 하여금 자신이 열중하는 것들에 대해 집중할 수 있게 했다. 이것은 때로는 기묘한 느낌을 갖게 해주었다. 예를 들면 그는 학생들 중 누가 자기한테 관심이 있는지, 자신이 어떤 식으로 그들을 연구하고 있는지에 대해 말해주었다. 그는 대부분의 학생에 대해 정확하게 알고 있었다.

데미안은 수업이 시작되기 전 나에게 말했다.

"내가 엄지손가락으로 신호를 하면, 저 애가 우리들을 돌아보거나 목덜미를 긁을 거야."

그렇게 말한 뒤 내가 수업에 집중해 좀 전에 들은 얘기를 잊어버릴 때쯤 데미안이 엄지를 눈에 띄게 치켜세웠다. 나는 서둘러 데미안이 가리킨 학생을 지켜보았다. 데미안이 가리킨 아이는 빈번히, 마치 철사 줄에 매달린 인형이 당겨지듯이 데미안이 말했던 몸짓을 반복했다. 나는 선생님을 시험대상으로 해보자고 데미안을 졸랐다. 하지만 데미안은 그것만큼은 하지 않았다. 그러나 딱 한 번, 내가 수업에 들어가며 오늘은 예습을 하지 않아 신부님이 아무것도 묻지 않으셨으면 좋겠다고 말했을 때 데미안이 나를 도와주었다. 신부님은 교리문답의 한 단락을 말하게 할 학생을 찾고 있었는데, 신부님의 떠돌던 시선이 죄의식에 찬 내 얼굴에 멈추었다.

신부님이 천천히 다가와 나를 향해 손가락을 뻗는 순간 내 이름이 벌써 입술을 움직이고 있다고 느꼈을 때였다. 갑자기 신부님이 산만한 행동을 보이며 불안정한 표정을 짓더니 옷깃을 당기고는 걸음을 데미안에게로 옮겼다. 신부님은 자신의 얼굴을 곧이 바라보고 있는 데미안에게 뭔가 물으려는 듯했으나 갑자기 놀란 기색이 역력한 기침을 했고 다른 학생에게로 질문을 던졌다.

데미안의 이런 장난은 나를 몹시 흥분에 이르게 했다. 그리고 그 동안 그가 나에게도 똑같은 장난을 여러 번에 걸쳐 했다는 것을 서서히 알아차리게 되었다. 등하교길에 갑자기 데미안이 내 뒤에서 오고 있다는 느낌이 들었을 때 고개를 돌리면 예상했던 그곳에 서 있곤 했다.

"어떻게 다른 사람이 데미안 형의 뜻대로 생각하도록 만들 수 있는 거야?"

몹시 궁금한 나의 질문을 받으면 데미안은 특유의 어른스러운 태도로 침착하고 사실적인 느낌으로 알려주었다.

"아니야. 그건 불가능한 일이야. 신부님이 그렇다고 늘 말씀하셔도 자유 의지 같은 것은 없어. 누군가 자신이 원하는 것을 내게 생각하게끔 할 수도 없고 나 역시 내가 원하는 것이 어떤 것인지 남에게 생각하게 할 수는 없어. 그러나 사람은 상대를 잘 관찰할 수는 있지. 그리고 다음 순간 상대가 뭘 하게 될지 제법 정확하게 맞힐 수 있어. 아주 간단하지만 대부분의 사람들이 그걸 모를 뿐이야. 물론 연습이 필요하지. 예를 들면 나비 종류 중에 어떤 나방이 있는데, 암놈이 수놈보다 훨씬 적어. 나비는 다른 모든 곤충과 똑같은 방법으로 번식해. 수컷이 암컷을 수태시키고 암컷이 알을 낳는 거야. 그런데 연구가들이 나방을 시험해본 바로는, 암컷이 하나 있으면 밤에 수컷 나방들이 날아오는데 거리상 몇 시간이나 떨어진 곳에서 온다는 거야. 생각해봐! 수 킬로미터 밖에서부터 모든 나방 수컷들이 그곳에 있는 유일한 단 하나의 암컷 나방을 감지하고 오는 거야! 그것을 설명하려고 학자들이 노력하지만 무척이나 어려운 문제야. 그것은 일종의 후각일 수도 있고 아니면 또 다른 무엇이겠지. 이를테면 좋은 사냥개가 눈에 잘 띄지 않는 짐승 자취를 찾아내 따라갈 수 있는 것과 같은 거지. 알아듣겠어? 자연계에는 그런 일이 얼마든지 존재하지. 하지만 아무도 그걸 설명할 수 없어. 뭐, 이런 말은 할 수 있겠지. 이 나방의 암컷이 수컷과 같이 흔했더라면 수컷들이 암컷을 찾아내는 것에 그리 예민하지 못했을 거라고. 수컷들에게 그런 예민한 능력이 있는 것은 오랜 시간 동안 스스로 그렇게 조련시켰기 때문인 거야. 짐승이나 사람이 모든 주의력과 의지를 어떤 특정한 것에 집중했을 때 도달하기도 하지. 그게 전부야. 네가 알고 싶었던 것도 그런 거지? 그렇다면 네가 관심을 갖고 있는 사람을 충분히, 자세히 관찰해봐. 그 사람에 대해서 그 자신보다 네가 더 잘 알게 될 거야."

나는 하마터면 독심술(讀心術)이라는 단어를 언급해 오래 전에 있었던 크로머와의 일들을 데미안에게 떠올리게 할 뻔했다. 그러나 그 일은 이제 데미안과 나 사이에서 미묘한 문제가 되어버린 지 오래였다. 그는 크로머와의 일이 있은 후 몇 년간 그토록 심각하게 내 인생에 개입했던 일을 떠올리게끔 하는 행동은 보이지 않았다. 우리 두 사람은 마치 아무 일도 없었던 듯 지냈다. 어쩌면 그런 일이 있었다는 것을 막연하게 잊었노라고 굳게 믿고 있는 듯했다. 두어 번 우리는 함께 길을 걷다가 프란츠 크로머와 마주친 적이 있었지만 서로 눈길을 주고받지 않았고, 크로머에 대해 한 마디도 나누지 않았다.

"하지만 의지는 어떻게 되는 거지? 자유 의지란 없다고 말했잖아? 그런데 오직 자기 의지를 확고하게 하고 그 무엇에 쏟으면 된다고 말했지. 그러면 자기 목표에 도달할 수 있을 거라고. 그건 앞뒤가 맞지 않잖아! 내가 내 의지의 주인이 아니라면 의지를 마음껏 이런저런 곳으로 향하게 할 수도 없는 거잖아?"

내 물음에 데미안은 그저 어깨를 툭툭 다독였다. 그의 그런 행동은 내 질문이 나름대로 그를 기쁘게 할 때 으레 나오는 행동이었다.

"오! 그걸 묻다니, 정말 훌륭해!"

데미안은 미소를 지으며 큰소리로 말했다.

"사람은 언제나 묻고 의심해야 해. 그러나 문제는 아주 단순하지. 아까 예를 들었던 그런 나방이 자신의 의지를 별이나 그 비슷한 곳까지 향하게 하려 했다고 가정해봐. 그건 정말 이룰 수 없는 일이겠지? 여기서 중요한 것은 나방은 그런 시도를 안 한다는 거야. 나방은 자기에게 있어 가치가 있는 것, 필요로 하는 것과 자기가 생을 마감할 때까지 꼭 지키거나 가져가야 하는 것만 찾는 거야. 바로 그렇기 때문에 우리가 믿을 수 없는 일도 이루어지는 거지. 그렇게 해서 자기와는 전혀 다른 동물은 가질 수 없는 육감을 터득하고 몸에 익히는 거야! 우리 같은 인간은 동물보다는 활동의 여지와 호기심을 가지고 있지. 그러나 인간은 여러 모로 동물에 비해 협소한 범위의 제약을 받고 있어서 그걸 쉽게 벗어날 수는 없어. 다만 상상 같은 건 가능하지. 이런저런 상상의 날개를 펼 수 있는 거야. 가령 북극에 꼭 가고 싶다, 라는 식의 상상을 하게 되었다고 쳐. 그럼 그런 소원이 내부에서 깃들고, 정말 완전하게 그 욕구에 사로잡혀 있을 때에나 그걸 실행에 옮길 수 있는 강한 욕구를 느낄 수 있다는 말이야. 그런 마음가짐만 있으면, 욕구를 해결할 수 있는 본질인 행동이 내면으로부터 너에게 명령되었을 때 네가 몸소 실천하기만 하면, 좋은 말에 마구를 메듯 네 의지를 과감하게 펼칠 수 있게 되는 거야. 예를 들면, 내가 지금 우리의 신부님이 장차 안경을 안 쓰시도록 해봐야겠다고 마음을 먹으면 그건 해서는 안 될 장난인 거야. 하지만 내가 그때처럼, 앞에 앉았던 내 의자에서 자리를 바꿔 네 곁으로 와야겠다는 확고한 의지를 갖게 되면 아주 잘 되지. 그때 알파벳순으로 봐서 분명 내 앞에 앉아야 했던, 지금껏 아파서 등교하지 못해 자리가 없던 아이가 갑자기 나타나게 된 거야. 그래서 그에게 자리를 만들어줘야 했고, 물론 내가 그렇게 했지. 내 의지가 준비가 되어 있었기 때문에 즉시 기회를 포착한 셈인 거야."

"그래."

나는 말했다.

"나는 그때 그 일을 아주 이상하게 느꼈어. 우리가 서로에게 관심을 가지게 되었던 순간부터 데미안 형은 점점 더 내 곁으로 다가왔거든. 그런데 그건 특별한 이유가 있었던 거야? 처음부터 내 곁으로 곧바로 다가오지 않고 몇 번인가 내 앞에 앉았었지. 그렇지? 그건 어떻게 된 거야?"

"그건 처음 자리를 옮겼으면 했을 때, 내 자신이 어디로 가기를 원하는지 제대로 알지 못했기 때문이야. 물론 너에게 가는 것이 내 의지였지만, 당시에는 그저 멀리 뒤쪽에 앉고 싶다고 생각했을 뿐이었다. 당시만 해도 그게 제대로 되지 않았거든. 동시에 너의 의지가 나를 도와 함께 끌어주었던 거야. 그러다가 내가 네 앞자리에 앉게 되자 비로소 내 소망의 절반이 이루어졌다는 생각을 하게 되었던 거지. 나는 그때 알아차렸어. 내가 원래 원했던 것은 네 옆에 앉는 것이었음을 말이야."

"하지만 그때는 분명 새로운 아이도 들어오지 않았는데."

"물론 안 들어왔지. 하지만 그때 나는 단순하게 내가 원하는 일을 해버린 것뿐이야. 나는 재빨리 네 곁에 앉아버렸을 뿐이고, 나와 자리를 바꾼 그 아이는 조금 의아해하게 생각했지만 별다른 투정 없이 내가 원하는 대로 내버려둔 거야. 그리고 변화가 일어났다는 것을 신부님이 알아차리기는 하셨을 거야. 하지만 신부님은 나하고 관계된 일에 대해 늘 마음의 불편함을 느끼셨거든. 그래서 내 이름이 데미안이

96

고, 이름이 'D'로 시작하는데 아주 뒤 'S'로 이름이 시작하는 아이들 가운데 앉아 있다는 것이 맞지 않는다는 걸 뻔히 알면서도 그냥 두신 거지! 그 일이 의식 속으로 뚫고 들어가지 않는 거야. 내 생각이나 의지가 항상 선생님의 뜻에 맞서니 그분도 뭔가 맞지 않다는 것을 거듭 알아차리셨어. 그리고 자신의 의지에 장해가 되는 날 관찰하기 시작했지. 그 선하신 분이. 그러나 그때 나에게는 단순한 방법이 있었지. 매번, 선생님과 눈이 마주칠 때마다 그분의 눈을 똑바로 바라보는 거야. 그렇게 하면 비단 선생님뿐만 아니라 거의 모든 사람들이 견디지 못하고 다들 불안한 감정을 느끼게 되거든. 만약 네가 누군가로부터 무엇인가를 얻기 위해 느닷없이 눈에 힘을 주고 똑바로 그의 눈을 쏘아보는데도 전혀 불안해하지 않거든 포기해! 그런 사람에게서는 결코 아무것도 이룰 수 없어! 하지만 그런 일은 아주 드물지. 내가 아는 사람 중에서 그렇게 해도 아무런 소용이 없었던 사람은 단 한 명뿐이었어."

"그게 누군데?"

호기심이 동한 나는 조용히 물었다.

그러자 데미안은 약간 갸름하게 뜬 눈으로 나를 바라보았다. 그는 생각에 잠기면 그런 눈이 되었다. 그러던 그는 시선을 딴 곳으로 돌리고 대답을 하지 않았다. 그의 뜻대로 되지 않은 사람이 누구인지 몹시 궁금했지만 깊은 생각에 잠긴 그에게 질문을 되풀이할 수는 없었다.

그때 불현듯 데미안이 어머니에 대해 얘기하고 있다는 생각이 들었다. 그는 어머니와 매우 친밀하게 지내는 것 같았지만 나에게는 한 번도 어머니 이야기를 하지 않았다. 게다가 나를 집으로 데리고 간 적도 없었다. 나는 데미안의 어머니가 어떻게 생겼는지조차도 몰랐다.

그 당시 나도 가끔은 데미안의 그 시험을 해보았다. 그와 똑같이 내 의지를 다른 누군가, 혹은 특정한 것에 틀림없이 도달하도록 한 데 집 중해 보았다. 내게는 충분히 절실하게 느껴지는 소망이 있었다. 그러 나 내 의지는 쉽사리 모아지지 않았다. 하지만 이 방법을 알려준 데미 안과 대화를 통해 풀어볼 용기는 없었다. 내가 소망하는 것을 그에게 고백할 수 없었기 때문이었다. 데미안도 나에게 묻지 않았다.

그러는 사이 종교적 문제에 있어 나의 신앙심에 많은 틈이 생기게 되었다. 하지만 전적으로 데미안의 영향을 받은 나의 생각은 완전한 불신자임을 드러낸 동급생들의 그것과는 뚜렷한 차이가 있었다. 학생 들 중에는 불신자들이 더러 있었는데, 그들이 이따금씩 흘리는 말은 신을 믿는다는 건 우스꽝스러운 일이고, 인간으로서 품위 없는 행동 이며, 삼위일체에 관한 이야기나 예수의 동정녀 탄생과 같은 이야기 들은 그저 웃기는 소리일 뿐이라는 것과, 오늘날까지 그런 구시대적 발상을 팔러 돌아다닌다는 것은 수치라는 등의 이야기였다.

하지만 나는 결코 그렇게는 생각하지 않았다. 때로 의심을 품으면서 도 내 유년의 모든 체험에 비추어 나는 부모님이 사시는 삶의 현실을 통해 경건한 삶이란 품위가 없지 않으며 허위가 아니라는 것을 잘 알 고 있었다. 오히려 종교적인 문제에 있어서 나는 지금까지 지극히 깊 은 경외심을 가지고 있었다. 다만 데미안은 나로 하여금 성서의 설화 와 교리를 자유롭고 개인적으로 받아들이는 것보다 유희적이며 환상 적인 시각으로 바라보고 이해하는 것에 더 익숙해지도록 해주었다.

나는 데미안이 친근하게 도움을 준 대로 늘 기꺼이 즐기며 그의 뜻을 따랐다. 확실히 많은 것이 나에게는 너무 조야한 것 같았는데, 카인에 대한 문제도 역시 그랬다. 그리고 한 번은 견진성사 수업 중에 그가 훨씬 더 대담한 견해를 통해 나를 놀라게 했다. 선생님께서 골고다 언덕에 대한 이야기를 막 끝냈을 때였다. 구세주의 고난과 죽음에 대한 성서의 보고가 나에게는 아주 어린 시절부터 깊은 인상을 남겼었다. 내가 아직 어린 소년이었을 때, 이따금씩 예수 수난 금요일에 우리 아버지가 예수 수난사를 낭독하시면 나는 열렬한 감동에 사로잡혀 이 비통하게 아름답고 창백한, 섬뜩하지만 무시무시한 생명력이 녹아 있는 세계 속에서 살았다. 겟세마네 동산에서, 골고다 언덕의 환상에 빠져 열렬한 감동을 느끼며 살았다. 그리고 바하의 〈마태 수난곡〉을 들을 때는 온갖 비밀과 신비가 가득한 이 세계가 지닌 어둡고 힘찬 고난과 열정의 광채가 온갖 신비로운 전율이 되어 나를 뒤덮었다. 나는 오늘날에도 역시 이 음악 속에서 '비극적 행위(Actustragicus)' 속에서 모든 시와 예술적 표현의 본질을 발견하곤 한다.

수업이 끝날 무렵, 데미안이 나에게 물었다.

"싱클레어! 내 마음에 안 드는 무언가가 있어. 이 이야기를 다시 한 번 읽어봐. 그리고 음미해. 뭔가 형용할 수 없는 껄끄러운 맛이 나. 예수와 함께 십자가에 매달린 두 도둑에 대한 이야기 말이야! 언덕 위에 십자가 세 개가 나란히 서 있는 모습은 참으로 굉장하지! 하지만 우직한 도둑들에 대한 감상적인 선교 전단용 이야기일 뿐이야! 도둑은 수치스러운 행위를 저지른 범죄자였어! 신은 그 모든 것을 알고 있었는데 막판에 마음이 누그러져 개전(改悛)과 후회의 눈물 어린 축제를 치르는 거야! 무덤에서 고작 두 걸음 떨어진 곳에서 하는 그따위 후회가 도대체 무슨 의미가 있담? 그건 엉터리 신부님의 설교일 뿐, 더 이상 아무것도 아니야. 달콤하고 솔직하지 않은, 지극히 교화적인 배경에다 측은지심의 사탕발림을 곁들인 얘기일 뿐이라는 거지. 만약 싱클레어 네가 오늘 그 두 도둑 중 하나를 친구로 택해야 한다거나 혹은 둘 중 누구에게 더 신뢰를 줄 수 있겠는지 생각해야 한다면 그건 눈물이나 찔끔거리는 개종자가 아님은 확실할 거야. 당연하게 다른 쪽의 도둑을 선택하겠지. 회개하지 않은 그 도둑이야말로 개성이 있는 사나이 아냐? 그는 개종 따위를 우습게 여겼어. 고작 당시 처한 현실에 비해서는 듣기 좋은 속삭임이었겠지. 하지만 그는 결국 자신의 길을 끝까지 갔어. 그리고 그때까지 도와준 악마로부터 마지막 순간에 비겁하게 도망가지 않았어. 그는 개성을 가진 사람이야. 성서 어떤 구절에서든 그런 개성을 가진 사람들은 늘 손해를 보게 마련이지. 어쩌면 그 역시 카인의 후예일 거란 생각이 들지 않니?"

나는 몹시 당황했다.

십자가에 못 박히는 이야기만큼은 나 스스로 정통했다고 생각하며 확신에 망설임이 없었다. 그런데 이제야 비로소 내가 얼마나 개성 없이, 얼마나 상상력과 환상이 결여된 채 그것들을 듣고 읽고 받아들였는지를 깨달았다. 데미안의 새로운 생각은 내게 숙명으로 느껴지기까지 했고, 계속 그 관계를 고수해야 한다고 믿었던 내 안의 관념을 뒤집게 할 정도로 위협적이었다.

안 된다. 그렇게 아무렇게나 온갖 것들을, 가장 신성시했던 것까지도 농락당해서는 결코 안 되는 것이다. 데미안은 언제나 그랬듯 내가 입을 열기도 전에 이미 나의 의사를 눈치 챘다.

"나도 이미 알고 있어."

데미안은 체념하듯 말했다.

"그건 옛날 얘기니까 심각할 필요 없어! 하지만 네게 꼭 몇 마디를 하고 싶어. 여기 이 종교의 결함을 아주 뚜렷하게 보여주는 단점이 하나 있단 말이야. 구약과 신약에서의 완전한 신은 실로 훌륭한 모습이었다고들 하지만 그게 본래 그랬어야 할 모습이 아니라는 것이 모순이거든. 신이란 선이며 어질고 고귀한 존재, 아버지와 같은 자비로움과 아름다움, 그리고 드높고 다감한 것이라는 것은 옳은 말이야! 그러나 세상은 또 다른 것으로도 이루어져 있어. 그런데 신을 제외한 다른 것들은 죄다 악마로 치부되고 만다는 거야. 그렇게 해서 세계의 절반은 통째로 은폐되고 묵살 당하게 되는 거야. 바로 사람들이 신을 모든 생명의 아버지라 기리면서도 생명의 근원인 모든 성생활은 간단히 묵살하고, 걸핏하면 악마의 짓이네, 죄악이네, 선언해버리는 거야! 사람들이 이런 여호와의 신을 숭배하는 데 대해서 내가 반대할 이유는 없어. 그러나 우리는 모든 것을 존경하고 신성시해야만 한다고 생각해. 인위적으로 분리시킨 절반의 세계가 아닌 전체를 말이야! 그러니까 우리는 신에 대한 예배와 더불어 악마에게도 예배할 줄 알아야 된다고 생각해. 그게 올바른 일인 것 같아. 아, 아니면 예배를 하나 더 만들어 악마에 대한 예배도 그 범주에 포함하고 지극히 자연스러운 세상일들이 생겨날 때에도 눈을 감지 않아도 되는 그런 신을 창조해야 한다고 생각해."

데미안은 평소와 다르게 격한 감정을 드러냈다. 그렇지만 곧 다시 미소를 지으며 혼란스러워하는 나에게 더 이상의 뭔가를 강요하는 눈빛을 드러내지 않았다. 그러나 나는 마음속에 그의 말을 오래도록 간직하고 있었다. 아무에게도 결코 언급하지 않았던 소년기의 수수께끼는 적중하고 있었다.

데미안이 그때 신과 악마에 대해 신적이고 공식적인 세계와 묵살된 악마적 세계로 구분해 말했던 것은 실로 나 자신의 생각이었고 신화였으며 두 개의 세계, 혹은 밝은 세계와 어두운 절반의 세계에 대한 생각 또한 나 자신의 생각이었다. 내가 가진 문제는 곧 모든 인간의 문제이며 삶을 살아가는 모든 이들의 생각과 문제라는 통찰이 신성한 그림자처럼 갑작스레 나를 스쳐갔다. 그리고 나의 개인적인 삶과 생각이 얼마나 깊고 거대한 이념의 영원한 흐름에 깊게 관여되어 있는가를 체감할 수 있게 되자 불안감과 경건한 마음이 엄습했다.

그 깨달음이 나는 달갑지 않았다.

분명 무엇인가 증명하고 나를 행복하게 하는 것임을 알면서도 기꺼이 받아들여지지 않을 만큼, 깨달음은 가혹하며 떫었다. 왜냐하면 그 내면에는 책임의 의미가 존재했고, 이제는 더 이상 마냥 어린애일 수만은 없다는 사실과 앞으로 홀로 살아 나가야만 한다는 묵언의 의미가 있었기 때문이다.

나는 생전 처음으로 그토록 심각한 비밀을 드러내면서 친구에게 옛날 유년시절부터 품고 있었던 '두 개의 세계'에 대한 생각을 이야기했다. 그는 곧장 그것을 통해 나의 가장 깊은 곳에 자리한 감정에 자신이 공명하고 있음을, 또 정당성을 부여하고 있음을 알아차렸다. 하지만 그것을 이용하려는 것은 그의 방식이 아니었다.

그는 여느 때 보였던 관심이나 주의력에 더욱 신경을 쓰며 내 눈을 들여다보았고 결국 끝내 내가 시선을 피해야만 했다. 나는 보았기 때문이다. 분명 그의 눈빛에서 그 이상하고도 동물적인 시간의 초월성을 확인했다. 감히 상상조차 할 수 없을 만큼 아득하게 느껴지는 나이를 보았기 때문이다.

"다음에 더 하자. 그 얘기는."

그는 나를 배려하듯 말했다.

"네가 누군가에게 말할 수 있는 것보다 더 많이 생각한다는 것을 나는 알지. 그런데 그게 정말 사실이라면, 내가 생각했던 것들을 완전히 체험하지 못했다는 것도 알 수 있어. 그것은 좋은 일이 아니야. 우리는 살고 있다는 생각만이 가치가 있다는 것을 알아야 해. 너는 분명 '허용된 세계'는 절반에 불과하다는 것을 의식했어. 그리고 두 번째의 절반을 감추려고 애썼지. 넌 마치 신부님과 선생님들처럼 그걸 감추지 못할 거야! 그건 성공할 수 없을걸! 그 문제에 대해 단 한 번이라도 생각을 했던 사람은 절대 성공할 수 없는 일이야."

그 이야기는 내 가슴 깊은 곳을 두드렸다.

"하지만……."

나는 거의 외치다시피 말했다.

"사실상 금지된 추한 일들이 분명 존재해. 그건 데미안 형이라고 해도 부인하지 못할 거야! 그런데 그런 일들은 금지되어 있어서 우리는 그것을 포기하고 살아야만 해. 살인을 비롯해 별별 추악하고 악한 일들이 존재한다는 것을 알고 있지만, 정말 존재의 이유만으로 자진해서 범죄자가 되어야 한단 말이야?"

"우리가 오늘 이 이야기의 끝을 볼 수는 없겠다."

데미안은 흥분한 나를 진정시켰다.

"네게 누굴 죽이라든지, 소녀를 겁탈하고 능욕하라는 게 아니야. 아니지, 아니고말고. 하지만 '허용'과 '금지'라는 것이 사실 무엇인지 깨달을 수 있는 곳까지 도달하지 못했어. 겨우 하나밖에 안 되는 진실의 조각을 접했을 뿐인걸. 분명 또 다른 것이 올 거야. 그리고 넌 그것을 믿고 그것에 자신을 맡겨봐야만 해! 예를 들면, 넌 지금으로부터 일 년 전쯤, 그 어떤 다른 충동보다 강한 하나의 충동을 느끼고 있었을 거야. 그런데 그건 금지된 것으로 간주되는 것이었지. 그리스인들, 그리고 다른 많은 민족들은 반대로 이 충동을 신성한 것으로 여기고 큰 축제를 벌이기까지 하면서 그것을 기렸어. 금지된 것은 영원할 수 없어. 바뀔 수 있는 거야! 오늘도 그 어떤 누구든 한 여인과 함께 신부님 앞에서 결혼하고 나면 동침해도 돼. 다른 민족과는 분명하게 달라. 오늘날에도 말이야. 그러니 우리는 누구나 자기 스스로 찾아내야만 해. 과연 무엇이 허용의 범주에 들고 무엇이 금지의 영역에 포함되는지, 무엇을 스스로 금지하고 있는지에 대해서 말이야. 금지된 것은 결코 할 수 없어. 하지만 금지된 것을 하면 정말 대단한 악당이 될 수 있지! 악당이라야 금지된 일을 할 수 있기도 하고 말이야. 사실 그것은 그냥 편의상의 문제일 뿐이야! 지나치게 안일해서 스스로 생각하고 판단하지 못하는 사람은 결국 자기가 속한 세계의 금지된 것을 피해 순응하며 살 뿐이지. 그게 살기 쉽거든. 다른 사람들은 법령을 스스로 느낀단 말이야. 어떤 남자들이 날마다 하는 일들이 금지되어 있기도 하고 반대로 다른 곳에서 엄금하는 일이 이들에게는 허용되기도 하거든. 사람은 누구나 독자적일 수 있어야 하는 법이야."

그는 갑자기 그렇게 말을 많이 한 것이 후회가 되었는지 말을 끊고 침묵했다. 나는 이미 그가 어떤 느낌이었는지 어느 정도 이해할 수 있었다. 언제나 그는 유쾌한 듯 편안하게 자신의 생각을 늘어놓는 것을 좋아하는 편이긴 했다. 하지만 그저 경솔하게 지껄이는 듯해 보이는 자신을 참을 수 없었을 것이다. 그런 그가 나에게서 진정한 관심과 더불어 많은 유희와 다양한 재치가 담긴 수다에 대한 기쁨이나 혹은 그 비슷한, 완전한 진지함이 부족하다는 것을 느꼈던 것이다.

방금 언급한 '완전한 진지함의 부족'을 통해 내가 막스 데미안과 더불어 경험했던 사춘기의 감동적인 장면이 갑자기 머릿속에 떠올랐다. 데미안과 내가 겪은 가장 강렬한 장면 중 하나가.

그건 우리들의 견진성사가 다가올 때쯤이었다. 종교 수업의 마지막 시간에 우리는 최후의 만찬에 대해서 배우게 되었다. 신부님께서는 그것이 매우 중요하기 때문에 더 신경을 쓰셨으며 그만큼 신성한 기분과 느낌이 느껴졌다. 그러나 어떤 이유에서인지 나는 마지막 교리 수업을 받는 몇 시간 동안에 다른 생각에 묶여버렸다. 내 친구 개인이라는 인물에.

교회의 사회로 엄숙한 입회라 설명되었던 견진성사를 위해 받은 약 6개월간의 교리 수업의 가치는 내가 배운 것 가운데 포함되어 있지 않았다. 나는 데미안의 곁에 있고, 고로 그 영향을 받았다는 생각을 물리칠 수 없었다. 이제 나는 교회가 아니라 아주 다른 것에, 사상과 개성의 교단에 입회할 준비가 되어 있었다. 어쨌든 이 지상에 존재함이 틀림없어 보이는 이단의 대표나 사도일 법한 사람이 바로 내 친구라는 확신을 느꼈다.

나는 이 생각을 떨쳐내려 노력했다. 그러나 노력에도 불구하고 견진성사라는 의식만은 어느 정도 품위를 갖고 경험하리라 진심 어린 생각을 하던 터였다. 그런데 이런 일들은 나의 새로운 생각과는 조화롭게 섞이지 않았다. 그럼에도 불구하고 나는 분명 내가 원하는 대로 하고만 싶었다. 나름의 생각이 있었고 다가온 교회 의식에 대한 생각과 연결되면서 이 신성한 견진성사를 다른 사람들과는 다르게 치를 준비를 하고 있었던 것이다. 나는 이 의식을 통해 데미안을 통해서 알게 된 사색의 세계로의 입회를 이루고 싶었다.

내가 다시금 그와 더불어 열띤 토론을 한 것도 그 무렵 교리 문답 직전의 일이었다. 내 친구는 입에 단추라도 채워진 듯 묵묵했는데 내가 늘어놓은 이야기에 대해서 별다른 기쁨의 감정을 드러내지 않았다.

"우리 지금 너무 많은 얘기를 하고 있다."

그가 서먹하게 정색의 빛을 띠며 말했다.

"그런 약아빠진 이야기는 아무런 가치가 없어. 전혀 가치가 없는 거야. 자기 자신으로부터 멀어질 뿐이지. 자기 자신으로부터 떠나는 건 죄악이겠지? 마치 거북이처럼 자기 자신 안으로 완전히 속할 수 있어야만 해."

그러고 나서 우리는 넓은 교실로 들어섰다. 마침 수업이 시작되고, 나는 주목하려고 애썼다. 데미안은 그런 나를 방해하지 않았다. 한참 뒤에 그가 앉아 있던 내 옆자리에서 뭔가 이상한 느낌이 왔다. 마치 공허함이나 냉정함, 혹은 그 자리가 생각했던 것과 다르게 텅 비어 있는 그런 기분이 들었다. 그 느낌에 가슴이 답답해지기 시작했을 때 나는 고개를 돌려 옆을 보았다.

그곳에는 내 친구가 앉아 있었다. 여느 때처럼 꼿꼿하고 올바른 태도로 얌전하게 앉아 있었다. 그럼에도 그는 여느 때와는 판이하게 달랐다. 내가 알아채지 못한 무엇인가 그에게서 튀어나와 그를 에워싸고 있었다. 나는 그가 눈을 감았다고 생각했다. 그러나 그는 눈을 뜨고 있었다. 하지만 아무것도 바라보지 않고 있었다.

보는 것이 아니라 굳어 있는 듯했다. 물끄러미 뜨인 상태로 내면, 혹은 아주 먼 곳을 응시하는 듯했다. 움직일 생각도 않고 숨도 쉬지 않는 것처럼 보였으며 입술은 마치 나무나 돌로 깎아놓은 듯 굳게 다물려 있었다. 얼굴에서 핏기가 싹 사라졌고 창백했다. 갈색 머리카락만이 유일하게 생기를 띠고 살아 있음을 증명하듯 흔들릴 뿐이었다. 두 손은 한 번도 까딱거리지 않은 채 앞에 있는 의자에 나란히 걸쳐진 상태였다. 하지만 맥없이 늘어진 것이 아닌, 강한 삶을 표방한 듯 단단하고 훌륭한 껍질과도 같았다.

그 광경이 나를 떨게 만들었다. 나는, 그가 죽었구나! 라고 생각했으며, 하마터면 큰소리로 외칠 뻔했다. 그러나 나는 그가 죽지 않았다는 것을 알았다.

나는 마법에 홀린 것처럼 그의 얼굴—핏기 하나 없고, 돌처럼 굳어 버린 가면 같은 얼굴—에서 시선을 떼지 못했다. 그리고 느꼈다. 저 모습이 진정한 데미안의 참모습이었다. 나와 함께 걸으며 이야기를 나누었던 여느 때의 데미안은 반쪽짜리였던 것이다. 이따금씩 맡은 배역을 연기하고 적응하는, 내키면 함께 하는 그런 사람이었다. 진짜 데미안의 실체는 눈앞에 있는 그런 모습이었다.

이토록 돌처럼 딱딱하고 태고의 존재처럼 늙어버린 동물과도 같으며, 아름답지만 차갑고 죽은 듯하면서도 전대미문의 생명으로 가득 찬 듯한 모습이 데미안의 실체였다. 게다가 그의 주위를 둘러싼 고요하고도 적막한 공허, 정기(精氣)와 별들의 공간. 아, 이 고독한 죽음이여!

나는 순간 그가 완전하게 자신의 내부에 잠들었음을 전율을 통해 느꼈다. 아쉽게도 나는 단 한 번도 그토록 고독에 빠진 적이 없었다. 나는 그와 아무런 관계도 없었고, 그는 내가 도달할 수 없는 그런 존재였으며, 나의 세계에서 가장 멀리 떨어진 섬보다도 더 멀리 떨어진 곳에 있었다.

그 광경을 나를 제외하고 아무도 보지 못했다는 것을 나는 이해할 수 없었다. 당연히 모두 볼 수 있었어야만 했다. 그리고 동시에 전율을 느껴야만 했다. 그러나 아무도 그를 주의해서 보는 사람은 없었다. 그는 마치 석상처럼, 그림처럼 뻣뻣하게 앉아 있었다. 파리 한 마리가 그의 이마에 앉았다가 천천히 코와 입술 위를 기어 돌아다녔다. 그럼에도 그는 주름살 하나 움찔거리지 않았다.

어디에, 그는 지금 어디로 간 것인가? 무엇을 생각하고 있을까? 무엇을 느끼고 있는가? 그는 천국에 있을까? 아니면 지옥에 있는 것일까?

그에게 답을 구하는 것은 불가능해 보였다. 수업이 끝남과 동시에 다시 되살아나 숨을 쉬는 것을 보았을 때, 그와 시선이 마주쳤다. 그는 전과 다름없었다. 어디서 왔을까? 어디에 있었던 것일까?

그는 무척이나 피곤해 보였다. 얼굴은 다시 예전의 혈색을 되찾았고, 손이 움직였다. 대신 갈색 머리카락은 윤기를 잃고 지친 것 같았다.

그 후 며칠 동안 나는 내 방 침실에서 몇 번이나 새로운 연습을 하는데 열중했다. 꼿꼿하게 의자에 앉아 상체를 세우고 시선을 고정시킨채 부동자세를 취한 나는 얼마나 오랫동안 그것을 견뎌내며 무엇을 느낄 수 있을까 고대했다. 그럼에도 그저 피곤함만 느꼈을 뿐, 심지어 눈꺼풀에 심한 경련이 일었다.

그리고 얼마 지나지 않아 견진성사가 있었다. 그러나 애초 숭고하게 치르고 싶었던 기대만큼의 중요한 기억은 하나도 남지 않았다.

이제 모든 것이 달라졌다. 유년의 기억은 산산이 부서져 폐허가 되고 말았다. 부모님은 곤란함이 깃든 눈빛으로 나를 바라보았다. 누이들은 마치 남이 된 듯 아주 낯설어졌다. 냉담함이 깃들어 감정과 기쁨을 왜곡시키고 퇴색시켰다. 정원은 향기를 잃고, 숲은 마음을 끌지 못했다. 내 주위의 세계는 마치 낡은 고물이 되어 무미건조하고 매력 없이 나를 에워싸고 있었다.

어느 가을, 나무 주위로 무성한 낙엽이 떨어지는 법이지만 나무는 그것을 느끼지 못한다. 비가 나무를 타고 흘러내리고 태양이, 혹은 서리가 내려도 나무의 내부에서부터 생명은 서서히 위축되고 깊숙한 곳으로 숨어들어간다. 하지만 나무는 결코 죽은 것이 아니다.

나는 방학을 보낸 다음 다른 학교를 가기 위해 난생처음 집을 떠나게 되었다. 가끔 어머니가 유난히 다정하게 내 곁으로 다가와 미리 작별을 고하며 내 가슴 깊은 곳에 사랑과 향수를, 잊을 수 없는 기억을 불어넣어주려 애썼다.

데미안은 여행을 떠났다.

그리고 나는 혼자가 되었다.

베아트리체

방학이 끝날 무렵까지, 나는 친구들을 다시 만나지 못한 채 성(聖) OO시로 향했다. 부모님 두 분이 동행하셨다. 두 분은 온갖 염려와 세심함을 기울여 나를 김나지움 선생님 댁인 소년 기숙사에 맡기셨다. 만약 두 분이 그때 나를 어떤 것들 사이에 몰아넣었는지 알았더라면 아마 놀라 자빠졌을 것이다.

시간이 흐르면서 나는 과연 좋은 아들, 쓸모 있는 유용한 시민이 될 수 있을 것인가, 아니면 본성에 이끌려 다른 길로 빠질 것인가의 고민 한가운데 서 있었다. 부모님의 집과 그 그늘 속에서 행복하려 했던 나의 마지막 노력은 오랫동안 계속되었다. 때로는 성공한 듯했지만 실패를 거듭했고, 결국 수포로 돌아갔다.

후일 지겹도록 많이 맛보아야만 했던 공허함과 희박한 공기를 그 당시 견진성사를 치르고 맞은 방학에 최초로 맛보았으며, 그것은 좀체 사라지지 않았다. 고향과의 이별은 이상하도록 쉽게 이루어져 슬프지 않다는 것이 사실 더 부끄러웠다.

누이들은 이유도 없이 울었지만 나는 눈물을 흘릴 수 없었다. 나는 스스로에게 너무 놀랐다. 언제나 나는 감정이 풍부한 아이였고, 바탕은 제법 선량한 아이였다. 그러나 지금의 나는 완전히 다른 사람이 되었다.

나는 내 주변을 감싼 세계에 대해서는 대단히 냉담한 태도를 취했으며, 하루 종일 내면에 귀를 기울여 밑바닥에서 졸졸거리는, 금지되고 어두운 냇물소리를 들으려는 데 골몰했다. 지난 반 년 동안에 나는 매우 빨리 성장했다. 키가 훌쩍 크고 마르고 퀭한 불안전한 모습으로 세계를 바라보고 있었다. 소년의 사랑스러움은 내게서 완전히 사라졌다. 사람들이 나를 별로 사랑할 수 없다는 것을 느꼈으며, 스스로도 결코 사랑하지 않았다. 막스 데미안에 대한 커다란 그리움만 자주 느꼈을 뿐이다. 그러나 어떤 때는 그를 미워하기도 했으며, 마치 몹쓸 병처럼 떠맡게 된 삶의 빈곤을 그의 책임으로 떠넘기기도 했다.

학생 기숙사에서 나는 처음으로 사랑받지도, 남들에게 주목받지도 못하는 존재였다. 처음에는 놀림을 받다가 다음에는 서서히 나에게서 물러나는 사람들을 느꼈다. 그들은 나를 음산하고 패기 없는 놈, 불쾌한 괴짜로 여겼다. 나는 그 역할이 마음에 들었기에 한층 더 과장한 모습으로 그들을 대하며 고독에 홀로 칩거했다.

하지만 때로는 비애와 절망으로 살을 에는 듯한 발작에 남몰래 시달렸다. 고독은 겉으로 보기에 지극히 남자답게 세상을 경멸하는 것처럼 견고해 보였지만 실상은 남모르는 고통에 시달렸다. 학교에서는 따로 공부를 하지 않았다. 집에서 쌓아두었던 지식을 소모하며 무난한 생활을 영위할 수 있었다. 새로운 학급은 전에 다니던 학교에 비해 약간 진도가 뒤처져 있었다. 그럼으로 나는 같은 또래의 아이들을 다소 경멸적인 눈초리로 바라보는 습관이 생겼다.

그렇게 한 해 남짓이 지나갔다. 방학이 되어 처음으로 집으로 돌아

111

갔을 때도 새로울 게 없었다. 나는 기꺼이 다시 떠나왔다.

11월 초순의 일이었다. 나는 종종 산책을 하며 생각에 잠기는 습관이 생겼다. 그런 산책길에서 나는 때때로 희열 같은 것을 맛보았다. 우수와 염세적인 자기 멸시를 통해 느끼는 희열이었다.

그렇게 나는 어느 날 저녁, 축축하고 안개가 짙은 어스름한 교외를 어슬렁어슬렁 거닐었다. 시립 공원의 넓고 적막한 가로수 길이 나를 유혹했다. 길에는 낙엽이 두껍게 쌓여 있었고, 어두운 쾌락을 느낀 나는 낙엽들을 발로 헤치며 걸었다. 축축하고 쌉쌀한 냄새가 났다. 먼 곳에 있는 나무들이 안개를 뚫고 유령처럼 나타나 불쑥불쑥 스쳐 지나갔다.

나는 가로수가 끝나는 길에 어정쩡하게 멈춰 서서 무성한 검은 잎을 응시하며 풍화와 사멸의 축축한 향기를 탐욕스럽게 들이켰다. 나의 내면에서 무엇인가 그 향기에 답하며 반겼다.

아, 인생의 무미건조함이여!

옆길에서 바람에 나부끼는 깃이 달린 외투를 입은 사람이 다가왔다. 나는 가던 길을 그대로 가려고 했으나, 그가 나를 불러 세웠다.

"어이, 싱클레어!"

그는 다가왔다. 기숙사에서 제일 나이 많은 알폰스 베크였다. 나는 그를 만나는 것이 싫지 않았다. 간혹 후배들이나 나에게 늘 비꼬는 듯한 말투로 아저씨 티를 내는 것을 제외하고는 특별한 반감을 갖고 있지 않았다. 그는 곰처럼 힘이 세고 집주인도 꼼짝 못 하게 한다는 소문이 학생들 사이에 파다했다.

"여기서 대체 뭘 하는 거야?"

그는 큰 어른들이 자기보다 어린 애들을 상대하는 투로 붙임성 있게 물었다.

"자아, 어디 내기를 할까? 너…… 시를 지었지?"

"그런 생각 안 했는데."

나는 무뚝뚝하게 잘라 말했다.

그러자 베크는 웃음을 터뜨리더니 내 곁에서 걸으며 전혀 익숙하지 않은 방식으로 장황하게 이야기를 늘어놓았다.

"염려할 것 없어. 싱클레어. 내가 모를 줄 알고? 사람이 이런 늦은 저녁에 안개 속을 걷는다면, 이렇게 너처럼 가을 생각에 잠겨서 말이야. 그럼 분명 뭐가 있는 거야. 그럴 때는 시를 즐겨 짓지. 난 이미 알고 있어. 물론 죽어가는 자연에 대해서나 자연과 함께 닳고 잃어버린 청춘에 대해 시를 짓겠지. 하인리히 하이네처럼."

"난 그렇게 감상적이지 않아."

나는 항변하듯 말했다.

"그럼. 좋도록 하지! 하지만 이런 날씨에는 술 한 잔, 아니면 그 비슷한 것이 있는 조용한 장소를 찾는 게 좋겠다는 것이 내 생각이거든? 같이 가지 않겠어? 나는 지금 무척이나 외롭거든. 싫어? 네가 굳이 모범생임을 고수하고 싶다면 할 수 없지. 이봐, 억지로 너를 유혹할 마음은 추호도 없어."

우리는 어느 조그만 교외 술집에 앉아 품질이 무척이나 수상한 포도주를 마시며 두꺼운 유리잔을 거푸 부딪쳤다. 처음에는 별로 내키지 않았지만 뭔가 새로운 느낌이기는 했다. 나는 술에 익숙하지 않은 터라 이내 술에 취해 말이 많아졌다. 내 속에서 창문 하나가 활짝 열린 듯했다. 세계가 그곳에 비쳐들었다. 얼마나 오래, 얼마나 끔찍하게 긴 시간을 나는 진심으로 우러나오는 말 한마디를 꺼내지 못했단 말인가! 나는 상상의 날개를 펴기 시작했고, 그 가운데 단연 카인과 아벨의 이야기를 화제로 삼았다.

베크는 즐겁게 경청했다. 마침내 누군가 내 말에 집중하고 들어주는 사람이 생긴 것이다! 베크는 내 어깨를 두드렸다. 그는 나를 굉장하고 근사한 녀석이라고 했다. 나는 이야기하고 싶고 뭔가를 전하는 것으로 그 동안 내면에 고인 욕구를 쏟아내는 기쁨과 인정받는다는 기쁨에, 나이를 먹은 사람에게 제법이라는 평가를 받은 기쁨에 한없이 부풀어 올랐다. 그가 나를 재주꾼이라 불렀을 때 그 말은 마치 감미로운 포도주처럼 내 영혼을 적시고 번졌다. 세계는 새로운 빛깔로 타올랐다. 사상은 수백, 수천 개의 샘에서 철철 솟아올랐으며 정기(精氣)와 주정(酒酊)이 활활 타올랐다.

우리는 선생님들이며 친구들에 대해 얘기를 나눴는데 서로 제법 근사하게 통하는 것이 있었다. 우리는 그리스와 이단(異端)에 대하여 얘기를 나눴다. 베크는 나에게 사랑과 모험에 대한 유희를 털어놓게 했지만 그 부분에 있어서 내가 특별히 할 얘기는 없었다. 경험한 것이 아무것도 없으니 당연한 결과였다. 마음속에서 느끼고 구성하고 공상했던 것은 분명 나의 내부에서 활활 타오르고 있었다.

그러나 술로도 그것은 풀리지 않았고, 이야기할 수도 없었다. 여자에 대해서 베크는 나보다 훨씬 아는 게 많았다. 나는 열이 올라 그런 동화 같은 이야기에 귀를 기울였다. 나는 거기서 믿을 수 없는 이야기들을 들었다. 결코 가능하다고 여길 수 없었던 것이 평범한 사실이 되었고, 자명해 보였다. 알폰스 베크는 아마 18세가 되었을 텐데 경험이 제법 많았다. 그중 소녀들과의 이러저러한, 여자란 아름다운 것이나 은근히 음탕한 것 이외에는 아무것도 원하지 않는 존재라는 것을 경험을 통해 말해주었다. 물론 좋긴 하지만 그것이 전부 진실은 아니라는 것이다. 더 큰 성공은 나이든 부인들에게서 기대할 수 있다고 베크는 말했다. 예를 들면 문구점을 하는 야크겔트 부인을 예로 들어, 그 부인하고는 이야기가 제법 통하는 것 같으며 그 가게의 계산대 뒤에서 여태 일어난 일들은 어떤 책에서도 볼 수 없다는 것이었다.

나는 그의 말에 완전히 매료되어 멍하니 앉아 있었다. 나라면 야크겔트 부인을 설마 사랑할 수 없었을 것이다. 그러나 이제껏 들어본 적 없던 이야기에 나는 한껏 흥분했다. 베크의 얘기를 통해 한 번도 꿈꾸어본 적 없는, 그 이야기의 원천은 적어도 나보다 좀 더 나이를 먹은 사람들에게서 샘솟는 이야기였다. 물론 어딘가 거짓인 듯한 구석이 없잖아 있긴 했다. 그리고 그 모든 것은 내가 생각했던 사랑의 맛보다는 보잘것없고 일상적인 평범한 맛이었다. 그렇다고 해도, 그것은 속일 수 없는 현실이자 진실이었다. 삶이고 모험이었던 것이다. 내 곁에 앉아 있는 사람은 이미 그것을 경험한 것으로도 모자라 당연한 일이라고 보는 사람이었다.

우리 둘의 대화는 다소 수준이 낮았고, 분명 뭔가 빠져 있었다. 나는 이제 더 이상 천재적인 작은 소년 따위가 아니었다. 그저 어른의 말을 경청하는 호기심 충만한 작은 소년일 뿐이었다. 그러나 그것은 지난 몇 개월 동안의 내 삶에 비해 훨씬 근사했고, 낙원의 맛이 느껴졌다. 더욱이 술집에 앉아 있는 것부터 우리가 나누고 있는 이야기까지, 그 모든 것은 금지된 일이었다. 하여간 나는 그 속에서 정신을 뜨거운 감정을 맛보았고 혁명을 맛보았다.

나는 그날 밤을 똑똑히 기억한다. 나와 베크, 두 사람은 희미하게 불타는 가스등 옆을 지나 차갑고 축축한 밤공기를 마시며 집으로 돌아갔다. 나는 난생처음 술에 취해 비틀거리고 있었다. 썩 좋은 기분은 아니었다. 괴롭기만 함에도 불구하고 난 무엇인가 상당히 매력적이고 감미로움을 느꼈는데 그것은 바로 반란과 방탕이었고 삶이자 정신이었다.

베크는 머리에 피도 안 마른 새파란 풋내기라고 혹독한 욕을 쏟아내긴 했지만 나를 돌보는 것을 게을리 하지 않았다. 이미 절반은 나를 떠메다시피 기숙사에 데리고 왔다. 베크는 열린 복도의 창문으로 나를 살짝 밀어 넣고 뒤따라 들어왔다.

극히 짧은 순간 죽은 듯 잠에 빠졌던 나는 고통을 느끼며 잠에서 깨어났다. 술이 깨는 고통 속에서 나는 셔츠도 벗지 않은 채 침대에 앉아 있었다. 옷가지며 신발은 아무렇게나 바닥에 널려 있었고, 찌든 담배 냄새와 토사물의 악취가 났다. 두통과 메스꺼움, 심한 갈증이 느껴지는 동안 내 마음의 거울에는 내가 그간 눈에 담지 못했던 영상이 비쳤다.

나는 고향에 있는 부모님의 집과 아버지와 어머니, 두 명의 누이와 정원을 보았다. 조용하고 아늑한 내 침실과, 학교와 시장을 보았다. 그리고 데미안과 견진성사 수업을 듣던 시간으로 나는 돌아가 있었다. 그 모든 것은 밝은 빛에 싸여 있었으며, 무척이나 근사하고 신성하며 순결함을 느끼게 했다. 그리고 지금에서야 비로소 알게 된 것이지만 어제까지도, 아니 불과 몇 시간 전까지도 그것은 나의 것이었고 나를 기다리고 있었다. 하지만 지금은 분명 가라앉아버리고 저주를 받아 이미 나에게 속하지 않은 것들이었다. 모든 추억은 나를 내몰고 증오에 찬 눈빛으로 나를 노려볼 뿐이었다.

가장 먼 유년, 내 삶의 황금빛 시절이었던 어린 시절 정원으로 돌아가 부모님으로부터 받은 모든 사랑과 관심, 어머니의 정성 어린 입맞춤과 성탄절 아침의 경건하고 환한 아침, 정원의 꽃 하나하나까지 모든 것이 황폐해졌다.

모든 것을 내 두 발로 짓밟아버린 것이다! 만일 지금 당장 경찰이 쫓아와 나를 묶고 쓸모없는 인간이라며, 신성모독죄를 언급하며 교수대로 끌고 가더라도 나는 기꺼이 납득했을 것이고, 따라가며 그것이 정당하고 당연한 일이라고 생각했을 것이다.

나의 내면은 그런 상태였다! 세상을 겉돌며 온갖 경멸을 일삼던 나 자신이여!

정신이 자만으로 가득 차 데미안의 생각에 공감했던 나여! 술에 취해 더럽혀지고 구역질을 하는 거친 짐승 같은 놈이여! 온갖 청순과 광명, 사랑스러운 정원에서 도망친 나! 바흐의 음악과 아름다운 시를 사랑했던 나였다.

아! 내가 그렇게 보일 줄이야! 웃음에, 술에 취해 자제할 수 없이 충동적으로 터져 나오는 웃음을 구역질과 분노를 느끼면서도 나는 여태 듣고 있는 듯했다. 나의 모습이 그랬다. 그것이 바로 나였던 것이다!

그러나 그 모든 것에도 불구하고 고통을 견디는 것에는 상당한 쾌감이 뒤따랐다. 너무나 오랜 시간을 맹목적이며 미련스럽게 기어 다니고 침묵하고 소리를 죽인 채 몰락하여 구석에 웅크리고 있었음으로 인하여 스스로의 고발과 전율, 그리고 이 모든 영혼의 불쾌한 감정도 환영받았던 것이다.

물론 그 속에는 불꽃이 치솟고 심장이 경련하는, 비참한 가운데서 해방을 맛보고 봄의 기운을 느끼는 감정이 존재하고 있었다. 비참함의 도가니 속에서 그래도 나는 어수선하게나마 그런 감정들을 느꼈던 것이다.

그러는 동안, 나는 외부에 노출된 모습을 통해 몹시 타락해가는 모습을 드러내고 있었다. 최초의 술주정은 머지않아 최초의 주정으로 그치지 않았다.

학교에서 학생들은 술집 출입이 잦았고, 행패를 부리기도 했다. 그런 폭주와 난행에 가담한 학생들 사이에서 나는 최연소자 중 하나였다. 그리고 나는 더 이상, 그저 끼워주는 어린애가 아니라 주모자가 되었고 대장이 되었다. 유명하고도 대담한 술집의 단골손님이 되었던 것이다. 나는 그렇게 다시 한 번 완전한 어둠의 세계, 악마의 휘하에 들었다. 그리고 나는 그 세계에서 제법 근사한 녀석이라고 인정받았다.

그럼에도 불구하고 기분은 무척이나 참담했다. 나는 스스로를 파괴하고 망가트리는 방탕한 생활을 이어가고 있었다. 학교에서는 지도자이자 굉장한 녀석, 매우 비상하고 재치가 있는 녀석으로 인정받았던 반면 본연의 깊은 곳에서는 두려움에 가득 찬 영혼이 불안으로 퍼덕거리고 있었다.

언젠가 일요일 오전, 어느 술집을 나서다 길거리에서 아이들이 단정하게 빗질을 한 머리와 깔끔하게 차려입은 옷차림을 하고 즐겁게 노는 모습을 보며 눈물을 흘렸던 일을 나는 아직도 기억하고 있다. 그때의 나는 보잘것없는 술집의 더러운 테이블에서, 맥주가 쏟아져 고인 곳에서 친구들을 상대로 터무니없는 방탕한 풍자로 웃음을 터트리게 하면서도 냉소를 보내는 모든 것에 경외심을 품고 있었다. 나의 과거와 사랑하는 어머니의 앞에서, 신 앞에 무릎을 꿇은 채 엎드려 무릎을 꿇고 마음으로 울고 있었던 것이다.

내가 단 한 번도 추종자들과 하나가 될 수 없다는 것과, 늘 그들 틈에서 외로웠고 괴로웠다는 사실에는 충분한 이유가 있었다. 나는 가장 난폭한 자들의 마음을 드나드는 술집의 호걸이며 독설가였다. 총기가 있었고, 선생님과 학교, 부모, 교회에 관한 생각이나 얘기에서 재치와 용기를 떨쳤다. 그리고 직접 하지는 못했지만 갖가지 음담패설에 있어서도 남에게 뒤떨어지지 않으려 애썼으며, 한 가지 얘기쯤은 거뜬히 만들어 이목을 집중시킬 수 있었다. 그러나 나의 술친구들이 여자에게 갈 때, 한 번도 나는 가담하지 않았다. 그렇게 나는 탕아였지만 언제나 혼자였고, 사랑에 대한 불타는 그리움과 절망에 젖어 있었다. 내 이야기를 통해 당연한 철면피이며 탕아임은 분명했지만 사실은 외로웠고 사랑에 대한 열망을 느끼고 있었다.

때때로 젊은 소녀들이 아름답고 말쑥한 차림으로 명랑하고 우아하게 내 앞을 스쳐 걸어가는 것을 볼 때면, 그들은 내게 있어 무척이나 근사하고 깨끗한 꿈이었다. 나보다 천 배는 더 선하고 깨끗했다. 한동안 나는 야크겔트 부인의 문구점에도 갈 수 없었다.

그 여자를 보면서 알폰스 베크가 들려준 그녀의 이야기를 생각하면 얼굴이 빨갛게 달아올랐기 때문이다.

　이제 나의 새로운 친구들 사이에서 끊임없이 외롭고 남다르게 자신을 생각하면 할수록 더욱더 나는 그들에게서 멀어질 수가 없었다. 사실 폭음과 허풍이 과연 나에게 얼마나 즐거움을 주었는지도 모를 일이었다. 술을 마시는 것도 결코 빈번한 고통을 느끼지 않을 정도로 익숙해지지는 않았다. 그 모든 것은 나로 하여금 일종의 강압을 느끼게 했다. 그런 방탕한 탕아의 생활 말고는 과연 어떤 것이 내 삶과 적합하게 어울리는지를 도통 깨닫지 못했기에 나는 그저 할 수 있는 행동을 서슴없이 했을 뿐이다. 나는 오랫동안 혼자 있는 것이 두려웠고, 늘 마음이 기울게 되는 온화하고 수줍은 내성적 발작이 싫었으며, 빈번하게 엄습하는 따뜻한 사랑에 대한 상념이 두려웠던 것이다.

　나에게 있어 가장 결핍된 한 가지를 꼽자면, 그건 바로 친구였다.

　내가 즐겨 상대하기를 마다않던 두어 명의 동급생이 있긴 했지만 그들은 비교적 착한 사람에 속했고, 나의 악덕은 이미 예전부터 공공연해 비밀이라고 할 것도 없었다. 그들은 나를 피해 다녔다. 모든 학우들의 입을 통해 나는 발밑이 흔들리는, 희망이 없는 그저 놀기를 좋아하는 학생으로 간주되고 있었다. 선생님들은 나에 대한 많은 사실을 알고 있었다. 나는 몇 차례나 엄중한 처벌을 받았고 최종적으로 학교에서 쫓겨나는 일만 남았는데, 그건 내 쪽에서도 기다려지는 일이었다. 나 자신도 그것을 잘 알고 있었다. 나는 벌써, 이미 오래 전부터 더 이상 좋은 학생이 아니었다. 퇴학을 당하기까지 그리 긴 시간이 걸리지 않으리라는 느낌을 갖고 있으면서도 애써 그 생활을 지탱하면서 나 자신을 속인 채 건들건들한 생활을 하고 있었다.

신이 우리를 외롭게 함으로써 우리 자신에게 이끌어줄 수 있는 길은 많고도 많다. 그런 길을 신은 나와 함께 걸었던 것이다. 그것은 마치 악몽과도 같았다. 더러움과 끈적거림 너머로 깨진 술잔과 난무하는 독설로 지새운 밤에 취한 내 모습이 보였다. 몽유병자처럼 끊임없이 흔들리며 구역질에 괴로워하고 더럽기 그지없는 길을 어기적거리며 기는 나는 공주에게로 가는 도중 악취와 오물이 넘치는 뒷골목에 잠겨버리는 꿈에서 허우적댄다.

내 현실이, 형편이 그랬다. 이토록 형편없는 나는 고독해질 때까지, 냉혹한 눈초리를 번득이는 문지기들이 망을 서는, 굳게 닫힌 낙원의 문이 지금의 나와 유년기의 나 사이를 막고 있도록 태어난 것이다. 그것이야말로 나 본연의 모습을 그리워하는 향수의 시초였으며 각성이었다.

기숙사 주인의 편지를 통해 경고를 받은 아버지가 불쑥 성 OO시에 나타나 느닷없이 마주쳤을 때만 해도 나는 놀랐고 움찔했다. 겨울 끝 무렵 아버지가 두 번째로 오셨을 때, 이미 나는 벌써 냉담하고 무관심했다. 아버지께서 욕을 하시다가 애원을 하시다가, 어머니를 상기시키셨을 때도 난 모른 척했다. 마지막에 아버지는 몹시 격분하여 나에게 달리 방법이 없다면 수모와 창피를 무릅쓰고 학교에서 나를 끄집어내 감화원에 넣겠다고 하셨다. 차라리 그렇게 하라지!

그리고 그때 아버지가 떠난 다음 나는 미안한 마음이 들었다. 아버지는 아무것도 이루지 못했다. 나에게로 통하는 어떤 길도 찾아내지 못했다. 나는 잠시 동안이나마 그것을 당연한 결과라고 느꼈다.

내가 앞으로 무엇이 되건 나로서는 아무래도 좋았다.

술집에 앉아 흥얼대는 따위의 형편없고 아름답지 못한 방식으로 의기양양하게 굴며 나는 세상과 사투를 벌이고 있었다. 그것은 나름대로의 저항의 형식이었다. 그와 동시에 나는 스스로를 망가뜨렸고, 가끔 내가 처한 상황을 이렇게 느꼈다.

'세상이 나 같은 사람을 필요로 하지 않는다면, 나 같은 사람들에게 줄 좀 더 나은 자리와 좀 더 높은 과제가 없다면 이제 나 같은 사람들은 이렇게 망가지는 거라고.'

세상이 손해를 보게 될 것이 뻔함을 난 의심하지 않았다.

그해의 성탄절 방학은 정말이지 불쾌하기 그지없었다. 나를 다시 보았을 때, 어머니는 무척이나 놀라셨다. 키가 컸고, 살은 늘어진데다가 눈 가장자리에 염증까지 생긴 내 마른 얼굴은 잿빛이었고 황폐했다.

콧수염이 돋기 시작한데다 얼마 전부터 쓰기 시작한 안경이 그들에게 있어 나를 더욱 낯설게 만들었다. 누이들이 한 걸음 뒤로 물러나 키득거리며 유쾌하지 않은 분위기를 조성했다. 서재에서 나눈 아버지와의 대화는 씁쓸하였으며, 차라리 괴로웠다. 몇몇 친척들의 반가워하는 인사도 썩 유쾌하지 않았다. 궁극적으로 성탄절 저녁이 유쾌하지 않았다.

성탄절이란 내가 태어난 이래, 우리 집에서 가장 성대한 날이었다. 흥겨운 잔치 분위기에 사랑이 깃든 감사의 저녁과 부모님과 나 사이의 유대를 돈독히 하는 그런 밤이었다. 그러나 이번만큼은 모든 것이 답답하게 마음을 억누르고 당황하게 만들 뿐이었다. 여느 때처럼 아버지는 벌판의 양치기에 관한 복음서를 읽었다.

"그들은 바로 그곳에서 양 떼를 지켰노라."

누이들은 여느 때처럼 환하게 웃으며 선물을 늘어놓은 탁자 앞에 서 있었다. 그러나 아버지의 음성은 즐겁지 않았고, 얼굴은 늙고 초췌했으며, 어머니는 슬퍼하셨다. 그리고 나에게는 선물과 더불어 덕담과 복음과 크리스마스 트리 등 그 모두가 거북살스러웠다. 랩 케이크에서는 달콤한 냄새가 났으며, 감미로운 추억의 뭉게구름이 솟구쳤다. 전나무는 향기를 풍기며 이제는 존재하지 않는 추억의 연기를 발산했다. 나는 이 고루한 저녁과 휴일의 어서 끝나기만 바랐다.

온 겨울이 그런 모양으로 지나갔다. 바로 얼마 전 나는 교무회로부터 심각한 퇴학 경고를 받았다. 퇴학을 당할 날이 그리 멀지 않았다. 오래 걸리지는 않을 것이다.

에이, 될 대로 돼라!

그 무렵, 데미안에게는 특별한 원망이 있었다. 나는 그를 그간 한 번도 보지 못했다. 성 ○○시에서의 학창 시절을 보내는 동안 나는 그에게 두 번에 걸쳐 편지를 썼지만 답장을 받지 못했다. 그러므로 방학 때도 나는 한 번도 그를 만나러 가지 않았다.

지난 가을에 알폰스 베크와 만났던 그 공원에서 봄이 시작될 무렵, 가시 울타리가 푸른색을 띠기 시작할 무렵, 불쾌한 생각과 근심으로 가득 찬 나는 혼자 산책하고 있었다. 건강이 나빠진데다가 지속적인 금전적 궁핍함에 시달렸기 때문이었다. 나는 학우에게 빚을 지고 있었는데 집으로부터 자금을 조달받으려면 불필요한 지출을 꾸며내야만 했다. 몇몇 가게에 담뱃값이나 이와 비슷한 물건의 외상도 점점 불어나고 있었다. 이런 근심이 심각할 지경에 이르지는 않았다. 머지않아 내가 이곳의 생활을 접고 물속으로 뛰어든다든지 교화기관으로 보내지면 이런 소소한 일 따위는 결코 문제되지 않을 테니 말이다. 나는 이곳에 머무는 동안 그런 아름답지 못한 일들과 항상 눈을 맞대고 살며 억눌리고 시달리며 지냈다.

그 봄날, 나는 공원에서 시선을 잡아 끈 젊은 처녀를 만나게 되었다. 그녀는 키가 크고 날씬했으며 멋진 옷차림을 하고 있었다. 제법 영리한 소년 같은 얼굴이 호감을 주었다. 나는 첫눈에 그녀를 마음에 담았다. 내가 좋아하는 모습이었기 때문에 곧바로 상상력을 빠르게 유발했다. 그녀는 나보다 나이가 더 들어 보이지 않았지만 훨씬 성숙하고 고상했으며, 외형적 윤곽이 뚜렷한, 완전히 성숙한 숙녀였다. 그러면서도 내가 지독하게 좋아하던 오만과 소년다운 흔적이 얼굴에 깃들어 있었다.

나는 지금껏 마음을 빼앗긴 여성에게 다가서는 데에 성공한 적이 없었다. 이 처녀도 마찬가지였다. 그러나 그 인상은 이전의 모든 여성들보다 더 깊었기 때문에 내 삶에 끼친 짝사랑의 영향력은 대단했다.

불현듯, 내 앞에 숭고하고 고귀한 영상이 하나 나타났다. 아, 어떤 갈등이나 충동도 내면에 있는 경건한 숭배에 대한 소원만큼 깊고 격렬한 것은 없었다!

나는 그녀에게 베아트리체라는 이름을 붙였다. 단테는 읽지 않았지만 베아트리체에 대해서는 알고 있었다. 나는 어느 영국 그림의 복제품을 간직하고 있었기에 그녀에 대해서 알고 있었다. 영국의 라파엘전파(煎派)의 소녀상이 그려진 작품으로 팔다리가 몹시 길고 날씬하며 얼굴도 작고 길었다. 겉모습은 내가 사랑하는 날씬함과 소녀다운 점을 보여주고 영혼이 깃든 얼굴이었지만 그 여자는 그림의 소녀와

전적으로 같지는 않았다. 두 손과 표정에 영혼이 담긴 듯한 분위기로 표현되어 있었지만 나의 아름다운 젊은 소녀는 그 소녀상과 아주 똑같지는 않았다.

베아트리체와는 단 한 마디도 말을 섞은 적이 없었다. 그럼에도 그녀는 당시 나에게 지극히 깊은 영향을 주었다. 자신의 영상을 내 앞에 내세워 보여준 것이다. 그녀는 나에게 성소(聖所)를 열어주었고, 나를 사원 안의 기도자로 만들었다. 그날로 나는 술집 출입을 금하고 밤에 돌아다니는 소일로부터 멀어졌다. 나는 그녀를 통해 다시금 혼자 있을 수 있게 되었다. 다시 독서를 즐기고 산책을 할 수 있게 되었다.

나의 갑작스러운 변화에 주변 사람들은 조소했다. 그러나 이제 나는 무엇인가를 사랑하고 숭배해야 했다. 다시 하나의 이상(理想)을 갖게 된 것이다. 삶은 다시 예감과 비밀에 찬 영롱한 여명이 가득했다. 그 점이 조소에 무관심하게 만들었고, 다시 나 자신을 편안하게 만들었다. 비록 숭배하는 영상의 노예이며 하인일 뿐일망정.

그 시절을 일체의 감동 없이는 회상할 수 없다. 나는 더없이 열렬한 노력에 힘입어 부서진 삶의 한 시기를 가득 채운 폐허들로부터 '환한 세계' 하나를 지으려 다시 노력을 시작했다. 내 속의 어둠과 악을 떨치고 완전한 빛 속에, 신들 앞에 무릎 꿇고 머물려는 단 하나의 욕구만으로 살았다. 하여간 지금의 이 '밝은 세계'는 어느 정도 나 자신의 창조물이었다. 그것은 어머니에게로, 그리고 책임이 없는 아늑함 속으로 다시 도망치고 기어들어가 숨는 것은 절대 아니었다. 그것은 자신에 의해 창안되고 그에 따른 책임과 규율, 절제가 요구된 봉사였다. 그로 인해 내가 괴로워하고 그 앞에서 언제나 끊임없이 달아나려 했

125

던 성적 욕망은 이제 성스러운 불 속에서 정신과 예배로 정화되었던 것이다.

이제 더 이상 음침한 것, 음란하고 흉측한 것은 존재해서는 안 되었다. 어떤 추한 것도 더 이상 존재해서는 안 되었다. 신음하며 지샌 밤도, 음란한 환상 앞에서 뛰던 심장도, 금지된 문 앞에서 몰래 엿듣던 것은 물론이고 육욕과 모든 음탕한 짓도 존재해서는 안 되는 것이다. 이 모든 것을 대신해 나는 베아트리체의 초상을 모신 나만의 작은 제단을 세웠다. 그리고 그녀에게 나를 헌납하는 동시에 정신과 신들에게 나를 봉헌했다. 음침한 힘에게서 뺏어낸 삶의 몫을 나는 밝은 생에게 제물로 갖다 바친 것이다. 이제 나의 목표는 쾌락이 아니라 정결함이며, 행복이 아닌 아름다움과 정신성이었던 것이다.

이렇듯 베아트리체를 숭배하는 나의 인생은 송두리째 변하게 되었다. 어제만 해도 조숙한 냉소주의자였던 나는 성자(聖者)가 되겠다는 목표를 가진 사원의 하인이었다. 나는 익숙했던 타락한 삶을 떨쳐냈을 뿐만 아니라, 모든 것을 바꾸려고 노력했다. 모든 것에 정결함과 고귀함, 품위를 깃들게 하려 애를 썼다. 먹을 때나 마실 때, 옷을 차려 입을 때도 나는 그 생각을 잊지 않았다. 나는 아침마다 냉수욕을 했다. 처음에는 혹독하게 나를 다스려야만 했다. 진지하고 품위 있게 처신했으며 몸을 바로 세우고 천천히, 그리고 좀 더 위엄 있게 걸었다. 사람들에게 우스꽝스러운 모습으로 보였을지 모르지만 내 마음은 온통 신에 대한 봉사로 충만해 있었기 때문에 신경 쓸 일이 아니었다.

일련의 모든 새로운 연습들 중 하나가 내게는 무척이나 중요했다. 거기에서 새로운 신념을 위한 표현을 찾아낸 결과, 나는 그림을 그리기 시작했다. 내가 가지고 있던 영국제 베아트리체 그림이 소녀와 완벽하게 닮지 않았다는 데서 기인한 일이었다. 나는 내가 원하는 대로 그녀를 그리고 싶었다. 아주 새로운 기쁨과 희망을 가지고 나는 얼마 전부터 지내게 된 독방에서 깨끗한 종이와 물감, 붓을 주워 모으고 팔레트와 유리잔, 그리고 도자기와 접시, 연필을 준비했다. 내가 구입한 조그만 튜브에 든 고운 템페라 화구가 나를 유혹했다. 그 속에는 불타는 듯한 크롬 옥시드 그린이 있었다. 그 불타는 듯한 초록 물감이 처음 하얗고 작은 접시에서 빛을 발하던 모습은 지금까지 눈에 선하다.

나는 조심스럽게 그림을 그리기 시작했다. 얼굴을 그리는 일은 무척이나 어려운 일이었다. 그래서 나는 다른 것부터 그리려 마음먹었다. 장식 무늬와 꽃, 상상 속의 작은 풍경과 예배당 곁에 선 나무 한 그루를 그렸다. 사이프러스나무들이 있는 로마의 다리도 그렸다. 때로는 장난 같은 짓에 완전히 넋을 잃기도 하고 그림물감을 선물 받은 아이처럼 행복했다. 마침내 나는 베아트리체를 그리기 시작했다!

그러나 몇 장을 완전히 실패하고는 그만 내던져버렸다. 때때로 거리에서 만나던 그 소녀의 얼굴을 마음속에 그려보려고 하면 할수록 그림은 쉽게 나오지 않았다. 마침내 나는 베아트리체를 그리는 것을 포기하고 그냥 막연한 기분으로 얼굴을 하나 그리기 시작했다. 그저 환상에 이끌려 시작만 하고서는 붓 가는 대로 물감과 붓에서 저절로 나오는 선을 따라 그렸다. 그렇게 표현된 것은 꿈꾸었던 바로 그 얼굴이었지만 별로 만족스럽지는 않았다. 나는 계속 그림을 그렸다. 새로운 종이 한 장 한 장이, 갈수록 무엇인가 더 분명하게 그리고 있음을 말하는 듯했다. 비록 실물에 가깝지는 않아도 제법 그럴싸하게 소녀를 닮아가고 있었다.

나는 몽환적인 기분으로 붓을 움직여 줄을 긋고 무의식적으로 화폭을 채우는 것에 익숙해졌다. 눈앞에 모델을 세우고 그린 것도 아닐 뿐더러 막연한 장난 같은 손놀림에 맞춰 그림은 차츰 완성되어 갔다. 마침내 어느 날, 난 이제껏 무심하게 그렸던 그림들 중에서 제법 그럴싸한 얼굴 하나를 완성했다. 그것은 그 소녀의 얼굴은 아니었지만 그렇다고 결코 아니라고도 할 수 없었다. 그것은 좀 더 다르며, 조금은 비현실적인 그림이었지만 그렇다고 해서 가치가 떨어지는 것은 아니었다. 그것은 소녀의 얼굴이라기보다는 오히려 소년의 얼굴에 가까웠다. 머리카락은 나만의 예쁜 소녀처럼 연한 금빛이 아니라 붉은 기를 띤 갈색이었다. 이마는 뚜렷하고 야무졌으며, 입술은 붉은빛을 띠었다. 전체적으로 딱딱한 가면과 같았지만 인상적이고 신비스러운 생명이 충만한 얼굴이었다.

완성된 그림 앞에 앉아 있자니 기분이 이상했다. 그림은 나에게 모호한 인상을 주었다. 나에게 그것은 신의 초상이거나 신성한 가면처럼 보였다. 절반은 남성의 얼굴이면서 절반은 여성이며, 나이를 분간할 수 없는 그 얼굴은 꿈을 꾸는 듯하면서도 굳건한 의지가 담겨 있어 내가 모르는 생명력이 깃든 듯했다. 내가 그린 얼굴은 분명 나에게 뭔가 할 말이 있는 듯했다. 나의 일부이면서 뭔가 요구하고 있었다. 게다가 그 얼굴은 누군가를 무척이나 닮아 있었다. 누군지 모르겠지만 상당히 눈에 익은 얼굴이었다. 그런 느낌을 받은 후부터 그 초상은 한동안 내 모든 생각에 공존하고 나의 삶을 따라다니며 함께 했다. 나는 그것을 서랍에 감추어두었다. 그 누구도 그것을 훔쳐보고 그로 인해 나를 조롱하는 일이 있어서는 안 되었다. 그러나 혼자 작은 방에 있을 때면 나는 그 그림을 자주 꺼내 바라보곤 했다. 잠자리에 들기 전 마주 보이는 침대 위의 벽지에 핀을 박아 고정시키고 잠이 들 때까지 바라보았고 아침에 깨어난 나의 첫 눈길을 던졌다.

바로 그 시절에 나는 어린아이였을 때 늘 그랬듯이 다시 많은 꿈을 꾸기 시작했다. 지난 여러 해 동안 꿈을 꾸지 않았던 것 같다. 이제야 그것들이 아주 새로운 느낌의 영상이 되어 떠올랐다. 마치 살아 숨 쉬듯 친밀하게 얘기를 건네다가도 적대감을 드러내며 찡그리기도 했다. 때로는 무한한 아름다움의 조화를 고귀하게 드러내기도 했다.

그러던 어느 날 아침에 그런 꿈을 꾸다가 깨어났을 때, 나는 갑자기 그 그림의 실체가 무엇인지 알아볼 수 있었다. 그 그림은 도무지 그림이라고 할 수 없을 정도로 친숙하게 나를 바라보고 있었다. 마치 이름을 부르는 것도 같았으며 어머니처럼 나를 잘 아는 듯한 표정이었다. 아주 옛날, 어린 시절의 나를 여태껏 지켜보고 있었던 것 같았다. 나는 두근대는 가슴을 느끼며 숱 많은 갈색 머리카락과 절반은 여자의 그것과 같은 붉은 입술을 하고서 기이하게 느껴질 정도로 밝고 뚜렷한 이마를 바라보았다. 시간이 지날수록 그림은 자연스럽게 마르기 시작했다.

나는 그 그림을 통해 눈에 익은 대상을 떠올릴 수 있었다. 침대에서 벌떡 일어나 얼굴 앞에 가까이 다가가 뚫어지게 바라보았다. 크게 떠진 눈은 초록빛이 감돌았고, 물끄러미 바라보는 두 개의 눈 중 유난히 오른쪽 눈이 치켜 올라가 있었다. 갑자기 그 오른쪽 눈이 찡끗 움직였다. 분명, 가볍게 움직였다. 나는 그런 눈의 움직임을 통해 비로소 내가 그린 그림의 얼굴이 누구를 닮은 것인지 알아차렸다.

왜 이토록 늦게 알아차린 것일까! 그것은 데미안의 얼굴이었다.

후에 나는 이 그림과 기억을 들춰 떠올린 데미안의 표정과 자주 비교했다. 똑같은 건 아니었지만 아무리 아니라고 부정하려고 해도 데미안의 얼굴임은 확실했다.

언젠가 어느 초여름 저녁, 서쪽으로 뚫린 내 방 창문으로 비스듬하게 붉은 석양을 뿌릴 때였다. 방은 캄캄해졌다. 그때 베아트리체, 혹은 데미안의 초상을 창살이 교차하는 창문의 한가운데 핀으로 고정한 나는 석망이 비쳐들면 어떻게 될지 봐야겠다는 생각을 했다. 얼굴의 윤곽은 흐릿해졌지만 붉은 눈과 빛나는 이마, 유난스러울 정도로 빨간 입술은 마치 종이 위에서 맹렬하게 타오르는 불꽃같았다.

햇빛이 벌써 사라져버렸지만 나는 오랫동안 초상화를 마주보며 앉아 있었다.

그러자 그것은 점차 베아트리체나 데미안이 아닌 바로 나 자신이라는 느낌이 강렬하게 들기 시작했다. 거울을 통해 내 얼굴을 보고 그린 것이 아니기 때문에 분명 나를 닮지 않았으며 그럴 리 없다고 생각했지만, 그것은 분명 나의 생명을 이루는 것이었다. 나의 본질이거나 내면, 혹은 내 속에 존재하는 악마인 것이다. 내가 언젠가 다시 친구를 만난다면 그 얼굴이 눈앞의 초상화와 같으리라. 언젠가 사랑하는 여인을 하나 얻게 된다면 그 얼굴이 저러리라. 내 삶의 얼굴이 그러하며 죽음을 맞이함에 저런 얼굴일 것이리라. 이것은 내가 가진 운명의 울림이자 리듬이었다.

그러는 몇 주 동안, 나는 책을 한 권 읽기 시작했다. 전에 읽었던 다른 책보다 더 깊은 인상을 내게 남긴 책이었다. 훗날에도 니체를 제외하고는 그 책을 통해 그런 경험을 한 적은 없었다. 그것은 편지와 잠언이 수록된 노발리스의 책이었다.

나는 책의 대부분을 이해하지 못했음에도 불구하고 마음을 다스릴 수 있었고 위로받을 수 있었다. 그 책의 잠언 중 하나가 불현듯 떠오른 나는 그것을 펜을 들어 초상화 밑에 적었다.

"운명과 심성은 하나의 개념에 붙여진 두 개의 이름이니라."

난 그 말을 그제야 이해했던 것이다.

베아트리체라고 부른 소녀와 나는 자주 마주쳤다. 그때는 이미 그녀를 통해 아무런 동요를 느끼지 않았지만 부드러운 화합과 감정적인 예감을 느꼈다.

그녀는 나와 더불어 맺어진 것이다. 그러나 그녀 자체가 아닌 단지 모습만이 그럴 뿐이다. 그녀는 내 운명의 일부분인 것이다.

데미안에 대한 나의 그리움이 다시 거세어졌다. 나는 그에 대한 소식을 벌써 몇 년 동안 듣지 못했다. 그러다 방학 동안 그를 딱 한 번 만난 적이 있다. 지금에서야 난 그 짧은 해후에 대해 까맣게 잊고 있었다는 것을 깨달았다. 그리고 그것이 부끄러움과 허영심에서 비롯되었음을 알고 있었다. 나는 그것을 만회하고 싶다.

한번은 방학 중에 무척이나 권태롭고 다소 피곤한 얼굴로 술집을 드나들던 그 시절의 행색으로 나는 고향의 도시를 어슬렁거렸다. 산책용 지팡이를 휘휘 돌리며 옛날 그대로의 멸시하고픈 얼굴을 한 시정잡배들을 구경하며 건들거릴 때, 나는 옛 친구가 내게 다가오는 것을 발견했다. 그를 본 순간 나는 오싹한 기분을 느꼈다. 그리고 섬광이

스치듯 프란츠 크로머를 떠올리지 않을 수 없었다.

제발 데미안이 그놈과의 이야기를 잊어버렸다면 좋겠는데! 그에게 신세를 지고 있다는 것은 불쾌한 일이었다. 사실, 정말 어리석은 아이들의 이야기에 불과했지만 그래도 빚을 진 것만은 틀림이 없었다.

데미안은 내가 인사를 하려는 것인지 아닌지를 기다리는 듯했다. 내가 태연하게 인사를 건네자 그도 손을 내밀었다. 여전히 똑같은 그의 악수였다. 꽉 움켜잡는 듯한, 따뜻하면서도 일견 차갑고 남성적인 악수였다.

데미안은 주의 깊게 내 얼굴을 살피더니 말했다.

"제법 컸구나, 싱클레어."

데미안은 예전과 크게 달라 보이지 않았다. 여전히 똑같이 어른스러웠고 여전히 아이처럼 젊은 얼굴이었다.

우리는 함께 산책을 하며 순전히 다른 이야기만 나눴다. 그 당시의 일에 대해서는 서로 아무런 언급도 하지 않았다. 나는 예전에 데미안에게 몇 번의 편지를 썼던 기억과 답장을 한 장도 받지 못했음을 떠올렸다. 아, 데미안이 그 일을 잊어버렸다면 좋으련만. 그 바보 같은, 정말 어리석은 편지! 다행히 데미안은 편지에 대해서는 아무런 말도 꺼내지 않았다.

그 당시에 난 아직 베아트리체도, 초상화도 없었다. 당시의 나는 여전히 황량한 시절의 한복판에 있었다. 교외에서 나는 데미안에게 함께 술집에 가자고 했다. 그는 순순히 나를 따라왔다. 나는 멋들어지게 포도주 한 병을 주문해 술을 따르고 데미안과 잔을 부딪치며 대학생식 음주에 익숙하다는 것을 과시했다. 첫 잔을 단숨에 비워버린 내게 데미안이 물었다.

"술집에 자주 오는 모양이구나."

"아, 그래!"

나는 덤덤하게 대꾸했다.

"달리 무슨 할 일이 있겠어? 이게 그나마 낙이라면 낙이지."

"정말 그렇게 생각해? 아마 그럴지도 모르지. 나름대로 멋진 구석이 있긴 하지. 그 도취경과 바커스적인 것이라니…… 하지만 내가 보기에는 그런 멋진 요소는 술집에 앉아 있는 대부분의 사람들에게서 완전히 사라진 것 같아. 술집에 출입하는 것이야말로 정말 속물들이나 하는 짓거리 같단 말이야. 저녁 내내 훨훨 타오르는 관솔불 곁에서 진짜 아름다운 도취경과 흥분에 잠겨 비틀거리는 것도 좋겠지! 그러나 언제나 그런 모습으로 술잔을 꺾으며 홀짝거리는 것이 과연 잘 하는 짓일까? 밤마다 단골 술상을 보고 앉아 있는 파우스트를 상상할 수 있겠어?"

나는 술을 마시며 적의에 찬 눈으로 데미안을 바라보았다.

"그래. 누구나 파우스트는 아니지."

나는 짧게 말했다.

그러자 데미안은 다소 놀란 표정으로 날 바라보더니 예전처럼 싱싱하고 우월감이 가득한 웃음을 내보였다.

"하! 그래. 그렇지. 우리가 왜 그따위 것을 가지고 다퉈야 하지? 어쨌든 술꾼이나 탕아의 생활이 무엇 하나 탓할 곳 없는 일개 시민의 삶에 비해 생기는 있지. 그런데 싱클레어. 내가 언젠가 읽었는데, 탕아의 삶은 신비주의자가 되기 위한 준비의 하나라는 거야. 예언자가 된

성 아우구스틴 같은 그런 위인이라는 거지. 그도 한때는 향락을 즐긴 탕아였거든."

나는 미심쩍게 생각하면서도 결코 데미안에게 훈계 따위를 당하고 싶지는 않았다. 그래서 나는 더욱 냉담하게 말했다.

"그래. 누구든 제멋에 살기 마련이니까! 툭 까놓고 말해서, 나는 예언자나 그와 비슷한 뭔가 되려는 것에는 전혀 관심 없어."

데미안은 눈을 지그시 감았다 뜨고는 알아들었다는 듯 나를 바라보며 말했다.

"이봐, 싱클레어."

그는 천천히 말했다.

"네게 불쾌한 소리를 하려는 의도는 없었어. 그런데 말이야. 네가 무슨 목적으로 잔을 비우고 있는지에 대해서 너와 나 둘 다 모르고 있단 말이야. 하지만 인생을, 네 생명을 형성하는 것이 무엇인지 이미 알고 있거든. 이걸 알아야 할 것 같아. 우리들 내부에는 모든 것을 알고, 원하고 더 잘 해내는 존재가 있단 말이야. 그 사실을 깨닫는 것은 지극히 유익한 일이지. 먼저 실례할게. 미안하지만, 난 집에 가야겠다."

우리는 짧게 작별을 했다. 기분이 몹시 상한 나는 그대로 앉아 남은 술을 다 마셨다. 술집을 나설 때 데미안이 이미 계산을 했다는 것을 알았다. 그것이 나를 더욱 화나게 했다. 이 작은 사건에 내 모든 생각이 머물렀다. 내 머릿속은 온통 데미안의 생각으로 가득 찼다. 그가 술집에서 한 말들이 신기하게도 고스란히 머릿속에 떠올랐다.

'이걸 알아야 할 것 같아. 우리들 내부에는 모든 것을 알고, 원하고

더 잘 해내는 존재가 있단 말이야!'

창문에 걸려 있는, 이제는 완전히 퇴색한 그림을 나는 말없이 바라보았다. 아직도 두 눈만은 여전히 활활 타오르고 있었다. 그것은 데미안의 시선이었다. 아니면 내 속에 있는, 데미안이 일러준 그 사람의 눈빛일 수도 있다.

아, 데미안! 나는 그를 얼마나 동경하고 그리워했던가!

나는 그에 대해서 아무것도 몰랐다. 그는 나에게 쉽게 닿을 수 없는 존재였다.

유일하게 내가 아는 건, 지금쯤 어딘가에서 대학을 다니고 있다는 것과 내가 김나지움을 졸업할 즈음 그의 어머니도 도시를 떠났다는 사실뿐이었다.

크로머와의 이야기로 돌아가기까지, 나는 데미안에 대한 온갖 기억을 들춰냈다. 그가 내게 해준 그 많은 이야기가 얼마나 많이 되울렸던지, 오늘날까지도 의미심장했고 당면 문제가 되어 나에게 남게 되었다!

그다지 반갑지만은 않았던 우리의 마지막 만남에서 데미안이 탕아와 성자에 대해 이야기했던 것 역시 분명하게 떠올랐다. 나에게도 그와 똑같은 일이 일어나지 않았던가? 나는 취기와 더러움에 물들어 상실 속에서 산 것은 아닐까? 새로운 인생의 충동과 더불어 반대되는 것에, 청순한 것에 대한 욕구와 성스러운 것을 향한 동경이 마음에 싹트기까지 주정과 더러움으로 얼룩진 무기력과 방탕함 속에서 살지 않았던가?

그렇게 계속 기억을 더듬었다. 벌써 오래 전에 밤은 찾아왔고, 비가 내리고 있었다. 내 기억 속에서도 빗소리가 들렸다. 그 빗소리는 데미안이 프란츠 크로머에 대해 묻고 내가 가진 최초의 비밀을 알아맞혔을 때 들렸던 그 소리였다.

등교길에 나누었던 대화, 함께 했던 견진성사 수업 시간, 그리고 마지막으로 막스 데미안과의 마지막 만남이 떠올랐다. 그때 과연 무엇이 문제였을까? 쉽사리 답이 떠오르지 않았다. 천천히 시간을 두고 완벽하게 떠올리기 위해 나는 골몰했다. 그러자 천천히 기억이 떠올랐다. 카인에 대해서 자신의 의견을 알려준 뒤 우리 집 앞에 선 그의 모습을 생생하게 기억할 수 있었다. 당시의 그는 현관문 위에 붙어 있는, 밑에서부터 위쪽으로 퍼진 종석(宗石)에 새겨진 오래되고 마모된 문장(紋章)에 대해 흥미롭다고 말했다. 그러면서 그는 그런 물건을 항상 주의 깊게 보지 않으면 안 된다고 말했다.

그날 밤, 나는 데미안과 문장에 관한 꿈을 꾸었다. 그 문장은 끊임없이 모습을 바꾸었으며, 데미안의 손에 들려 있었다. 때로는 조그맣고 잿빛을 띠다가 거대하고 다양한 색깔로 변했다. 그러나 그런 변화에도 불구하고 데미안은 언제나 똑같은 것이라고 설명했다. 그리고 마지막으로 그는 나에게 그 문장을 먹도록 강요했다. 내가 그것을 삼키자 문장에 조각된 새가 내 뱃속에서 살아 움직여 나를 가득 채우고 뱃속을 쪼아 먹기 시작하는 것이 느껴져 질겁했다. 죽음의 두려움에 빠진 나는 깜짝 놀라 잠에서 깨어났다.

나는 잠에서 완전히 깨어났다. 아직 한밤중이었다. 방 안으로 세차게 비 들이치는 소리가 났다. 나는 창문을 닫으려고 일어났다. 그러다 바닥에 떨어진 환한 것을 밟았다. 아침이 되어서야 그것이 내가 그린 그림이라는 것을 알 수 있었다. 그림은 축축하게 젖은 상태로 바닥에 떨어져 울룩불룩하게 뒤틀려 있었다. 나는 그것을 말리기 위해 흡수지 사이에 끼워 무거운 책 속에 눌러두었다. 다음 날 열어보니 그림은 말라 있었다. 하지만 그림은 예전과는 다르게 변모해 있었다. 붉은 입술은 창백해지고 좁아져 있었다. 이제, 완전한 데미안의 입 그대로였다.

나는 새로운 종이에 꿈에 보았던 새의 문장을 그리기 시작했다. 나는 원래 새의 모습이 어땠는지 정확히 기억하지 못했다. 그것은 낡고 닳아서 가끔이나마 색칠을 했기 때문에 어떤 부분은 잘 알아볼 수 없었다. 그 새는 서 있거나 뭔가를 발판삼아 앉아 있었다. 아마도 한 송이 꽃이거나 혹은 바구니, 아니면 둥지였을 수도 있고 그냥 평범한 나무 꼭대기에 앉은 형상이었을지도 모르겠다.

아무튼 나는 상관하지 않고 내 기억에 남아 있는 분명한 부분에서부터 그림을 그리기 시작했다. 어떤 몽롱한 욕구에 이끌린 내 손은 강렬한 색깔을 덧칠하느라 여념이 없었다. 내 손에 의해 새롭게 그려진 새의 머리는 강렬한 황금빛이었다. 나는 새의 그림을 기분이 내키는 대로 그려 며칠 만에 완성시켰다.

마침내 완성된 것은 날카롭고 대담한 매의 머리를 가진 맹금이었다. 새의 반신은 푸른 하늘을 배경삼아 어두운 지구에 박혀 있었다. 그리고 상상조차 할 수 없는 커다란 알에서 나오려는 것처럼 몸부림치는 형상이었다. 그 그림을 오래 바라보면 볼수록 꿈과 기억에 나타났던 문장과 거의 비슷해졌다.

데미안에게 편지를 쓰는 일은 나로서는 불가능했다. 설령 어디로 보내야 하는지 빤히 알았더라도 말이다. 그러나 당시 매사를 처리했던 것과 같은 방식으로 예언과도 같은 꿈에 사로잡혀 일단 보내기로 결정했다. 데미안에게 닿든 아니든 간에 난 매의 그림을 편지에 담아 데미안에게 보냈다. 겉에는 아무것도 쓰지 않았다. 심지어 내 이름도 쓰지 않았다. 나는 그림의 가장자리를 조심스럽게 도려내 커다란 봉투를 사서 데미안이 살던 옛 주소를 적어 보냈다.

시험이 다가왔다. 나는 평소에 비해 학교 공부를 더 열심히 하지 않으면 안 되었다. 형편없는 방황을 청산하고 난 후부터 선생님들 또한 너그럽게 나를 받아주셨다.

당시의 나는 여전히 훌륭한 학생이라고 할 수 없었지만, 어느 누구도 6개월 전에 내가 퇴학 처분을 기다리던 탕아였다는 사실을 기억하지 못하는 듯했다.

아버지도 더 이상 예전과 같은 비난과 위협 없이 옛날에 익히 그랬던 것처럼 편지를 쓰셨다. 그렇지만 나는 아버지에게, 다른 그 누구에게도 어떻게 나에게 이런 변화가 일어나게 되었는지에 대해 설명하고 싶지 않았다. 이런 나의 변화가 부모님과 선생님들의 소망과 일치한 것은 지극히 우연이었다. 변화는 나로 하여금 다른 사람들을 찾아가도록 하지 않았다. 오히려 누구도 범접할 수 없게끔 나를 지독한 고독으로 몰아넣었을 뿐이다. 그렇게 멀고 먼 데미안을 목표로 삼게 하는 계기가 되었다. 나는 그 실상을 스스로 알아채지 못하면서도 그 한가운데 서 있었던 것이다. 그것은 베아트리체로부터 비롯되었지만 얼마 후부터는 그림이 그려진 종이와 데미안에 대한 생각만으로 살게 되었다. 그렇듯 비현실적인 세계에서 살았기 때문에 베아트리체조차도 완

138

전히 나의 시야와 관심 밖으로 밀려났다. 나는 누구에게도 나의 꿈에 대해서, 나의 기대와 내적인 변화에 대해 단 한 마디도 할 수 없었다. 설령 하고 싶다는 생각을 했더라도 절대 입 밖으로 꺼내지 않았을 것이다.

어떻게 그것을 원할 수 있었겠는가.

새는 알에서 나오려고 투쟁한다

내가 그린 꿈의 새는 내 친구를 향해 날아간 것이 확실했다. 놀랍게도 나의 벗으로부터 답장이 왔다.

나는 교실의 내 자리에 앉아 쉬는 시간이 끝나고 다음 수업이 미처 시작되기 전에 쪽지 하나가 내 책에 꽂혀 있는 것을 발견했다. 그것은 우리 반 학생들이 수업시간에 선생님 몰래 흔하게 나누던 쪽지를 접는 모양과 똑같은 상태로 접혀 있었다.

내가 놀라움을 금치 못했던 것은 누가 그런 쪽지를 나에게 보냈을까 하는 의문에서였다. 나는 같은 반의 어떤 학우와도 그런 식의 편지를 주고받을 정도로 사귀지 않았다. 그저 학교에서 흔히 있는 장난이려니 생각한 나는 쪽지를 읽지도 않고 책 속에 꽂아두었다. 그러다 우연히 수업 도중에 쪽지를 다시 손에 쥐게 되었다.

그 쪽지를 만지작거리다가 아무 생각 없이 펼치자 몇 개의 문장이 보였다. 무심히 훑어보던 나는 그중 하나의 문장에 시선을 사로잡히고 말았다. 그리고는 깜짝 놀라 몇 번이나 그 문장을 읽었다. 수차례 반복하는 동안 나는 혹독한 추위를 만난 것처럼 내 앞에 던져진 운명 앞에 몸을 잔뜩 움츠렸다.

"새는 알에서 나오려고 투쟁한다. 알은 새의 세계다. 태어나려고 하는 자는 하나의 세계를 깨뜨려야 한다. 새는 신을 향해 날아간다. 신의 이름은 아프락사스이다."

나는 이 문장을 여러 번에 걸쳐 읽으며 깊은 명상에 잠겼다. 의심의 여지없는 데미안의 답장이 분명했다. 데미안과 나를 제외한 세상의 어떤 사람도 그 새에 대해서 아는 사람은 없었다. 내 그림을 데미안은 분명 받았던 것이다. 그는 내 의미를 이해했고 풀이를 도와준 것이다. 이 모든 일은 어떤 관련이 있단 말인가?

그리고 무엇보다 나를 괴롭힌 것은 아프락사스라고 불린 것의 정체가 무엇인가에 관한 궁금함이었다. 나는 한 번도 그런 말을 들은 적도, 읽은 적도 없었다.

"신의 이름은 아프락사스이다!"

데미안의 쪽지를 통해 신의 이름이라는 것만 알게 된 나는 내내 수업에 집중하지 못했다. 시간은 흘러 오전의 마지막 수업시간이 되었다. 그 수업은 젊은 보조 교사가 담당하고 있었다. 그는 갓 대학을 졸업한 사람으로 매우 젊을 뿐더러 권의적인 모습을 드러내지 않았기에 많은 학생들에게 호감을 사고 있었다.

우리들은 그 폴렌스 선생의 지도를 받으며 헤로도투스를 읽었다. 이 강독은 나를 흥미롭게 하는 몇 안 되는 과목 중 하나였지만 정신이 딴 데 팔려 있어 집중할 수 없었다. 나는 기계적으로 책을 폈으나 그 해석을 따라가지 않고 나만의 상념에 빠져 있었다. 그러면서 나는 데미안이 예전 종교수업 시간에 말했던 것이 얼마나 정당했었는지를 생각했다. 이미 경험을 통해 난 그의 말이 가진 정당성을 경험한 바 있다. 사람이 아주 간절히 원하면 그것은 반드시 이루어진다는 것이다.

만일 수업 중에 내가 아주 강렬한 나만의 생각에 열중하고 있으면 선생님도 이를 묵과해 조용히 넘어갈 수 있었다. 산만하거나 졸고 있을 때는 선생님이 여지없이 내 앞에 와 계셨다. 이미 나로서도 몇 번 당해본 일이었다. 그러나 정말로 생각하고, 진정한 상념에 몰두하고 있다면 안전했다. 그리고 이미 뚫어질 듯 바라보는 실험도 해보았으며 그것이 믿을 만한 것임을 이미 확인했다. 그 당시, 데미안과 함께 지내던 그 시절에는 잘 되지 않았었는데 지금은 그런 강렬한 시선과 생각으로 많은 일을 이룰 수 있음을 깨달았다.

나는 그렇게 앉아 헤로도투스의 이야기로부터, 수업으로부터 멀리 떨어져 있었다. 그러나 그때 뜻밖에 선생님의 목소리가 번개처럼 내 의식을 후려치고 들어왔다. 선생님의 목소리에 화들짝 놀라 고개를 들자 이미 내 앞에 선생님이 가까이 다가와 서 있었다. 나는 분명 선생님이 내 이름을 불렀다고 생각했지만 나를 바라보지 않았다. 나는 안도의 한숨을 내쉬었다.

그때 선생님의 목소리가 다시 들렸다.

그는 큰 소리로 '아프락사스!'라고 외쳤다. 첫머리는 듣지 못했으나, 폴렌스 선생은 설명을 이어가고 있었다.

"우리는 종파의 세계관과 고대의 신비주의적인 합일을 합리주의적 관찰에 의거해 보듯이 단순한 상상으로 판단해서는 안 됩니다. 오늘날 우리가 말하려는 의미의 학문이란 고대에는 분명 존재하지도 않았습니다. 대신 아주 고도로 발달했던 철학적 신비주의를 뼈대로 온갖 진실을 다루는 연구가 있었습니다. 거기에서 파생된 것으로는 사기와 범죄로 변모하기 쉬운 주술과 유희도 있습니다. 주술에도 고귀한 유래와 깊은 사상은 존재하는 겁니다. 내가 앞서 예로 들었던 아프락사스 학설도 그렇습니다. 오늘날에도 사람들은 이 이름을 그리스의 주문과 연관시켜 미개 민족들이 믿는, 주술을 사용하는 악마의 이름쯤으로 생각하는 것입니다. 그러나 아프락사스는 훨씬 더 많은 의미를 가지고 있는 것 같습니다. 우리는 그 이름을 신적인 것과 악마적인 것을 결합시키는 상징적 과제를 지닌 어떤 신성의 이름쯤으로 생각할 수 있겠습니다."

그 작은 체구에 비해 풍부한 학식을 가진 선생님은 섬세하고도 열정적으로 말을 이어갔다. 하지만 그 이야기에 주목하는 학생은 아무도 없었다. 나 또한 더 이상 아프락사스의 이름이 언급되지 않게 되었을 때 집중력을 상실하고 곧바로 내가 갖고 있는 상념에 전념했다.

'신적인 것과 악마적인 것을 결합한'는 말은 여운으로 남았다. 나는 그 말을 통해 뭔가 연결시킬 수 있었다. 그 말은 데미안과 내가 헤어지기 직전까지 나누었던 수많은 대화를 통해 친숙했던 말이었다. 데미안은 당시에 내게 말하길, 우리는 아마도 존경하는 신 하나를 가지고 있겠지만 함부로 갈라놓은 세계의 절반일 뿐이고 그것은 그저 공식적으로 허용된 환한 세계일 뿐이라고 했다. 그리고 드러나지 않은 세계까지 전체를 존중할 수 있어야 한다고 했다. 그러니까 악마이기도 한 신 하나를 갖거나 신에 대한 예배와 더불어 악마에 대한 숭배 의식도 만들어야 한다는 것이었다. 그러므로 아프락사스는 신이기도 하고 악마이기도 했다.

한동안 나는 아주 열성적으로 그 자취를 찾았지만 진전은 없었다. 아프락사스를 찾아 도서관을 성과 없이 뒤지다 지치기도 했다. 기껏해야 손 안에 든 돌 하나에 머물러 있는 진실만을 찾아내는 식이었다. 직접적이고 의식적인 탐구에 나는 깊이 열중하지 못했다.

얼마 동안 그토록 열렬하게 열중했던 베아트리체의 영상은 기억에서조차 희미해졌다. 아니, 오히려 천천히 내게 외면당했다. 나와는 점점 더 멀어져 마치 지평선에 닿은 듯했고, 그 다음에는 그림자처럼 존재감이 없었으며 시간이 지남에 따라 그림 또한 빛이 바랬듯 내 영혼에 일말의 충족감도 주지 못했다.

이상하게 나 자신의 내부에 틀어박혀 마치 몽유병자처럼 영위해온 생활 속에 새로운 형태가 형성되기 시작했다. 생활에 대한 동경이, 아니 그보다는 사랑을 향한 동경과 잠시나마 베아트리체를 숭배함으로 해소될 수 있었던 성적 충동이 다시금 내면에서 꽃피고 있었다. 나는 아직도 어떠한 충족을 통해서도 나를 찾지 못했다.

그리고 동경을 속이거나 친구들이 행복의 원동력으로 삼는 그런 소녀들로부터 무엇인가를 기대한다는 것은 나에게 있어서 이전에 비해 더 어려운 일이었다.

나는 다시 심하게 꿈을 꾸기 시작했다. 밤보다 낮에 더 많은 꿈을 꾸었다. 상상이, 영상이, 혹은 갖은 소망이 내면에서 솟아올라 나를 외부 세계로부터 격리시켰다. 때문에 나는 내 주위의 현실적인 것들보다 마음속의 영상과 한층 더 생생한 교감을 나누며 살았다.

어떤 일정한 꿈, 거듭 나타나는 환상적 유희 하나가 내게 중요한 의미를 띠게 되었다. 내 삶에서 가장 중요하고 영향력이 큰 꿈은 대략 이런 것이었다.

꿈에서 나는 부모님 댁으로 돌아가 현관문 위에 있는 낡은 문장의

새를 본다. 새는 푸른 바탕 위에서 노란색으로 빛나고 있다. 어머니가 나를 향해 다가오시는 동안 나도 다가가 막 포옹하려고 할 때, 그것이 어머니가 아니라 한 번도 본 적 없는 인물이 되는 꿈을 꾼다. 키가 무척이나 크고 제법 힘이 느껴지는 인물은 막스 데미안이거나 내가 그린 그림의 초상과 비슷하면서도 달랐다. 힘이 느껴지면서도 완전한 여성적인 느낌을 자아냈다. 그녀는 나를 당겨 전율이 일 정도로 깊은 사랑의 포옹을 했다. 그러면 나는 늘 희열과 오싹한 감정에 휩싸였다. 그녀와의 포옹은 예배였고 그만큼의 죄악을 범하는 것이었다. 나를 안아준 정체 모를 여인에게는 어머니에 대한 추억과 내 친구 데미안에 대한 많은 추억이 유령처럼 서려 있었다.

그 포옹은 모든 경외심을 배척했음에도 불구하고 축복의 희열을 맛보게 했다. 나는 지속적인 행복을 느끼며 죽음의 두려움과 함께 심각한 양심의 가책을 느끼고는 이 무서운 죄악에서 벗어나기 위해 버둥대며 꿈에서 깨어났다.

다만 서서히, 그리고 무의식적으로 이 완전한 내면적 영상과 바깥에서부터 찾아야 할 신에 대한 의식 사이에서 하나의 결합이 이루어졌다. 이 결합은 그 후 더 긴밀해지고 더 농밀해졌으며, 나는 바로 이 예감의 꿈속에서 아프락사스를 불렀음을 느끼기 시작했다. 희열과 오싹함이 뒤섞이고, 남녀가 섞이고, 지고와 추악함이 뒤얽힌 깊은 죄는 지극한 청순함을 통해 충격을 주었으며 사랑에 대한 꿈과 환상이었다. 그리고 아프락사스 역시 마찬가지였다. 사랑은 내가 처음 느꼈던 불안과 동물적이고 어두운 충동이 아니었다. 그리고 그것은 또한 내가 베아트리체의 초상에 바친 것 같은 경건하고도 정신화된 숭배도 아니었다. 사랑은 양쪽 다였다. 양쪽 다였을 뿐만 아니라 그 이상의 것이었다. 그것은 천사인 동시에 악마였고, 남성과 여성이 하나가 된 것이며, 인간과 동물이면서 최고의 선이자 극단의 악이었다.

이처럼 양극을 살아가는 것이 나에게는 운명처럼 정해진 일로 생각되었다. 이것을 맛보는 것이 나의 숙명인 듯했다. 나는 그것을 동경하면서도 두려움을 품고 있었다. 그러나 그것은 언제나 늘 같은 곳에 존재했다. 늘 내 머리 위에 있었던 것이다.

다음 해 봄에 나는 김나지움을 졸업하고 대학에 진학해야만 했다. 하지만 아직 어디서 무엇을 공부해야 할지 구체적인 계획이 없었다. 코 밑으로 작은 수염이 자랐다. 나는 성인이 되었던 것이다. 그럼에도 불구하고 나는 내 목표에 대해 어찌할 바를 몰랐으며 무기력했다. 확실한 것은 단 한 가지, 내부의 소리인 꿈 하나뿐이었다. 나는 그것이 인도하는 대로 맹목적으로 따라가야 할 사명을 느꼈다. 그러나 나에게는 어려운 일이었다. 나는 날마다 반항을 일삼았다. 스스로 미친 것 같다고 생각한 적이 한두 번이 아니었다. 나는 다른 사람들과 같지 않단 말인가?

그러나 다른 사람들이 하는 일은 나도 제법 할 수 있었다. 약간 열심히 노력하면 플라톤을 읽을 수 있었고, 삼각법 문제도 풀거나 화학적 분석도 따라갈 수 있었다.

다만 단 한 가지만 할 수 없었다. 내면에 감춰진 목표를 끄집어내어 내 앞 어딘가에 그려내는 일이었다. 다른 사람들은 교수나 판사, 의사나 예술가가 되기 위해 시간은 얼마나 걸리고 어떤 장점이 있는지 정확하게 그려냈지만 나는 그것을 할 수 없었다. 아마도 언젠가는 나 역시 그런 직업을 갖게 되겠지만 도대체 내가 그것을 어떻게 알 수 있단 말인가.

나 역시 몇 년이고 그 길을 찾고 또 찾아야 하겠지만 어쩌면 아무것도 되는 일 없이 원하던 목표에 도달할 수 없을지도 모른다. 어쩌면 나도 하나의 목표에 도달하겠지만 그것이 악하고 위험하며 무서운 목표일지도 모른다.

내 속에서 샘솟는 목표, 바로 그것으로 살아보려는 것이 왜 그토록 어려웠단 말인가?

나는 내 꿈속에 나타나는 강렬한 사랑의 자태를 그려보려 했다. 그러나 한 번도 성공하지 못했다. 만약 성공했었더라면 나는 그 그림을 데미안에게 보냈을 것이다. 그는 어디에 있을까? 나는 전혀 알지 못했다. 내가 아는 건, 오직 그가 나와 결합되어 있다는 것뿐. 언제 그를 다시 볼 수 있을까?

베아트리체 시절의 그 몇 주간, 아니 몇 개월간의 고즈넉함은 먼 옛날에 사라졌다. 그 당시 나는 하나의 섬에 도달하고 평화를 찾아냈다고 생각했다. 그것은 언제나 그 모양 그 꼴이었다. 어떤 상황이 마음에 들기 무섭게, 어떤 꿈이 나를 즐겁게 해주기가 무섭게 그것은 벌써 퇴색하고 희미해지는 것이었다.

부질없음을 개탄한들 무슨 소용이 있겠는가.

나는 거의 식지 않는 갈망과 팽팽하게 긴장된 불꽃 속에서 미치광이처럼 살고 있었다. 꿈속에 보이는 연인의 환상이 너무도 생생하게 눈앞에 어른거렸다. 나 자신의 손보다도 한결 더 선명하게 그 환상을 바라보며 얘기를 나누었고, 눈물을 보였으며, 저주를 퍼부었다. 나는 그것을 '어머니'라 부르고 눈물을 흘리면서 무릎을 꿇었다. 그것을 연인이라 부르고 모든 것을 충족시키는 성숙한 입맞춤을 느꼈다. 그리고 그것을 악마, 창녀, 흡혈귀이며 살인자라고 부르짖었다. 그러면 나를 다정하기 이를 데 없는 사랑의 꿈으로 유혹하기도 하고 철면피한 행위로 유혹하기도 했다. 거기에는 지나친 선도, 악도 없었고 고귀함과 비천함이 저울질 되지 않았다.

그해 겨우내 나는 차마 입 밖에 내기 어려운 내면의 폭풍우 속에서 고독하게 지냈다. 고독은 습관이 된 지 이미 오래되었으므로 딱히 나를 짓누르지 않았다. 나는 데미안과 더불어 살았고 매와 더불어, 숙명인 동시에 애인이었던 꿈과 환상에 얽매여 살았다. 그것들 속에서 내가 살아가기에는 충분했다. 모든 것이 위대함과 광대함을 지향하고 있었고, 이 모든 것은 아프락사스를 암시하고 있었기 때문이다. 그러나 그 꿈들 중 어느 것도, 내 생각 중 그 어떤 것도 내게 복종하지 않았다. 어느 것도 내 마음에 드는 대로 색칠할 수 없었다. 그것들은 마음대로 찾아와 나를 소유했으며, 나는 그저 그것들의 강한 힘에 의한 지배를 받으며 살았다.

분명 나는 외부를 통해서는 상당히 안정되어 있었을 것이다. 사람을 두려워하지 않았다. 그것을 반 친구들도 알고 있어서 내게 남몰래 경의를 표해 때때로 나로 하여금 웃음을 참지 못하게 했다. 나는 원하기만 하면 그들의 대부분을 파악하여 때로는 그들을 깜짝 놀라게 할 수 있었다. 단지 내가 그것을 원치 않았거나 혹은 시도할 생각조차 하지 않았을 뿐이다. 나는 언제나 스스로의 일에 몰두해 있었기 때문에 그런 것들은 관심 밖이었다. 그리고 이제는 삶의 한토막이나마 살아보

149

며 내게서 무엇인가를 끌어내 세상에 줌으로 인해 세상과 지속적인 관계를 유지하고 투쟁하기를 열렬히 갈망했다.

가끔 저녁의 거리를 쏘다녀도 진정이 되지 않아 한밤중까지 집에 돌아오지 못할 때면 나는 틀림없이 환상의 애인과 만났다. 골목 모퉁이를 지난 다음 창문을 통해 나를 부르는 유혹을 접할 때면 이 모든 환상이 참을 수 없는 고통으로 여겨져 스스로 목숨을 끊을 결심까지 하게 했다.

나는 당시에 이른바 '우연'에 기인한 독특한 피난처를 발견했다. 그러나 애당초 우연은 존재하지 않는다. 절실함이 깃든 사람이 정말로 필요한 것을 찾아내 우연이라 하지만 그것은 우연이 아니라 욕구와 필요에 의해 인도되는 것뿐이다.

나는 두세 번인가 시내를 오가는 길에 교외의 자그마한 교회에서 오르간소리를 들었다. 그때는 걸음을 멈추지 않았다. 한 번 더 지나갈 때 그 소리를 다시 들었다. 그리고 바하가 연주되고 있음을 알았다. 나는 가까이 가봤으나 문은 잠겨 있었다.

그리고 골목에는 사람이라곤 거의 없었다. 나는 교회 옆에 있는 방충석(防衝石)에 앉아 외투의 깃을 세우고 귀를 기울였다. 소리가 크지는 않았지만 그래도 좋은 오르간임에 분명했다. 그런데 연주가 참으로 놀라웠다. 그것은 고도로 개인적인 의지와 끈질김의 표현에 힘입어 마치 기도처럼 들려 연주하는 사람이 마치 음악 안에 숨겨진 보물을 얻으려 노력하는 듯 느껴졌다. 흡사 생명을 얻기 위한 몸부림을 치듯 애쓰고 있다고 나는 생각했다. 나는 음악을 뛰어난 감성과 견해를 바탕으로 이해하지 못했지만 이런 식의 영혼의 표출은 어린 시절부터

본능적으로 이해하고 있었으며 음악적인 것을 내면의 자명한 것쯤으로 느끼고 있었다.

음악가는 이어서 현대 음악을 연주했다. 레거의 곡인 듯했다. 교회는 완전한 어둠에 물들어 있었지만 아주 작은 빛 한 점이 옆 창문을 통해 들어오고 있었다. 나는 연주가 끝날 때까지 기다렸다. 이리저리 거닐며 시간을 보내고 있자니 마침내 오르간 연주자가 모습을 드러냈다. 나보다 훨씬 나이가 들었어도 아직 젊어 보이는 사람이었다. 그는 체격이 다부지고 키는 땅딸막했는데 영 아쉬운 듯한 걸음으로 그곳을 서둘러 떠났다.

그 후로 가끔씩 나는 저녁이 되면 교회 앞에 앉아 있거나 주변을 거닐며 시간을 보냈다. 한 번은 교회의 문이 열려 있는 것을 보고 숨죽여 들어가 보았다. 오르간 연주자는 높은 곳에 매달린 빈약한 가스등이 내뿜는 은은한 불빛 아래에서 연주를 했고 나는 그 동안 추위에 떨면서도 30분이 넘게 교회의 회중석에 앉아 행복한 감상을 즐겼다. 그가 연주하는 음악에서 내가 들은 것은 그 사람 자신만이 아니었다.

그가 연주하는 모든 것이 각자 밀접한 관계를 맺고 있는 듯했다. 남모르는 연관성을 가진 그의 연주에는 신앙심이 깃들어 있어 헌신적이고 경건한 느낌을 주었다.

그러나 교회에 가는 사람들이나 목사님과 같은 성질의 경건함은 아니었다. 마치 중세의 걸인이나 순례자처럼 경건했다. 이는 모든 종파를 초월하고 남김 없는 헌신적인 경건함이었다. 바하 이전의 대가들, 그리고 옛 이탈리아인들의 음악이 연달아 노련한 솜씨로 연주되었다. 모든 곡들이 한결같이 말하는 것이 무엇인지 나는 알 수 있었다. 그 음악가의 영혼에 담긴 것을 표출하고 있었다. 그리움, 더할 나위 없이 열렬한 세계의 내면을 파악하고 세계로부터의 가장 난폭한 재분리를 통한 내면의 어두운 영혼에 대한 절실한 관심과 헌신을 통한 도취와 경이로움에 대한 깊은 호기심이 차곡차곡 표현되어 쌓여갔다.

한번은 교회에서 나서는 오르간 연주자의 뒤를 몰래 밟았는데, 그는 먼 도시 외곽에 있는 작은 선술집으로 들어갔다. 마음이 흔들린 나는 그를 뒤따라 들어갔다. 거기서 처음으로 그 사람의 솔직한 모습을 똑똑하게 보았다. 연주자는 작은 술집의 모퉁이에 선 주인의 맞은편 테이블에 앉아 머리에 검정 펠트 모자를 쓰고 포도주 한 잔을 앞에 놓은 채 앉아 있었다. 그의 얼굴은 역시 내가 기대했던 것과 같았다.

못생겼을 뿐더러 거칠었으며 탐욕적이고 완고했다. 그는 고집스럽고 의지에 찬 눈빛을 갖고 있으면서도 입 주위는 부드럽고 어린아이 같았다. 남성다운 강함은 모두 눈과 이마에 모여 있었다. 얼굴의 아래 부분은 여리고 미숙해 부분적으로는 약간 약해 보였다. 우유부단함이 여실히 드러난 턱은 이마와 시선과는 사뭇 대조적이어서 그의 얼굴을 소년답게 보이게 했다. 자부심과 적의에 찬, 짙은 갈색 눈만이 호감을 주었다.

나는 말없이 그의 맞은편에 앉았다. 술집에 다른 사람은 없었다. 마치 쫓아버리려는 듯이 그는 나를 노려보았다. 그렇지만 나는 버텨냈으며 마침내 그가 우악스럽게 툴툴거릴 때까지 눈을 떼지 않고 바라보았다.

"대체 왜 그렇게 빌어먹을 눈초리로 나를 노려보고 있소? 나한테 뭐 원하는 거라도 있소?"

"선생님한테서 원하는 건 없습니다."

나는 웃으며 말했다.

"벌써 선생에 대해 많은 것을 알고 있는데요?"

그러자 그는 이마를 찌푸렸다.

"그래, 내 음악 팬이오? 음악에 얼빠지는 것은 구역질나는데."

그 말에 나는 깜짝 놀랐지만 물러서지 않았다.

"벌써 몇 번이나 선생님의 연주를 들었습니다. 저 바깥 교회에서요."

나는 침착하게 말했다.

"아무튼 귀찮게 할 생각은 없습니다. 선생님의 곁에서 어쩌면 무얼 찾아낼지도 모른다고 생각했지요. 뭔가 특별한 것을요. 그게 뭔지는 잘 모르겠지만 말이죠. 그런데 선생님께서는 제 말은 전혀 듣고 싶지 않으신 것 같군요. 저는 교회에서부터 선생님께 귀를 기울이고 있었는데 말입니다."

"난 언제나 문을 잠그는데."

"최근에 그걸 잊어버리셨을 겁니다. 저는 안에 앉아 있었고요. 보통 때는 바깥에 서 있거나 방청석 위에 앉아 있었습니다."

"그래요? 그럼 다음에는 한번 들어오시구려. 안은 한결 따뜻하오. 그럴 때는 그냥 노크를 하시오. 다만 힘차게 해야 하오. 내가 연주하는 동안은 하지 말고. 자, 시작합시다. 무슨 말을 하려고 했소? 이제 보니 아주 젊은 사람이로군. 아마 학생이거나 대학생이겠군. 당신은 음악가요?"

"아뇨. 음악을 즐겨 듣습니다. 그러나 선생님이 연주하시는 것 같은 거요. 아주 절대적인 음악 말이죠. 거기서는 한 인간이 천국과 지옥을 흔들고 있다고 느껴지는 그런 음악 말입니다. 전 그런 음악이 몹시 좋아요. 음악은 별로 도덕적이지 않기 때문이라고 생각합니다. 다른 모든 것에 비하면 말이죠. 저는 도덕적이지 않은 무엇인가를 찾고 있습니다. 저는 도덕적인 것에 늘 시달렸거든요. 자신을 잘 표현할 수가 없는데요. 아시겠죠? 신이면서 동시에 악마인, 그런 신이 틀림없이 있다는 그런 것이라고나 할까? 그런 신이 있었다지요. 전 그런 이야길 들었습니다."

음악가는 넓은 모자를 약간 뒤로 젖히고 짙은 머리카락을 이마로부터 흔들어 쓸어냈다. 그러면서 나를 꿰뚫듯 바라보며 테이블 너머에 앉은 나에게로 얼굴을 숙이며 다가섰다. 그는 나직하면서도 호기심에 찬 목소리로 물었다.

"조금 전에 말한 신의 이름이 뭐요?"

"유감스럽게도 그 신에 대해서는 죄다 알지는 못합니다. 사실, 이름밖에 몰라요. 그 이름은 아프락사스입니다."

음악가는 미덥지 않다는 듯 주위를 둘러보았다. 마치 누군가가 우리를 엿듣기라도 한다는 듯 주변을 경계하더니 다시금 나에게 다가와 속삭이듯 말했다.

"그러려니 생각했소. 당신은 누구요?"

"저는 김나지움 학생입니다."

"아프락사스는 어디서, 어떻게 알게 되었소?"

"우연히 알았습니다."

그는 테이블을 쳤다. 술이 잔에서 거세게 넘쳤다.

"우연이라고? 제발 멍청한 소리 하지 말아, 이 사람아! 아프락사스

154

는 우연히 알게 되는 그런 게 아니야. 잘 듣게. 아프락사스에 대해 더 많은 이야기를 할 테니. 난 아프락사스에 대해서 좀 알거든."

그는 입을 다물고 앉은 의자를 뒤로 밀었다. 잔뜩 기대에 차서 그를 바라보고 있자니, 그는 얼굴을 찌푸렸다.

"아, 아! 여기서는 아니고! 다음에, 그때 들으시오."

그러면서 벗어놓은 외투의 호주머니를 뒤져 군밤 몇 개를 꺼내 나에게 던졌다.

나는 아무 말도 하지 않고 그걸 받아서 매우 만족스럽게 먹었다.

"그러니까!"

황급히 목소리를 낮춘 그는 한참 뒤에 나직이 말했다.

"어디서 알았소? 그에 대해서?"

나는 망설이지 않고 말했다.

"저는 혼자였고 어쩔 줄 몰랐습니다."

나는 이야기를 시작했다.

"그때 예전의 친구 하나가 떠올랐습니다. 아는 게 많다고 생각했던 친구였습니다. 그는 뭔가를, 새 한 마리를 그렸습니다. 지구를 뚫고 나오려는 새였습니다. 저는 새의 그림을 그에게 보냈습니다. 얼마 뒤, 답장을 받으리라고 기대도 안 하던 제게 쪽지 하나가 도착했는데 거기에 이렇게 적혀 있었습니다. '새는 알에서 나오려고 투쟁한다', '알은 세계이다', '태어나려는 자는 한 세계를 깨뜨려야 한다', '새는 신에게로 날아간다', '그 신의 이름은 아프락사스이다' 라고요."

그는 내 말에 대꾸가 없었다. 우리는 밤 껍질을 벗겨 포도주에 곁들여 먹었다.

"한 잔 더 할까?"

그가 물었다.

"괜찮습니다. 술을 좋아하지 않아요."

그는 다소 실망한 듯한 표정으로 웃었다.

"좋으실 대로! 난 술을 좋아하지. 난 여기 좀 더 있을 테니 먼저 가 보시오!"

그 다음번 오르간 연주가 끝난 뒤 그와 함께 걸었을 때, 그는 별로 얘기를 꺼내지 않았다. 그는 나를 어느 오래된 골목 안에 있는, 작지만 위풍 있는 집의 위층으로 안내했다. 그곳은 다소 커다랗고 황량했으며 지극히 보잘것없는 방이었다. 거기에는 피아노 한 대 외에는 음악과 상관있는 물건은 하나도 없었다. 한편에 커다란 책장과 책상이 있어 마치 학자의 연구실 같은 분위기를 풍겼을 뿐이다.

"책이 참 많으시군요!"

나는 감탄하며 말했다.

"그 일부는 우리 아버지의 장서요. 나는 아버님 댁에 살고 있거든. 그래, 젊은이. 난 아버지와 어머니의 집에서 살아. 그러나 자네를 부모님께 소개할 수는 없어. 나의 친분관계가 여기 집안에서는 큰 존중을 받지 못하거든. 나는 버려진 자식이라오. 대충 아시겠지? 우리 아버지는 빌어먹게 존경할 만한 분이라네. 이 도시에서 유명한 신부님이고 설교자지. 그런데 나는, 속 시원히 말하자면 그분의 재능 있고 장래가 촉망되는 아드님이란 말이지. 그러나 궤도를 벗어나 어느 정도 돌아버린 아들이지. 나는 신학도였는데 국가고사 직전에 그놈의 답답한 대학을 그만두었소. 사실, 개인적인 연구를 얘기한다면 나는 여태껏 신학도인데 말이오. 때에 따라서 사람들이 어떤 신들을 그때 그때 생각해냈는지, 그것이 나에게는 늘 가장 중요한 관심사였소. 그 이외에 나는 지금 음악가이며 곧 자그마한 오르간 연주자 자리를 얻게 될 것 같소. 그러면 나도 다시 교회에 돌아가게 되는 거지."

나는 꽂혀 있는 책들을 작은 스탠드의 약한 불이 밝혀주는 데까지 살펴보았다. 그리스어, 라틴어, 히브리어로 쓴 책의 제목이 보였다. 그때 그는 구석지고 캄캄한 방바닥에 엎드려 뭔가를 하고 있었다.

"이리 오시오."

그가 한참 뒤에 입을 열었다.

"우리 철학을 좀 논해봅시다. 철학이라는 것은 '주둥이를 닥치고 배를 바닥에 깔고 엎드려 생각하기'라고 한다오."

그는 성냥을 그어 앞에 있던 벽난로 속의 종이와 장작에 불을 붙였다. 불꽃이 높이 솟았다. 그는 아주 조심스럽게 불쏘시개로 뒤적거렸다. 나는 그의 곁, 낡아서 올이 풀린 양탄자 위에 드러누웠다.

그는 불을 응시했다. 불은 내 마음도 끌어당겼다. 우리들은 말없이 한 시간은 배를 깔고 타닥거리는 장작불 앞에 엎드려 활활 타오르며 싯싯거리다가 가라앉는 불길을 바라보았다. 휘어지고 가물거리고 움칫거리다 마침내 사그라진 조용한 화염을 바라보았다.

"배화(拜火)는 인간이 창안해낸 것 중 가장 멍청한 짓만은 아니었어."

그는 혼잣말로 웅얼거렸다. 그밖에는 우리 둘 중 누구도 한마디 말이 없었다. 굳은 눈으로 불을 응시하며 꿈과 정적 속으로 빠져들며 연기 속에서 어떤 환상들을 보았다. 사그라진 잿더미 속에서도 환상을 보았다. 한번은 내가 화들짝 놀랐다.

함께 불을 보던 그 사람이 이글거리는 불 속에 송진을 조금 던졌다. 그러자 조그맣고 날렵한 불꽃이 치솟았다. 그 속에서 나는 노란색 매의 머리를 가진 새를 보았다. 꺼져가는 불꽃이 황금빛으로 작열하며 가닥가닥 늘어진 실타래를 한데 모아 그물로 만들어 문자와 환상을 자아냈다. 갖은 얼굴들, 동물들, 식물들, 벌레와 뱀에 대한 환상이 나타났다. 문득 정신이 들어 곁에 있는 그를 바라보았을 때, 그는 턱을 두 주먹 위에 놓은 채 신들린 듯 몰두하여 잿더미를 응시하고 있었다.

"이제 저는 가야겠는데요."

내가 나직이 말했다.

"그럼 가시오. 또 봅시다!"

그는 일어나지 않았다. 등불이 꺼졌기 때문에 어두운 방과 어두운 복도, 그리고 계단을 가까스로 지날 수 있었다. 나는 기억을 더듬어 그 저주받은 낡은 집을 나왔다. 거리에서 서서 그 낡은 집을 쳐다보았다. 어느 창에서도 불빛이 새어 나오지 않았다. 주석으로 만든 작은 문패만 문 앞의 가스등 불빛을 받아 반짝였다.

문패에는 〈수석 신부 피스토리우스〉라고 적혀 있었다.

집으로 돌아와 저녁을 먹고 혼자 작은 방에 앉아 있을 때, 비로소 내가 아프락사스에 대해서 피스토리우스에 대해서도 듣지 못했으며 주고받은 말이 불과 열 마디도 안 된다는 생각이 들었다. 그러나 나는 그 집을 찾아갔던 것에 아주 만족했다. 게다가 그는 다음번에는 아주 뛰어난, 오래된 오르간 음악 작품인 북스테후데의 파사칼리아를 들려주겠노라고 약속했기 때문이다.

나는 잘 몰랐지만 그와 함께 벽난로 앞의 그 침울한 은둔자의 방바닥에 누워 있던 그때 오르간 연주자 피스토리우스는 나에게 첫 수업을 해준 것이었다. 불을 바라보는 것이 나는 기분 좋았다. 불을 보는 것은 내 안에 잠재되어 있었지만 사실 한 번도 보살핀 적 없었던 내면의 성향을 강화하고 재확인시켜 주었다. 차츰 내게는 그것들이 명확해졌다.

어린아이였을 때부터 나는 때때로 기괴한 형태를 가진 자연물을 바라보는 버릇이 있었다. 그냥 관찰하는 것이 아니라 고유한 마력과 얽히고설킨 깊은 언어에 몰입해 관찰했다. 고목처럼 드러난 기다란 나무의 뿌리와 암석 속 형형색색의 광물질과 물 위에 뜬 기름의 얼룩까지. 게다가 유리에 난 금은 특히나 나에게 커다란 마력을 발휘했다. 물과 불, 연기, 구름, 먼지, 그리고 눈을 감으면 보이는 아주 특별하게 선회하는 색의 얼룩이 그랬다.

피스토리우스를 처음 찾아간 뒤, 며칠 동안 그런 것들에 대한 생각이 다시금 떠올랐다. 왜냐하면 그 이후 내가 느낀 활기와 기쁨, 그리고 감정의 고조가 그대로 드러난 것은 불을 오래 응시한 덕분이라는 것을 알아차렸기 때문이다. 불을 응시하는 것은 이상하게도 기분이 좋고 풍요로운 느낌을 주었다!

내가 그때까지 본래의 삶의 목표로 가는 길에서 찾아낸 얼마 안 되는 경험에 이 새로운 경험이 추가되었다. 그런 모습을 가만히 바라보는 것, 비이상적으로 얽히고설킨 기이한 자연의 형태에 몰두하는 것은 우리들 내면에서 이 환상을 이루게 한 내면의 의지와의 일치감을 낳는다.

우리는 곧 그 일치감을 자신의 기분으로, 자신의 창조로 여기려는 유혹을 느낀다. 우리와 자연 사이의 경계가 흔들리고 흐려지는 것을 보고 분위기를 알게 되고 그런 분위기 속에서 망막 위의 영상들이 바깥의 인상들로부터 비롯된 것인지, 내면의 인상에서 비롯된 것인지 구분할 수 없게 된다. 그 어디에서도 이런 연습을 통해서 간단하고 쉽게 발견해낼 수는 없다. 우리가 얼마나 창조자인지, 영혼이 얼마나 지속적이며 끊임없는 세계의 창조에 관여하는지를 말이다. 우리 내부에서, 그리고 자연에서 활동하는 것은 오히려 똑같은 불가분의 신성이다. 외부의 세계가 몰락한다 하여도 우리들 중 하나는 그 세계를 다시 세울 능력이 있다.

산과 강, 나무와 잎사귀, 뿌리와 꽃 등 자연의 모든 것들이 우리들 마음속에 미리 만들어져 있어서 영혼을 통해 나오기 때문이다. 영혼의 본질은 영원이며, 그 본질을 우리는 알 수 없다. 그러나 그 본질은 대개 사랑하는 힘과 창조력으로 우리가 느낄 수 있도록 주어진다.

몇 해가 지나서야 나는 어느 책에서 이 관찰을 뒷받침할 여러 근거를 발견할 수 있었다. 많은 사람들이 침을 뱉어놓은 담벼락을 바라보는 것이 얼마나 훌륭하고 깊은 자극을 주는지에 대해서 이야기한 레오나르도 다 빈치는 축축한 담벼락에 있는 그 얼룩 앞에서 피스토리우스와 내가 불 앞에서 느낀 것과 똑같은 것을 느꼈을 것이다. 우리들이 다음에 함께 있게 되었을 때, 그는 오르간을 연주하며 설명했다.

"우리는 우리의 개성의 경계를 늘 너무나도 좁게 긋고 있어! 우리가 개인적이라고 구분해 놓은 것, 상이하다고 인식하는 것만 개성이라고 생각해! 그러나 우리는 세계의 총체로 이루어져 있어. 우리 하나하나가 말이야. 그리고 우리 몸이 진화의 계보를, 물고기에 혹은 훨씬 더 멀리 이르기까지 내면에 품고 있는 것과 마찬가지로 일찍이 인간 영혼 속에 살았던 모든 것을 지니고 있지. 그리스인들이나 중국인들에게서든, 아프리카 토인에게서든 일찍이 존재했던 모든 신과 악마가 우리들 속에 함께 있어. 거기 있는 거야. 가능성과 소망, 그리고 탈출구로 말이야. 인류가 멸종하고 아무런 교육도 받지 않았지만 상당한 지능을 지닌 어린아이 하나만 남는다면, 이 아이는 사물이 변하는 전체의 과정을 다시 발견할 거야. 그 애가 신이 되어 수호신과 낙원을 창조하고 계율과 금기를 정립하고 신약과 구약에 이르기까지, 모든 것을 다시 만들어낼 수 있을 거야."

"좋습니다만."

내가 이의를 제기했다.

"하지만 그 어디에 개인의 가치가 있겠습니까? 우리가 모든 것을 내면에서 이미 완성된 상태로 가지고 있다면, 왜 우리는 아직도 죽는 거지요?"

"그만!"

피스토리우스가 격하게 외쳤다.

"세계를 그냥 자기 속에 지니고 있느냐, 아니면 그것을 알기도 하느냐, 큰 차이지. 미친 사람이 플라톤을 연상시키는 생각을 내놓을 수 있고 헤른후트파 학교의 신앙심 깊은 조그만 학생이 그노시스파, 혹은 조로아스터파에서 나타나는 심오한 신화적 연관성을 창조적으로 숙고할 수도 있어. 그러나 그들은 세계가 자기 안에 있다는 사실은 전혀 몰라. 그 사실을 모르는 한에서는 한 그루 나무이거나 돌이며 기껏해야 동물일 뿐이지. 그러나 이런 인식의 첫 불꽃이 희미하게 밝혀질 때, 그때 그는 인간이 되지. 자네는 그렇다고 그 모두를, 거리를 걸어다니는 두 발 달린 모두가 똑바로 걸으며 새끼를 아홉 달 동안 뱃속에 품고 있다고 해서 인간이라고 여기지는 않겠지? 그들 중 얼마나 많은 사람이 물고기이거나 양, 버러지이거나 거머리인 줄은 아시겠지? 얼마나 많은 사람이 개미들인지, 얼마나 많은 사람이 벌인지! 자아, 그들 하나하나 속에 인간이 될 가능성이 있지. 그러나 각자가 그 가능성을 예감함으로써 부분적으로는, 심지어 그것들을 의식하는 것을 배움으로써 비로소 그 가능성은 자기 것이 되는 거라네."

우리의 대화는 대략 이런 식이었다.

대화에서 완전히 새로운 것, 전적으로 놀라운 것이 나오는 일은 드물었다. 그러나 모두가 가장 진부한 대화도, 나직하고 꾸준한 망치질로 내 마음의 한 점을 계속 두드렸다. 모든 대화가 나의 형성에 도움이 되었다. 모든 대화가 내 허물을 벗는 일에, 알을 부수는 일에 도움이 되었던 것이다. 그리고 대화 하나하나에서 짓눌린 세계의 껍데기를 뚫고 마침내 나의 노란색 새가 머리를 조금 더 높이, 조금 더 자유롭게 쳐들어 아름다운 맹금의 머리를 불쑥 내미는 것이었다.

우리들은 서로의 꿈을 종종 이야기했다. 피스토리우스는 꿈 풀이를 할 줄 알았다. 놀라운 예 하나가 아직도 기억에 남아 있다. 나는 날 수 있는 꿈을 꾸었다.

알 수 없는 힘에 의해서 어느 정도 큰 도약으로 대기를 가르고 허공에 내던져졌다. 이 비상의 느낌은 기운을 북돋우는 것이었으나 의지도 없이 위태로운 고공을 획획 날게 되자 곧 두려움으로 변했다. 그러나 호흡을 멈추었다가 한꺼번에 힘껏 토하는 식으로 상승과 하강을 조절할 수 있다는 구원 같은 발견을 했다.

그 꿈에 대해 피스토리우스는 말했다.

"자네를 날게 만든 도약은 누구나 가지고 있는 우리 위대한 인류의 재산이지. 그것은 모든 힘의 뿌리와 연결되어 있다는 느낌이지. 하지만 곧 두려워져! 그것은 빌어먹게 위험하지! 그래서 대부분의 사람들은 차라리 날기를 포기하고 규정에 따라 인도(人道)를 걷는 쪽을 택하지. 그런데 자네는 아니야. 자네는 계속 날고 있어. 유능한 젊은이에게 합당한 대로 말이야. 그리고 보게, 자네는 놀라운 것을 발견하네! 자네가 점차 그 주인이 되는 것을 말이야. 자네를 계속 낚아채는 커다랗고 알 수 없는 보편적인 힘에다가 하나의 섬세하고 작은 자신의 힘이 더 해지는 것을 발견하네. 하나의 기관, 방향을 잡을 수 있는 키 말일세! 이건 대단한 거야. 그것이 없다면 그냥 공중에 떠 있을 테지. 아마 미친 사람들이 그러듯 말이야. 자네에게는 인도를 걷고 있는 사람들보다 더 깊은 예감이 주어졌어. 그러나 거기에 맞는 열쇠와 방향키가 없어. 바닥이 없는 곳으로 쫘악 빨려들고 있지. 그러나 자네, 싱클레어는 말이야. 자네는 할 수 있어! 자네는 그것을 새로운 기관, 즉 하나의 호흡 조절기를 통해 가능하지. 이제 자네의 영혼이 근본에 있어서 얼마나 개인적이지 못했는지를 알 수 있을 거야. 이런 조절기를 고안해낸 게 자네 영혼은 아니니까 말이야. 조절기란 새로운 게 아니야! 그것은 일종의 응용이지. 수천 년 전부터 존재하는 거야. 그것은 물고기의 평형 기관, 즉 부레야! 부레가 동시에 허파의 역할을 하기 때문에 상황에 따라서는 숨 쉬는 데 부레를 이용하는, 진화가 덜 된 희귀한 물고기가 오늘날에도 있지. 그러니까 자네가 꿈에서 날 때, 비

163

행용 기포로 사용한 허파와 한 치도 다르지 않고 똑같다는 말이야!"

그는 나에게 동물학 책까지 가져와 진화가 되지 않았다는 물고기들의 이름과 그림을 보여주었다. 나는 진화의 초기 단계에서 나온 기능 하나하나를 특이하게 느끼며 전율했다.

야곱의 싸움

　　특이한 음악가 피스토리우스로부터 아프락사스에 대하여 들은 것을 짧게 다시 들려줄 수 없지만 그에게서 배운 가장 중요한 것은 나 자신에게로 가는 길에 또 한 걸음을 내디뎠다는 것이었다. 당시 나는 18세의 평범하지 않은 젊은이였다. 나는 어떤 일에서는 조숙했지만 다른 어떤 일에 있어서는 뒤처지고 무력한 모습을 보였다. 때문에 나는 때때로 다른 사람들과 자신을 비교하며 우쭐해하고 교만을 떨기도 했지만 반면, 꼭 그만큼 자주 의기소침해하고 굴욕스러워하기도 했다. 어떤 때는 나 자신을 천재라고 생각했고 또 어떤 때는 절반쯤 돌았다고 생각했다. 나는 또래들과 함께 생활하는 기쁨을 그다지 누리지 못했고, 자주 비난과 근심으로 정신을 소모했다. 마치 내가 그들로부터 멀찍이 떨어져 있기라도 하듯이, 마치 나의 삶이 굳게 닫혀 있기라도 하듯이.

　　성숙한 괴짜였던 피스토리우스는 그런 내게 용기를 주었고 스스로에 대한 존경심을 간직하는 법을 가르쳐주었다. 그는 내가 한 말들과 내가 꾼 꿈들, 나의 환상과 생각에서 늘 가치 있는 것을 찾아내었고, 그것들을 언제나 중요하게 받아들여 진지하게 논평했다. 그리고 나에게 예를 제시했다.

그가 말했다.

"나한테 이야기했었지? 음악을 사랑하는 건 음악이 도덕적이지 않기 때문이라고. 그것에 대해서는 나도 이의는 없어. 하지만 자네 자신이 도덕적이지 않기도 해야지! 자신을 남들과 비교해서는 안 돼. 자연이 자네를 박쥐로 만들어 놓았다면, 자신을 타조로 만들려고 해서는 안 돼. 인간은 더러 자신을 특별하다고 생각하고, 다른 사람들과 다른 길을 가고 있다고 자신을 나무라기도 하지. 하지만 그런 일은 그만두어야 하네. 불을 들여다보고, 구름을 바라볼 때 어떤 예감이 떠오르고 자네 영혼 속에서 목소리가 들려오거든, 자신을 그 목소리에 맡기고 아무것도 묻지 말도록 하게. 그것이 선생님이나 아버님 혹은 하느님의 마음에 들까 하는 그런 물음이 자신을 망치는 거야. 그런 물음들 때문에 사람은 인도(人道)로 올라서는 것이며 나아가서는 화석이 되는 거지. 이봐, 싱클레어. 우리의 신은 아프락사스야. 그런데 그는 신이면서도 사탄이지. 그 안에 환한 세계와 어두운 세계를 동시에 가지고 있어. 아프락사스는 자네의 생각이나 꿈, 그 어느 것에도 이의를 제기하지 않아. 그 사실을 결코 잊지 말게. 하지만 자네가 언젠가 나무랄 데 없는 정상적인 인간이 되어버릴 때는 아프락사스가 자네를 떠날 거야. 그때가 되면 아프락사스는 자신의 사상을 담아 끓일 새로운 냄비를 찾아 자네를 떠나게 될 거라네."

내 모든 꿈들 가운데서 가장 끈질기게 이어지는 꿈은 어두운 사랑의 꿈이었다. 나는 무척이나 자주 그 꿈을 꾸었다. 꿈에서 나는 문장의 새 밑을 지나 오래된 우리 집 안으로 들어선다. 그리고 어머니를 포옹하려 하면 어머니 대신, 키가 크고 절반은 남자이고 절반은 어머니인 여자를 안는 것이다. 그녀가 무섭지만 불타는 욕망이 나를 그녀에게로 이끈다. 이 꿈은 내 친구에게 결코 이야기해줄 수 없었다. 다른 모든 것을 그에게 열어 보이고 나서도 나는 이 꿈만은 간직해 두었다. 그것은 나만의 모퉁이자 나의 비밀이었고, 피난처였기 때문이다.

마음이 짓눌릴 때면 나는 피스토리우스에게 전에 들었던 북스테후데의 파사칼리아를 연주해 달라고 청했다. 어두운 저녁, 교회 안에서 그가 파사칼리아를 연주하면 나는 그 음악에 귀를 기울이며 몰두했다. 그 기이하고 내밀한 음악은 번번이 나를 기분 좋게 만들어주었고, 영혼의 목소리들을 인정할 준비를 할 수 있도록 나를 도와주었다.

때로 우리는 오르간소리가 잦아들고 나서도 한동안 그대로 교회에 앉아 희미한 빛이 뾰족한 아치형의 높은 창문을 통하여 비쳐들었다가 가물가물 사라지는 모습을 바라보았다.

"우습게 들리겠지?"

피스토리우스가 말했다.

"내가 한때 신학도였고 신부까지 될 뻔했다는 게 말이야. 그러나 내가 당시에 저지른 것은 형식상의 착각이었을 뿐이야. 사제는 아직도 내 직업이자 목표지. 다만 난 너무 일찍 만족했고 아프락사스를 알기도 전에 나를 마음대로 쓰시도록 여호와에게 내 자신을 맡겼지. 아, 어느 종교든 아름다워. 종교는 영혼이야. 기독교적 성찬을 들든지 메카로 순례를 가든지 마찬가지야."

"그렇다면 사제가 되실 수도 있었겠는데요."

내가 말했다.

"아니, 싱클레어. 아니야, 난 거짓말을 해야만 했어. 우리의 종교는 마치 종교가 아닌 것처럼 행해지고 있어. 마치 이성의 활동처럼 취급되지. 가톨릭은 아쉬운 대로 괜찮을지 몰라. 하지만 신교의 목사는 안돼. 내가 진짜 신자들 몇을 알고 있는데 그들은 성경의 구절 하나하나에 매달리지. 그런 사람들에게 그리스도는 내게 있어 그냥 인물이 아니라 하나의 영웅이자 신화이며 인류가 자신을 영원의 벽에 그려놓았다고 생각하는 한 장의 영상이라고 말할 수는 없겠지. 그리고 그밖에 현명한 말 한마디를 듣기 위해, 의무를 완수하기 위해, 아무것도 놓치지 않기 위해 교회에 가는 사람들에게 내가 무슨 말을 할 수 있을까? 자네는 그들을 개종시켜야 한다고 하려나? 나는 그런 짓은 하고 싶지 않아. 사제란 개종시키려 하지 않지. 그는 단지 신자들 가운데서, 자기와 비슷한 사람들 안에서 살려고 하지. 그리고 그것에서 우리가 신을 만들어내는 감정을 지지하고 표현하고자 하는 거야."

그는 잠시 말을 끊었다가 다시 계속했다.

"우리가 지금 아프락사스라는 이름으로 부르는 새로운 신앙은 아름답고 좋은 거야. 우리가 가지고 있는 최상의 믿음이라네. 그러나 그는 아직 젖먹이지! 아직 날개가 돋지 않았어. 아, 외로운 종교. 그건 아직 진정한 종교가 아니야. 그것은 공동의 것이 되어야 해. 그리고 예배와 도취, 축제와 비밀 의식(儀式)을 가져야 해……."

그는 자신의 생각에 골몰했다.

"비밀 의식이라면 혼자서도, 혹은 아주 작은 범위 안에서도 행할 수 있는 것 아닌가요?"

내가 망설이며 물었다.

"할 수야 있지."

그가 고개를 끄덕였다.

"나는 벌써 오래 전부터 그렇게 해오고 있어. 예배를 드렸지. 만약 사람들이 알게 된다면 여러 해를 교도소에 박혀 있어야 할지도 모를 예배지. 나도 알고 있어. 이 예배는 아직 옳은 것이 아니란 것을."

갑자기 그가 내 어깨를 치는 바람에 나는 움찔 몸을 오그렸다.

"이봐."

그가 집요하게 말했다.

"자네도 비밀 의식을 가지고 있군. 자네는 틀림없이 나한테 이야기하지 않은 꿈이 있을 게야. 알 생각은 없네. 그러나 말해두겠는데, 그 꿈들을 그대로 간직하고 살게. 그리고 그것을 유희하게. 그것에 제단을 세워주게! 그것은 아직 완전하진 않지만, 자네에게 있어 하나의 길이야. 자네와 나, 그리고 몇몇 다른 사람들이 세계를 새롭게 개혁하게 될지 못하게 될지는 두고 봐야지. 그러나 우리는 마음속에서 그것을 날마다 새롭게 해야 하네. 그렇지 않으면 우리는 아무것도 아니니까. 그걸 생각해보게! 자넨 열여덟 살이네, 싱클레어. 길거리 창녀한테로 달려가지 말고 사랑의 꿈과 소망을 가져야 해. 어쩌면 그 꿈들은 자네가 무서워하는 그런 것이겠지. 무서워하지 말게! 그것들은 자네가 지닌 최상의 것이야. 나를 믿어도 되네. 나는 꿈을 많이 잃어버렸어. 자네 나이에 사랑의 꿈들을 능욕했지. 그래서는 안 되는데 말이야. 아프락사스를 안다면 더 이상 그래서는 안 돼. 아무것도 무서워해선 안 되고, 영혼이 우리들 마음속에서 소망하는 것이라면 그 무엇도 금지되었다고 해서는 안 돼."

깜짝 놀란 나는 그의 말에 반박했다.

"하지만 생각나는 모든 것을 행동으로 옮길 수는 없잖아요! 어떤 사람이 마음에 안 든다고 해서 죽여서는 안 되잖아요."

그가 나에게로 다가왔다.

"상황에 따라서는 죽여도 돼. 다만 죽이는 건 대체로 오류지. 생각을 스쳐간 모든 것을 그냥 행동으로 옮기라는 게 아닐세. 다만 좋은 뜻을 가진 생각들을 몰아내고 그걸 이리저리 도덕화해서 해롭게 만들지 말라는 걸세. 자신이나 다른 사람을 십자가에 못 박는 대신 장엄한 사상의 잔에 술을 따라 마시면서 치르는 회생의 비밀 의식을 생각할 수 있지. 그런 행위 없이도, 자신의 충동과 유혹은 존경과 사랑으로 다룰 수 있어. 그러면 그것들이 그 의미를 내보이지. 그런 것도 모두 나름의 의미가 있거든. 다시 한 번 무엇인가 정말 근사한 생각, 혹은 죄 많은 생각이 떠오르거든, 누군가를 죽이거나 그 어떤 어마어마한 불결한 짓을 저지르고 싶거든 한순간 생각하게, 싱클레어. 그렇게 자네 속에서 상상의 날개를 펴는 것은 아프락사스라는 것을! 자네가 죽이고 싶어 하는 인간은 결코 아무개 씨가 아닐세. 그 사람은 분명 하나의 위장에 불과할 뿐이네. 우리가 어떤 사람을 미워한다면 그 이유는 우리가 그의 모습 속에서 우리들 자신 속에 들어앉아 있는 무엇인가를 발견하기 때문이야. 우리들 자신 속에 있지 않은 것은 결코 우리를 자극하지 않아."

피스토리우스가 그토록 나의 가장 은밀한 부분을 파고드는 말을 한 적은 한 번도 없었다. 나는 대답을 할 수 없었다. 그러나 그의 말이 가장 강하고 특별하게 내 마음에 와 닿은 것은 그것이 내가 여러 해 전부터 마음속에 지니고 있던 데미안의 말과 울림이 같기 때문이었다.

피스토리우스와 데미안은 서로에 대해서 아무것도 모르는데, 둘이 나에게 똑같은 말을 한 것이다.

피스토리우스가 나직이 말했다.

"우리가 보는 사물들은 우리들 마음속에 있는 것과 똑같은 것이야. 우리가 마음속에 가지고 있지 않은 현실이란 없어. 그렇기 때문에 대부분의 사람들이 그토록 비현실적으로 사는 거지. 바깥에 있는 물상들만 현실로 생각하고 마음속에 있는 자신의 세계에 전혀 발언권을 주지 않기 때문이야. 그렇게 해서 행복할 수는 있겠지. 그러나 한 번 다른 것을 알면, 그때부터는 대부분의 사람들이 가는 길을 가겠다는 선택은 하지 않게 되지. 싱클레어, 대부분의 사람들이 가는 길은 쉬워. 우리들의 길은 어렵고. 우리 함께 가보세."

며칠 뒤, 두 차례 그를 기다렸으나 허탕을 쳤다. 그리고 어느 저녁 늦게 길거리에서 그와 마주치게 되었다. 차가운 밤바람을 맞으며 그는 만취한 채 외로이 모퉁이를 돌고 있었다. 나는 그를 부르고 싶지 않았다. 그는 나를 보지 못한 채 내 곁을 스쳐 지나갔다. 마치 알 수 없는 곳으로부터 들려오는 어두운 외침을 따르기라도 하듯 이글거리는 고독한 눈으로 앞을 응시하고 있었다. 나는 한 블록쯤 그를 뒤따라갔다. 그는 마치 보이지 않는 철사줄에 당겨지는 듯 끌려갔다. 열광적이지만 유령처럼 흐트러진 걸음걸이로. 슬픈 마음으로 나는 집으로, 구제받지 못한 나의 꿈의 세계로 돌아왔다.

"저렇게 그는 자기 속의 세계를 새롭게 하고 있구나!"

나는 생각했다. 또한 동시에 그것이 저속하면서도 도덕적인 발상이라고 느꼈다. 그의 꿈에 대해 내가 무얼 안단 말인가? 그는 어쩌면 그렇게 술에 취했으면서도 불안에 휩싸인 나보다 오히려 더 안전한 길을 갔을 것이다.

수업 시간 사이 쉬는 시간에 이따금씩, 내가 한 번도 눈여겨본 적 없었던 급우 하나가 내게 가까이 오려고 애쓰는 것이 눈에 띄었다. 그는 작고, 허약해 보이는 가냘픈 젊은이로 붉은빛 도는 숱 적은 머리를 하고 있었다. 그의 행동에는 나름 무언가가 있는 듯 보였다. 어느 저녁, 내가 집으로 갈 때 그가 골목길에서 나를 지켜보고 있었다. 그는 내가 자기를 지나쳐 가게 놔두더니, 그 다음에는 다시 뒤쫓아 와서 우리 집 현관문 앞에 서서 머물러 있었다.

"너 나한테 무슨 할 말 있니?"

내가 물었더니 그는 수줍게 말했다

"너하고 그냥 한번 이야기하고 싶었어. 몇 걸음만 함께 걷자."

나는 그를 따라 걸으며 그가 기대감으로 가득 차 상기되어 있다는 것을 느낄 수 있었다. 그의 두 손은 떨리고 있었다.

"너 심령술 하니?"

그가 난데없이 불쑥 물었다

"아니야, 크나우어."

내가 웃으며 말했다.

"전혀 아니야. 어떻게 그런 생각을 하게 되었지?"

"그럼 접신술(接神術) 하니?"

"그것도 아니야."

"아, 그렇게 숨기지 마! 너한테 뭔가 특별한 것이 있다는 것이 느껴지니까. 네 눈을 보면 알 수 있어. 난 네가 영(靈)들과 교류한다고 확실하게 믿어. 호기심에서 묻는 게 아니야, 싱클레어. 그런 게 아니야! 나 자신도 구도자이거든. 그래서 난 너무 외로워."

"이야기해봐!"

나는 그를 격려했다.

"난 영들에 대해서는 전혀 모르지만 그것들은 분명 내 꿈속에서 살고 있어. 그걸 네가 알아챘구나. 그건 말이지, 다른 사람들의 꿈속에서도 살아. 하지만 자기 자신의 꿈속이 아니야. 그게 차이지."

"그래, 어쩌면 그럴지도 모르겠다."

그 애가 나직이 말했다.

"어떤 종류의 꿈속에서 살고 있느냐, 그것이 문제라는 거지. 선마(善魔)를 사용하는 백마술에 관해 들어본 적 있니?"

나는 아니라고 해야 했다.

"그건, 자기 자신을 지배하는 법을 배우는 것이라더라. 죽지 않을 수 있고 요술도 할 수 있다는데. 너 그런 연습 한 번도 안 해봤어?"

그 연습에 대하여 호기심 어린 질문을 하자 그가 처음에는 뭔가를 숨기는 듯 알 수 없이 굴어서, 나는 그냥 돌아가려고 몸을 돌렸다. 그러자 그가 주섬주섬 털어놓기 시작했다.

"예를 들면, 내가 잠들고자 하거나 또는 집중하고자 할 때 나는 그런 연습을 해. 예를 들면 단어 하나, 혹은 이름 하나, 혹은 기하학 도형 하나를 생각해. 그 다음에는 그것들을 생각하면서 몸속으로 집어넣어. 할 수 있는 한 한껏 집중해서, 그것들이 내 안에, 내 머릿속에 있다고 상상해보려 해. 그것이 마침내 내 몸 안에 있다는 느낌이 올

때까지. 그런 다음 그것이 목에 걸렸다고 생각하지. 그런 식으로 내 몸이 완전히 그것으로 가득 찰 때까지 생각해. 그 다음에는 완전히 확고해지지. 그러면 그때부터는 그 무엇도 나를 안정에서 벗어나게 하지 못해."

그가 무슨 생각을 하고 있는지 어느 정도는 이해가 되었다. 그렇지만 그가 정작 하고 싶은 말은 아직도 딴 데 있다는 것이 느껴졌다. 그는 기이하게 흥분해 있었고 조급해했다. 나는 그의 질문을 가볍게 해주려고 했다. 그러자 곧 그가 자기 자신의 고유한 관심사를 들고 왔다.

"너도 금욕을 하지?"

그가 나에게 불안스럽게 물어왔다.

"무슨 뜻이지? 성(性) 문제 말인가?"

"그래, 그래. 나는 지금 이 년째 금욕을 하고 있어. 그 학설에 대해 알고 난 다음부터야. 그 전에는 죄를 지었더랬어. 너도 벌써 알겠지만. 그러니까 넌 여자하고 잔 적이 없지?"

"없는데. 그럴 상대를 못 찾았어."

내가 말했다.

"그러나 만약 마음에 드는 여자를 찾아내고 너와 맞는 상대라면, 그 여자하고 자겠구나?"

"그래, 물론이야. 그 여자가 반대하지 않는다면 말이야."

내가 약간 비꼬듯 말했다.

"그 점에서 길을 잘못 들어선 거야! 내면의 힘은 완전히 금욕을 할 때만 키울 수 있어. 나는 그렇게 했어. 이 년 동안, 이 년하고도 일 개월 조금 더 됐지! 그건 참 힘들어! 어떤 때는 거의 견딜 수 없을 정도야."

"이봐, 크나우어. 난 금욕이 그렇게 중요하다고 생각하지는 않아."

"나도 알아."

그가 자신을 방어했다.

"다들 그렇게 말하지. 그래도 너는 안 그럴 줄 알았어. 좀 더 높은 정신적인 길을 가는 사람은 늘 몸이 정결해야 해. 반드시!"

"그래, 그래. 그렇다면 그렇게 해! 하지만 난 이해하지 못하겠어. 자신의 성을 억누르는 사람이 왜 다른 사람보다 더 정결하다는 건지. 아니면 너는 성을 모든 생각과 꿈에서도 배제해버릴 수 있다는 거니?"

그는 절망적으로 나를 바라보았다.

"아니야, 그런 게 아니야! 하느님 맙소사. 그렇지만 그래야만 해. 나는 밤에 꿈을 꿔. 나 자신한테조차도 이야기할 수 없는 꿈을 꾼다고! 그건 정말 무서운 꿈이야!"

나는 피스토리우스가 나한테 했던 말을 기억했다. 그의 말이 참으로 옳다는 것을 느끼는데도, 그 말을 그대로 전할 수 없었다. 내 자신의 체험에서 나온 것이 아니었으며, 그것을 따르기에는 나 자신도 아직 성숙하지 못했다고 느끼기 때문이었다. 그런 나 자신이 남에게 충고를 할 수는 없었다. 그래서 나는 입을 다물었다. 누군가가 나에게 충고를 받기를 원하는데 아무것도 해줄 수 없다는 사실이 굴욕적이었다.

"나는 별별 시도를 다 해봤어!"

크나우어가 내 곁에서 탄식을 했다.

"할 수 있는 건 다 해봤어. 냉수욕, 안력 훈련, 체조, 달리기. 그러나

다 아무 소용없었어. 밤마다 생각도 해서는 안 되는 꿈을 꾸다가 화들짝 깨어나곤 해. 끔찍한 것은, 그러다 보니 내가 정신적으로 배워놓은 모든 것이 점점 없어지는 거야. 그러고 나면 그때부터는 아무리 해도 집중하거나 잠들 수 없어. 자주 누워서 밤을 꼬박 새워. 난 결코 오래 견뎌내지 못하겠어. 결국 내가 그 싸움을 해낼 수 없다고 항복하고 다시 자신을 더럽히게 되면 나는 한 번도 싸워본 적 없는 다른 사람들보다 더 나쁜 인간이 되는 거야. 내 말 이해하겠니?"

나는 고개를 끄덕였지만 그에게 해줄 말이 없었다. 그리고 그의 이야기가 지루해지기 시작했다. 그가 공공연하게 드러낸 괴로움과 절망이 내게 그다지 깊은 인상을 남기지 못한다는 사실에 나는 내심 놀랐다. 나의 느낌은 '난 너를 도울 수 없어'였다.

기진맥진한 그가 마침내 슬픈 목소리로 말했다.

"그러니까 넌 모르는 거지? 전혀 모르는 거야? 그래도 뭔가 길은 분명 있을 거야! 넌 대체 어떻게 하지?"

"아무것도 말해줄 수 있는 게 없구나, 크나우어. 사람들은 그런 일에서는 서로 도울 수가 없단다. 나를 도와준 사람도 아무도 없었어. 네 스스로 생각해내려고 애써야 해. 그리고 정말로 네 본질로부터 나오는 것, 그걸 하면 돼. 다른 길은 존재하지 않는단다. 네가 네 자신을 찾아낼 수 없으면, 다른 영(靈)들도 찾아낼 수 없다고 생각해."

그는 실망했는지 갑자기 말을 뚝 끊었다. 그리고는 나를 물끄러미 바라보았다. 그러더니 그의 시선이 갑작스러운 증오의 빛을 띠며 이글이글 타올랐다. 크나우어는 얼굴을 잔뜩 찡그리며 화난 말투로 소리쳤다.

"아, 너야 멋진 성인이시지! 너도 죄를 짓겠지, 알아! 너는 마치 현인처럼 굴면서 남몰래 나나 다른 사람들과 똑같이 더러운 것에 매달리겠지! 넌 돼지야, 돼지. 나와 마찬가지로 말야! 우리는 모두 다 돼지야!"

나는 그를 세워둔 채 떠났다. 그는 두세 걸음 나를 따라오다가 그대로 뒤에 멈추었다. 그리고 몸을 돌려 달아났다. 연민과 혐오스러움으로 속이 메슥거렸다. 마침내 집에 와 내 작은 방에서 내 그림들 몇 개를 주위에 둘러 세우고 더없이 간절한 마음으로 내 자신의 꿈들에 열중했을 때에야 비로소 그 느낌에서 벗어날 수 있었다. 그러자 곧 나의 꿈이 다시 떠올랐다. 현관문과 문장, 어머니와 낯선 여성에 대한 것이었다. 그 여성의 표정이 어찌나 또렷했는지 나는 그날 저녁에 그녀의 모습을 그리기 시작하였다.

며칠 뒤 스케치가 완성되자 나는 몽환적인 상태에서 그림에 칠까지 하여 저녁에 벽에 걸고, 탁상용 램프를 그 앞으로 밀어놓았다. 그리고 마치 결판을 낼 때까지 싸워야 하는 유령 앞에 선 듯 그 앞에 서 있었다. 그것은 얼굴이었다. 전의 것과 비슷하고, 내 친구 데미안과 비슷하고, 몇몇 표정에서는 나 자신과도 비슷했다. 한쪽 눈이 다른 눈보다 눈에 띄게 높이 달려 있었고, 운명에 가득 찬 시선은 나를 넘어 어딘가로 향해 있었다.

그림 앞에 서서 나는 내적인 긴장으로 가슴속까지 썰늘했다. 그 그림에게 나는 물었다. 나는 그림을 비난했고, 그림을 애무했으며, 그림에게 기도했다. 나는 그 그림을 어머니라고 불렀고 연인이라고 불렀으며, 창녀라고, 매춘부라고 불렀다. 나는 그 그림을 아프락사스라고 불렀다. 그 사이로 피스토리우스의 말이 — 아니면 데미안의 말이었을까? — 떠올랐다. 언제 그 말을 들었는지는 기억할 수 없었다. 그러나 다시 들리는 것 같았다. 그것은 야곱과 천사의 싸움에 대한 말이었다.

"나에게 축복을 내리지 않으면 그대를 보내지 않으리로다."

그려진 얼굴은 램프 빛 속에서 그때그때의 간청에 따라 변했다. 환하게 밝아지다가 까맣게 어두워졌고, 꺼져 가는 눈 위로 파리한 눈꺼풀을 감았다가 다시 떠 이글거리는 시선으로 쏘아보았다. 그것은 여자였고, 남자였고, 소녀이자 어린아이였고, 동물이었다. 얼룩으로 흐렸다가 다시 크고 뚜렷해졌다. 끝에 가서 나는 마음속에서 들리는 뚜렷한 부름을 따라 눈을 감았고, 그 그림을 내 마음속에서 보았다. 더욱 강하고 더욱 힘 있게, 나는 그림 앞에 무릎을 꿇으려 했다. 그러나 그림이 어찌나 깊이 나의 안으로 들어가 버렸는지 그것을 나 자신과 갈라놓을 수 없었다. 마치 그림이 온통 나 자신이 되어버린 듯.

그때 마치 봄의 폭풍인 듯 어둡고 무거운 포효 소리가 들렸다 나는 형언할 수 없는 불안과 체험의 새로운 느낌에 휩싸여 몸을 떨었다. 별들이 내 앞에서 번쩍거리다가 꺼졌다. 전생과 생성의 초기 단계까지 이르는 최초의 기억들이 콸콸 흘러 나를 스쳐 흘러갔다. 나의 온 생애의 가장 비밀스러운 것까지 되풀이하는 듯한 기억들은 어제 오늘로 그치는 것이 아니었다. 그것은 계속 나아가 미래를 비추었고, 오늘의 나를 낚아채어 새로운 삶의 형식으로 몰아넣었다. 그 새로운 삶의 영상들은 엄청나게 환하고 눈부셨으나 그중 어느 것도 나중에는 제대로 기억할 수 없었다.

밤에 깊은 잠에서 깨어나 보니 옷을 입은 채로 침대에 비스듬히 걸

178

쳐 누워 있었다. 불을 켰다. 무언가 중요한 것을 생각해 내어야만 할 것 같은 느낌이었다. 몇 시간 전의 일을 아무것도 알 수 없었다. 불을 켜자 차츰 기억이 돌아왔다. 나는 그림을 찾았다. 그림이 이제는 벽에 걸려 있지 않았다 책상 위에 놓여 있지도 않았다. 확실치 않았지만, 내가 그것을 불태워버린 것 같기도 했다. 아니면 내가 그것을 내 손으로 불태우고 재를 먹어버린 것이 꿈이었을까?

몸이 푸들푸들 떨릴 정도로 큰 불안감이 나를 구석으로 몰아댔다. 나는 어떤 압박을 받은 듯, 모자를 쓰고 나와 집과 골목을 지나쳤다. 폭풍의 부름에 응하듯 거리와 광장들을 빠른 걸음으로 내쳐걸었다. 내 친구의 어두운 교회 앞에서 귀를 기울였고 어두운 충동에 휩싸여 무엇을 찾는지도 모르는 채 찾고 또 찾았다. 사창가들이 있는 교외를 지나갔다. 그곳은 여기저기에 아직 불이 켜져 있었다. 더 멀리 바깥에는 공사 중인 건물들과 기왓장 더미가 놓여 있었고 일부는 충충한 눈으로 덮여 있었다. 몽유병자처럼 알 수 없는 힘에 눌려 이 황량한 곳을 헤매다 보니, 언젠가 나의 고문자 크로머가 처음으로 계산을 하자고 나를 끌고 갔던 고향 도시의 공사장 생각이 났다. 잿빛 어둠 속에 비슷한 공사장이 내 눈앞에 있었고, 검은 문구멍들이 내 앞에서 입을 벌리고 있었다. 그것이 나를 안으로 끌어들였다. 물러서려다가 모래와 허섭스레기에 걸려 비틀거렸다. 그러나 충동 쪽이 더 강했다. 나는 들어가야 했다.

판자와 부서진 벽돌들 너머로 나는 비틀거리며 그 황량한 공간 속으로 들어갔다. 축축한 냉기와 퀴퀴한 돌 냄새가 느껴졌다. 좀 밝은 잿빛을 띤 모래 더미가 한 군데 있었다. 그 밖에는 온통 캄캄했다.

179

거기서 놀란 목소리 하나가 나를 불렀다.

"맙소사, 싱클레어. 어디서 내게로 온 거야?"

어둠 속에서 내 곁으로 작고 마른 사내 하나가 유령처럼 몸을 일으켜 다가왔다. 나는 머리카락이 곤두설 정도로 놀랐지만 그것이 내 학우 크나우어라는 것을 알아보았다.

"어떻게 네가 여기로 온 거야?"

흥분으로 제정신이 아닌 듯 그가 물었다.

"어떻게 네가 나를 찾아낼 수 있었지?"

나는 무슨 소린지 알 수 없었다.

"난 너를 찾지 않았어."

내가 당황하여 말했다. 단어 하나하나를 내뱉기가 힘들었다. 내 말은 얼어붙은 듯 무겁고 죽은 입술 사이로 가까스로 나왔다.

그가 나를 응시했다.

"찾지 않았다구?"

"찾지 않았어. 이끌려 온 거야. 네가 나를 불렀니? 네가 나를 부른 게 틀림없어. 넌 여기서 대체 뭘 했어? 밤인데."

그가 가는 두 팔로 나를 으스러져라 껴안았다.

"그래, 밤이야. 머지않아 틀림없이 아침이 될 거고. 오, 싱클레어. 네가 나를 잊지 않았다니! 날 용서할 수 있니?"

"대체 뭘 용서하지?"

"아, 내가 추하게 굴었잖아!"

비로소 우리가 나누었던 대화가 기억났다. 삼사 일 전이었던가? 나에게는 그때 이후 한평생이 지나간 것만 같았다. 그러나 그 순간 나는

180

갑자기 모든 것을 알았다. 우리들 사이에 무슨 일이 있었는지 뿐만 아니라, 왜 내가 이리로 오게 되었으며 크나우어가 여기 바깥에서 무엇을 하려 했는지도.

"너 그러니까 죽으려 했구나, 크나우어?"

그가 추위와 두려움으로 몸을 덜덜 떨었다.

"그래, 그러려고 했어. 그럴 수 있었을지 없었을지는 모르겠어. 아침이 될 때까지 기다릴 생각이었어."

나는 그를 바깥으로 끌고 나왔다. 아스라한 첫 새벽 빛이 차갑고 냉담하게 빛나고 있었다.

얼마간 더 그의 팔을 잡고 데리고 간 내가 말했다.

"이제 집으로 가. 그리고 아무한테도 무슨 말하지 마! 넌 길을 잘못 들어 헤맸던 거야. 그냥 길을 잘못 들었던 거라구! 그리고 우린 네 생각처럼 돼지가 아니야. 우린 인간이야. 우린 신을 만들고 신들과 싸우지. 그러면 신들이 우리를 축복해."

말없이 더 걷다가 우리는 갈라져 갔다. 집으로 돌아오자 날이 완전히 새어 있었다.

그 시절 성 ○○시에서 내게 주어진 최고의 시간은 피스토리우스와 오르간 곁에 혹은 벽난로 앞에 서 있는 시간이었다. 우리는 아프락사스에 대한 그리스어 원서를 함께 읽었다. 그는 나에게 베다경에서 번역된 몇 부분들을 읽어주었고, 나에게 신성한 '옴'에 대한 이야기를 해주었다. 그사이 나를 내면적으로 키워준 것은 학식이 아니라 오히려 그 반대였다. 기분 좋았던 것은, 나 자신이 발전했다는 것이었다. 나 자신의 꿈, 생각, 예감에 대한 커가는 신뢰였다. 그리고 내가 나 자신 안에 지니고 있는 힘에 대한 늘어나는 열병이었다.

피스토리우스와 더불어 나는 어떤 식으로든 나 자신을 이해했다. 나는 다만 그의 생각을 강하게 하기만 하면 되었다. 그러면 나는, 그 자신이나 혹은 그가 보내는 인사가 나에게로 온다는 것을 확신했다. 나는 그에게, 데미안에게 그랬듯이, 그 자신이 거기 없어도 무얼 물어볼 수 있었다. 그의 모습을 집중해서 그려보기만 하면 되었고, 나의 물음들을 집중해서 그에게로 향하게 하기만 하면 되었다. 그러면 물음 안에 담은 모든 영혼의 힘이 대답이 되어 내 마음속으로 되돌아왔다. 다만 내가 상상한 것은 피스토리우스라는 인물이 아니었다. 데미안이라는 인물도 아니었다. 내가 불러야 했던 것은 내가 꿈꾸고 그린 그림, 남자면서 여자인 영상, 내 수호신의 영상이었다. 그것은 이제 더 이상 내 꿈속에서만 살지 않았으며, 종이 위에 그려지는 것에 그치지 않고 내 마음속에 소망의 상이 되어 살고 있었다.

자살 실패자 크나우어가 나와 맺게 된 관계는 특이하고 이따금씩은 코믹했다. 내가 그에게 보내졌던 밤부터 그는 나에게 매달려 있었다. 충직한 하인이나 개처럼. 그는 자신의 삶을 나의 삶에 연결시키려 하고 맹목적으로 나를 따랐다. 더할 나위 없이 놀라운 물음들과 소망들을 들고 그는 나에게로 왔다. 영들을 보려고 했으며, 카발라를 배웠고, 내가 그런 모든 일을 전혀 이해하지 못한다고 그에게 단언해도 나를 믿지 않았다. 나에게는 무슨 힘이든 다 있다고 그는 믿었다. 그러나 기이했던 것은, 그가 놀랍고도 멍청한 질문들을 들고 나를 찾아오는 때가 내 마음속에서 그 어떤 매듭 하나가 풀려야 할 때와 일치한다는 점이었다. 또한 그의 변덕스러운 착상들과 관심사들이 나에게는 자주 화두로 떠올랐고 어떤 일을 해결함에 있어 실마리가 되었다는 점이었다. 충직한 그가 종종 귀찮아 보내버리면서도, 그 또한 나에게 보내진 사람임을 나는 느끼고 있었다. 내가 그에게 준 것이 갑절이 되어 내 마음속으로 되돌아옴을 느꼈다. 그 또한 나에게는 하나의 인도자이고, 하나의 길임을 느낄 수 있었다. 그가 그 속에서 자신의 구원을 찾았고 또 내게 들고 오는 놀라운 책들과 글들은 나에게, 내가 순간에 통찰할 수 있었던 이상의 가르침을 주었다.

이런 크나우어가 나중에는 나도 모르는 사이에 내 길에서 사라져버렸다. 그와는 대결이 필요하지 않았던 것이다. 그러나 피스토리우스와는 필요했다. 이 친구와 함께 나는 성 OO시에서의 내 학생 시절이 끝나갈 무렵에 또 한 번 특이한 체험을 했다.

악의 없는 인간도 살면서 한 번쯤, 혹은 몇 번은 경건과 감사라는 아름다운 도덕과 갈등에 빠지는 일을 겪게 마련이다. 누구든 한 번은 아버지와 스승으로부터 자신을 갈라놓는 걸음을 떼어야 한다. 누구든 고독의 혹독함을 조금은 느껴야 한다. 대부분의 사람이 그걸 잘 견딜 수 없어 다시 밑으로 기어든다 하더라도. 내 부모님과 그들의 세계, 즉 내 유년 시절의 밝은 세계로부터 나는 격렬한 싸움을 벌여 갈라져 나온 것이 아니라, 천천히 거의 눈에 띄지 않게 그들로부터 멀어지고 낯설게 되었다. 그것은 참으로 유감스러운 일이었다. 그래서 고향을 찾아갈 때면 나는 자주 쓸쓸함을 느끼곤 했다. 그러나 그것이 마음 깊은 곳까지는 파고들지 않아 견딜 만했다.

그러나 우리가 습관에서가 아니라 지극히 고유한 욕구에서 사랑과 경외를 표했을 때나 독자적인 마음으로 사도이자 친구가 되었을 때,

갑자기 우리들 마음을 이끌어가는 물결이 사랑하는 사람으로부터 멀어져 가려 하는 것을 알아차리게 되면 고통스럽고 두려운 순간이 찾아온다. 그때는 친구이자 스승을 거부하는 생각 하나하나가 독침이 되어 우리의 심장을 찌른다. 그리고 방어하려는 타격 하나하나가 오히려 자신의 얼굴에 적중한다. 적절한 도덕을 자신의 마음속에 지니고 있다고 생각한 사람에게는 '배신'과 '망은'이라는 이름이 떠오른다. 치욕적인 기억과 낙인처럼. 그때는 놀란 가슴이 두려움에 차올라 유년의 미덕들이 있는 아늑한 골짜기로 도망치고 결국엔 그런 끈도 끊어져버려야 한다는 것을 믿을 수 없게 된다.

시간이 가면서 서서히 내 마음속에서는 내 친구 피스토리우스를 절대적인 지도자로 인정하지 않기 시작했다. 내 청년 시절 극히 중요한 몇 달 동안 내가 체험했던 것은 그와의 우정이었고, 그의 충고와 위로, 그의 친근함이었다. 그를 통해 신이 나에게 말했다. 그의 입으로부터 내 꿈들이 나에게로 되돌아왔다. 밝혀지고 해석되어서. 그는 나에게 나 자신에게로 가는 용기를 선사했다. 아, 그런데 이제 서서히 자라가면서 서서히 그에 대한 저항심이 생겨나는 것을 나는 느끼고 있었던 것이다. 이제 와서 들으니 그의 말에는 지나치게 많은 가르침이 담겨 있었고, 그가 완전히 이해하는 건 나의 한 부분뿐이라는 생각이 들었다.

우리들 사이에 다툼은 없었다. 불화나 우정의 청산 같은 것도 없었다. 나는 그에게 다만 악의 없는 단 한마디의 말만 했을 뿐이었다. 그러나 그 해롭지 않은 한마디가 던져진 바로 그 순간, 우리들 사이에 있었던 환상이 색색의 조각으로 깨어져 흩어졌다.

이미 한동안 나를 짓누르고 있던 어떤 예감이 분명한 감정으로 구체화된 것은 어느 일요일 그의 낡은 서재에서였다. 우리들은 불 앞 방바닥에 엎드려 있었고 그는 비밀 의식과 종교 형태들에 관한 이야기를 했다. 그런 것들을 그는 연구하고 명상하며, 그것이 가능한 미래에 열중하고 있었다. 그러나 나에게는 그 모든 것이 인생을 결정할 만큼 중요하다기보다는, 오히려 기이하고 재미있는 것으로 보였다. 나에게는 그저 현학적인 과시로 들렸다. 내 귀에는 이전 세계들의 폐허를 뒤지는 고달픈 탐색의 소리로 들려왔다. 그리하여 문득 나는 이 모든 방식과 이런 예배, 전승된 신앙 형식을 모자이크처럼 짜 맞추는 유희에 대해 거부감을 느꼈다.

"피스토리우스."

내가 갑자기 말했다. 스스로도 놀랄 만큼 악의가 담겨 있는 어조였다.

"제게 다시 한 번 꿈 이야기를 들려주셔야겠어요. 밤에 꾸신 진짜 꿈 이야기 말이에요. 지금 말씀하시는 것, 거기서는 참 빌어먹게도 곰팡이 냄새가 나네요!"

내가 그런 식으로 말하는 것을 그는 들어본 적이 없었다. 그리고 그 순간에 나는 섬광처럼 쏘아서 그의 심장을 맞힌 화살이 바로 그의 무기고에서 얻은 것이라는 사실에 수치와 충격을 느껴야 했다. 그가 냉소적인 어조로 이따금씩 내뱉던 자기 비난의 어휘들을 이제 악랄하게도 내가 그에게 한껏 극단화시켜 던졌던 것이다.

그도 그것을 순간적으로 느꼈는지 즉시 잠잠해졌다. 마음속으로 두려움을 느끼며 그를 보고 있자니, 그의 얼굴이 무섭게 창백해졌다.

길고 무거운 침묵이 흐른 뒤 그가 새 장작을 불 위에 얹으며 가라앉은 음성으로 말했다.

"자네가 전적으로 옳아, 싱클레어. 자네는 영리한 친구야. 곰팡내 나는 것으로 자네를 괴롭히면 안 되겠지."

그는 매우 침착하게 말했지만, 나는 그가 입은 상처의 고통을 느낄 수 있었다. 내가 무슨 짓을 했는가!

눈물이 나올 것 같았다. 진심으로 그에게 용서를 빌고 싶었다. 그에게 나의 사랑과 애정 어린 감사를 확인시켜주고 싶었다. 간절한 말들이 떠올랐지만 말할 수가 없었다. 나는 그냥 엎드려 불을 들여다보며 아무 말도 하지 않았다. 그도 말이 없었다. 그렇게 우리는 누워 있었다. 불은 다 타서 사그라졌다. 탁탁 튀기며 꺼지는 불꽃 하나와 함께 아름다움과 친밀함도 다 타서 날아가 버려 다시는 돌아올 수 없을 것 같은 느낌이었다.

"제 말을 잘못 이해하셨을까봐 두렵습니다."

마침내 몹시 풀이 죽은 내가 건조하고 쉰 목소리로 말했다. 마치 신문 연재소설을 낭독하듯 멍청하고 무의미한 말들이 기계적으로 내 입술 너머로 새어 나왔다.

"난 자네 말을 정확히 이해했네."

피스토리우스가 나직이 말했다.

"자네가 옳아."

조금 뜸을 들인 다음 그는 천천히 계속했다.

"한 인간이 다른 사람에 대해서 정당할 수 있는 한에 있어서 말일세."

아니, 아니. 제가 틀렸어요! 하고 나는 마음으로 외쳤다. 그러나 입 밖으로는 아무 말도 할 수 없었다. 내가 단 한 마디 보잘것없는 말로 그의 본질적인 약점과 괴로움과 상처를 지적했음을 알기 때문이었다. 나는 그가 스스로를 믿을 수 없는 바로 그 점을 건드렸던 것이다. 그의 이상에서는 '곰팡내가 났다.' 그는 과거를 향한 구도자였고 낭만주의자였다. 그러자 갑자기 피스토리우스가 나에게 준 것을 그 자신에게는 줄 수 없었으며, 내 눈에 비쳤던 그의 모습도 그의 실체가 아니었다는 사실을 나는 깨달을 수 있었다. 그는 길잡이인 자신도 넘어서지 못하고 떠나야 했던 길로 나를 인도했던 것이다.

어떻게 그런 말이 나오게 되었는지는 신이나 아실 일이었다. 나는 전혀 나쁜 뜻을 품고 있었던 것도 아니었고 파국의 예감도 느끼지 못했다. 말을 내뱉는 순간에도 무엇을 말하고 있는 것인지 전혀 의식하지 못한 것이다. 조금은 위트 있고 조금은 악의 있는 소소한 생각 하나에 굴복해버린 것인데, 그것이 운명이 되어버렸다. 나는 부주의한 작은 횡포를 저질렀는데 그에게는 그것이 심판이 되어버렸던 것이다.

당시에 나는 얼마나 간절히 소망했던가. 그가 화를 냈으면, 그가 자신을 방어하고 나한테 소리쳐주었으면, 하고. 그러나 그는 아무것도 하지 않았다. 그 모든 것은 내 마음속에서 스스로 하지 않으면 안 되었다. 만약 할 수만 있었더라면 그는 미소 지었으리라. 그가 그럴 수 없었다는 것, 거기에서 나는 내가 얼마나 심한 타격을 그에게 주었는지 잘 알 수 있었다.

피스토리우스는 주제넘고 배은망덕한 제자의 공격을 그렇게 소리 없이 받아들이고 침묵함으로써 내가 옳다는 것은 인정했다. 그리고 그가 나의 말을 운명으로 인정한 것이 나로 하여금 스스로를 미워하도록 만들었다. 그는 나의 경솔함을 몇 천 배나 더 크게 느끼게 만들었다. 때리려 달려들었을 때 나는 방어력 있는 강한 사람을 쳤다고 생각했었다. 그런데 맞은 사람은 인고하는 고요한 인간이었고, 말없이 항복하는 무방비한 사람이었다.

오랜 시간 우리는 다 타버린 불 앞에 그대로 엎드려 있었다. 불이 타오르는 모습 하나하나가, 구부러지는 막대 모양의 재 하나하나가 나에게 행복하고 아름답고 풍요로웠던 시간들을 기억하게끔 했고 피스토리우스에게 내가 진 빚더미를 점점 더 크게 쌓아올렸다.

마침내 나는 더 견디지 못하고 일어서서 밖으로 나왔다. 오랫동안 나는 서 있었다. 그의 집 문 앞에서. 그리고 한참 동안이나 어두운 계단 위에서 그를 기다렸다. 집 바깥으로 나가서도 그가 혹시 나를 따라오지나 않을까 한동안 더 기다렸다. 그리고 그 다음에는 계속 걸었다. 몇 시간이고 시내와 교외, 공원과 숲을 저녁때까지 돌아다녔다. 그때 나는 처음으로 내 이마에 찍힌 카인의 표지를 느꼈다.

하지만 서서히 나는 생각하게 되었다. 나의 생각은 모두가 나 자신을 비난하고 피스토리우스를 옹호하려는 뜻뿐이었다. 하지만 모든 것이 그 반대로 끝나버렸다. 수천 번이나 나는, 나의 경솔했던 말을 후회했고 다시 거두어 담고 싶었다. 그러나 그럼에도 그것은 사실이었다. 이제야 비로소 피스토리우스가 이해되었다.

나는 그의 모든 꿈을 떠올려볼 수 있었다. 그의 꿈은 사제가 되어 새로운 종교를 알리는 것이었고 꿈, 찬양, 사랑과 예배의 새로운 형식을 주고 새로운 상징들을 세우는 것이었다. 그러나 그건 그의 힘으로 될 일도 아니었고 그의 직분도 아니었다. 그는 너무도 열심히 이미 존재하는 것에 집착했고 너무도 정확하게 예전의 것을 알고 있었다. 그는 이집트에 대해, 인도에 대해, 미트라스에 대해, 아프락사스에 대해 너무도 많이 알고 있었다. 그의 사랑은 이미 세상이 보았던 형상들에 매여 있었다. 그러면서도 그는 마음속 가장 깊은 곳에서 새로운 것은 달라야 하며, 그것은 새 땅에서 솟아야지 수집되거나 도서관에서 창조되어서는 안 된다는 것을 깨닫고 있었다. 그의 직분은 그가 내게 해주었듯이 인간이 그 자신에게로 이르도록 돕는 일일 것이다. 그들에게 들어보지 못한 전대미문의 새로운 신들을 제시하는 것은 그의 직분이 아니었다.

그런데 여기서 갑자기 예리한 불꽃같은 인식이 나를 불태웠다. 누구에게나 '직분'이 있지만, 그것은 그 누구도 자의로 택하고 고쳐 쓰고 마음대로 주재할 수 없는 것이라는 인식이었다. 새로운 신들을 원한다는 것은 틀렸다. 세계에 그 무엇인가를 주겠다는 것은 완전히 틀린 생각이었다! 각성된 인간에게는 한 가지 의무, 즉 자기 자신을 찾고 자신 속에서 확고해지는 것, 자신의 길을 앞으로 더듬어 나가는 것 외에는 아무런 의무도 없다. 그 생각이 내 마음을 깊이 뒤흔들었다. 그리고 그것이 내가 이 체험에서 얻은 열매였다. 나는 자주 미래의 상(像)들을 가지고 유희했었다. 나는 어쩌면 시인으로, 혹은 예언자로, 혹은 화가로, 혹은 어떠한 형태로든 나를 위해 예비되어 있을 역할들에 대해 꿈꾸곤 했었다. 그러나 그 모든 것이 아무것도 아니었다. 나는 시를 짓기 위하여, 설교하기 위하여, 그림 그리기 위하여 존재하는 것이 아니었다. 나와 그 외의 어떤 사람도 그것을 위하여 존재하는 것이 아니었다. 그 모든 건 다만 부수적으로 생성된 것이었다. 모든 사람에게 있어서 진실한 직분이란 한 가지였다. 즉 자기 자신에게로 가는 것. 시인으로, 혹은 미치광이로. 예언가로, 혹은 범죄자로 끝장날 수도 있었다. 그것은 관심 가질 일이 아니었다. 그런 건 궁극적으로 중요한 게 아니었다. 누구나 관심 가질 일은, 아무래도 좋은 운명 하나가 아니라 자신의 운명을 찾아내는 것이며, 운명을 자신 속에서 완전히 그리고 굴절 없이 다 살아내는 일이었다. 다른 모든 것은 반쪽짜리였다. 시도를 벗어나는 것이고, 대중의 이상 속으로의 재도피이며, 무비판적 적응이자 자기 자신에 대한 두려움이었다. 새로운 영상이 무섭고도 성스럽게 눈앞에서 솟았다. 수백 번 예감했고 어쩌면 자주 입 밖에 내었지만 이제야 비로소 체험한 것이었다. 나는 자연이 던진 돌이었다. 불확실함 속으로, 어쩌면 새로운 것에로, 어쩌면 무(無)에로 던져진 돌이다. 그리고 측량할 길 없는 깊은 곳으로부터 던져진 것을 남김없이 이루어지게 하고 그 뜻을 마음속에서 느끼고 그것을 완전히 내 것으로 만드는 것. 그것만이 나의 직분이었다. 오직 그것만이!

이미 많은 고독을 나는 맛보았다. 그리고 이제 예감했다. 더 깊은 고독이 있으며 그 고독은 벗어날 수 없는 것임을.

피스토리우스와 화해하려 하지 않았다. 우리는 변함없이 친구였다. 그러나 우리의 관계는 달라졌다. 우리는 단 한 번 그것에 대해 이야기했다. 아니, 그 말을 한 것은 사실은 그뿐이었는지 모른다. 그가 말했다.

"나는 사제가 되려는 소망이 있어. 그건 자네도 알지? 나는 우리가 그토록 예감을 품고 있는 새로운 종교의 사제가 되고 싶었어. 난 결코 사제가 될 수 없을 걸세. 그걸 알고 있어. 전부터 알았지. 고백하진 않았어도 벌써 오래 전부터 말이야. 나는 바로 다른 사제 봉사를 하려 하네. 어쩌면 오르간 건반 위에서, 어쩌면 다른 곳에서. 그러나 나는 늘 무엇인가, 내가 아름답고 성스럽게 느끼는 것에 둘러 싸여져 있어야 해. 오르간 음악이든 비밀 의식이든, 상징이든 신화든, 나는 그런 것이 필요해. 그리고 그런 것에서 떠나지 않겠네. 그게 나의 약점이지. 왜냐하면 나도 때때로 내가 그런 소망을 가져서는 안 된다는 것을 알아. 그것이 사치이며 약점이라는 것을 알아. 만약 내가 아주 단순하게 아무런 요구 없이 운명에 자신을 내맡긴다면, 그 편이 더 위대한 일이고 더 올바른 일일 거야. 그러나 나는 그럴 수가 없어. 그건 내가 할 수 없는 유일한 일이지. 어쩌면 자네는 언젠가 할 수 있을 거야. 그렇게 운명에 자신을 내맡기는 건 어려워. 그건 세상에서 유일한 진짜 어려움이라네. 이보게, 나는 자주 그 꿈을 꾸었지. 그러나 그럴 수 없어. 그 앞에서 나는 몸서리쳐져. 나는 그렇게 완전히 벌거벗은 채 외롭게 서 있을 수가 없어. 나 또한, 약간의 온기와 먹이를 필요로 하고 이따금씩은 자기 비슷한 것들을 곁에서 느끼고 싶어 하는, 한 마리 가없은 약한 개라네. 정말로 자신의 운명 말고는 아무것도 원하지 않는 자, 그에게는 그때부터 자기와 비슷한 사람이 없어. 완전히 홀로 서 있지. 주위에는 오직 차가운 우주뿐이지. 자네 알지? 그건 겟세마네 동산의 예수야. 기꺼이 십자가에 못 박히려는 순교자들이 있었어. 그러나 그들도 영웅은 아니었어. 해방되지 않았어. 그들 또한 무엇인가를 원했지. 그들에게 익숙하며 고향 같은 것을. 그들은 모범이 있었어. 이상도 있었지. 아직도 오로지 운명만을 원하는 자, 그에게는 이

191

제 모범도, 이상도, 사랑스러운 것도, 위로가 되는 것도 없어, 그는! 그러나 사람들은 이런 길을 가야 해. 나나 자네 같은 사람들은 정말로 고독하지. 그러나 우리는 아직도 서로 가진 것이 있어. 우리는 남들과 다르고 비범한 것을 원한다는, 남모르는 만족을 가지고 있지. 이 만족 또한 버려야 해. 그 길을 완전히 가고자 한다면 말이야. 혁명가가 되려 해서도 안 돼. 모범이 되려 해서도, 순교자가 되려 해서도 안 돼. 상상할 수도 없지만 말이야."

그렇다. 상상할 수도 없었다. 그러나 꿈꿀 수는 있었다. 미리 느낄 수는 있었다. 예감할 수 있었다. 아주 고요한 시각이면 몇 번 정도 그것을 조금 느낄 수 있었다. 그럴 때면 나는 내 마음속으로 눈길을 보내어 똑똑하게 뜨여 있는 내 운명의 영상의 두 눈을 들여다본다. 그 두 눈은 지혜와 광기로 가득 차 있는 것 같았다. 사랑이 환히 빛나는 것 같기도 하고 깊은 악의가 빛나는 것 같기도 했다. 아무래도 좋았다. 그중 그 무엇도 택할 권리가 내게는 없었던 것이다. 그 무엇도 원할 권리가 없었다. 스스로 갖겠다고 원할 수 있는 건 오직 자신의 운명뿐이었다. 거기로 가는 한 구간을 피스토리우스는 길잡이가 되어 나에게 봉사했다.

그때 나는 눈먼 듯 이리저리 헤매었다. 내 마음속에서는 폭풍이 포효하고 있었다. 한 걸음 한 걸음이 위험이었다. 앞에는 지금까지의 모든 길이 그리로 들어가 가라앉아 버리고 마는 수렁의 어둠뿐, 아무것도 보이지 않았다. 그리고 나의 내면에서 나는 인도자의 모습을 보았다. 그는 데미안을 닮았으며 그 눈에 내 운명이 적혀 있었다.

나는 종이에 적었다.

"한 인도자가 나를 떠났습니다. 나는 완전히 어둠 속에 서 있습니다. 한 발자국도 혼자 디딜 수 없습니다. 도와주십시오!"

나는 데미안에게 그 종이를 보내려 했다. 그렇지만 그만두었다. 내가 그러려고 할 때마다 그 일이 멍청하고 무의미해 보였던 것이다. 그러나 나는 그 작은 기도를 외웠고, 그것을 자주 내 마음속에서 되뇌었다. 그 말은 매시간 나와 함께 했다. 기도가 무엇인지 나는 알아차리기 시작했다.

내 학생 시절이 끝났다. 그리고 나는 방학 동안 여행을 했다. 우리 아버지가 생각해내신 일이었다. 그 후에는 대학에 가기로 되어 있었다. 어떤 학부에 갈지는 몰랐다. 한 학기 동안 철학 공부를 하기로 했다. 다른 과목을 듣게 되더라도 마찬가지로 만족스러울 것 같다.

에바 부인

　　나는 방학 중에 몇 번이나 막스 데미안과 어머니가 함께 살았던 집으로 가보았다. 집 주인인 듯한 늙은 부인이 뜰에서 산책을 하기에 말을 걸어 데미안 일가에 대해 물었다. 그녀는 잘 기억하고 있었지만 그들이 지금 어디에서 살고 있는지는 알지 못했다. 그녀는 내가 내 관심을 알고 있는 듯 집 안으로 데리고 가서 낡은 가죽 앨범을 찾아내 데미안의 어머니 사진을 보여주었다.

　　난 사실 그녀에 대한 기억이 전무했다. 그러나 늙은 부인이 보여준 작고 낡은 사진을 본 순간 심장이 멈추는 듯했다. 그것은 내 꿈속에서 보았던 바로 그 모습이었다! 키가 크고 남성에 가까운 여성의 모습이었다. 그 모습은 마치 데미안과 비슷했으며 그보다는 훨씬 어머니다웠다. 자상함과 엄격함이 깃든 얼굴은 아름다우면서도 유혹적이고 쉽게 범접할 수 없는 느낌을 풍겼다. 바로 그녀였다. 이를테면 악마인 동시에 어머니이며, 운명인 동시에 애인인 그녀였다.

　　순간 꿈에서만 존재하리라 생각했던 모습이 지상에 살아 있음을 알게 되자 엄청난 기적처럼 내 몸을 꿰뚫고 가는 뭔가를 느끼게 되었다. 그런 여성, 내 운명의 표정을 지닌 여성이 분명 존재했다니! 그녀는 어디에 있을까? 어디에! 그녀가 바로 데미안의 어머니였다니!

그 뒤 나는 곧바로 여행을 떠났다. 정말 특별한 여행이었다! 나는 그때그때 내키는 대로 곳곳을 쉬지도 않고 돌아다녔다. 줄곧 데미안의 어머니를 찾아 헤매며 그녀를 떠올리게 하거나 닮은 사람을 만나거나, 혹은 실타래처럼 뒤엉킨 꿈속에서처럼 낯선 도시들의 골목길을 지나고 역을 지나 기차로 나를 끌어들이는 그런 모습들을 만나는 나날을 보냈다. 그와 동시에 내가 그렇게 찾아다니는 일이 얼마나 부질없는 일인가를 통찰하는 회한의 날들도 있었다. 그런 날 나는 아무것도 하지 않고 공원과 호텔의 정원이나 역 대합실 등에 아무렇게나 앉아 속마음을 들여다보았다. 그렇게 함으로써 마음속을 지배하는 환상을 유지하려고 노력했다. 그러나 그런 노력에도 불구하고 마치 수줍게 도망치듯 의식에서 점점 사라지고는 했다.

나는 한 번도 잠을 편하게 청할 수 없었다. 기차를 타고 눈에 익지 않은 풍경을 바라보며 15분이 채 안 되는 짧은 시간을 꾸벅거리며 조는 것이 전부였다. 한번은 취리히에서 어떤 여자가 내 뒤를 쫓아왔다. 예쁘긴 했지만 그녀는 다소 뻔뻔한 느낌의 여자였다. 난 그녀를 의식하지 않고 바라보지 않으며 계속 갈 길을 갔다. 그녀는 숨을 쉬기 위한 공기라도 된 것처럼 의식되었지만 차라리 다른 여성에게 일말의 순간이나마 관심을 보내느니 그 즉시 숨을 멈추고 죽어버리는 게 나을 것 같았다.

운명이 끌어당기고 있음을 나는 직감했다. 성취가 가까이 있음을 느꼈다. 그러나 성취를 위해 아무것도 할 수 없다는 초조함에 떠밀려 미칠 것만 같았다. 그러다가 한번은 어느 역에서 ─아마도 인스부르크였던 것으로 기억하는데 ─막 출발하기 시작한 기차의 창가에서 내가 찾아 헤매던 그녀를 연상시키는 여인을 한 명 보게 되었다. 그리고 며칠이나 비참함을 맛보았다. 그러더니 불현듯 그 모습이 한밤중 꿈속에 나타나기 시작했다. 나는 열띤 추적의 무의미함에 대한 부끄럽고 처량한 심정으로 깨어나 곧바로 집으로 돌아와 버렸다.

그 후로부터 3주가 지날 무렵, 나는 대학에 입학했다. 만사는 나를 실망스럽게 했다. 내가 들었던 철학사 강의는 대학에서 공부하는 젊은이들의 방랑과 똑같이 실체 없는 허무함만 가득했고, 기계적이었다. 모든 것이 판에 박힌 것 같았고, 눈앞에 보이는 모든 사람들의 행동과 의식이 복제품 같았다.

소년다운 얼굴에 상기된 쾌활함은 너무나 암담하고 공허했고 지극히 기계적이었지만 나는 자유로웠다. 나는 교외의 낡은 집에서 조용하고 안락하게 나 자신을 위해 하루를 아낌없이 보냈다. 내 책상 위에는 니체의 책 서너 권이 놓여 있었다. 당시의 나는 그의 책과 더불어 살면서 영혼의 고독을 공감하고 끊임없이 그에게 몰아친 숙명을 직시했다. 그토록 처절하게 자신의 길을 걸었던 사람이 존재했다는 것만으로도 나에게는 행복이었다.

저녁 늦은 시각에 나는 불어오는 가을바람을 맞으며 한가롭게 시내를 걸었다. 음식점에서 대학생들이 부르는 노랫소리가 들려왔다. 활짝 열린 창문을 통해 뿌연 담배 연기가 뭉게뭉게 솟아 나오고 있었다. 성난 파도처럼 밀려나오는 노랫소리는 크고도 요란했지만 활기가 없었고 생기 없이 단조로웠다.

나는 어느 길모퉁이에 서서 귀를 기울였다. 정확하게 연습된 듯한 청춘의 쾌활함이 두 개의 술집에서부터 하모니를 이루어 어두운 밤거리에 울리고 있었다. 어디를 가도 그런 모임이, 쭈그리고 앉은 모임이 넘쳐났다. 어디서나 운명의 발산과 따스한 군중들 속으로의 도피가 있었다.

내 뒤로 2명의 남자들이 천천히 지나갔다. 나는 우연찮게 그들의 대화를 조금 들을 수 있었다.

"흑인 마을에 있는 청년 집회소나 여기나 다 똑같지 않아요?"

한 사람의 말에 다른 이가 답했다.

"다 똑같네요. 심지어 문신(文身)이 아직도 유행이고. 보시오. 이게 신(新) 유럽이라오."

그 목소리는 놀랍게 경고성을 품었으며 귀에 익은 목소리였다.

나는 어두운 골목길에서 그들을 따라갔다. 한 사람은 키가 작은 멋쟁이 일본인이었다. 어느 가로등 밑에서 그의 미소 짓는 노란 얼굴이 환히 빛나는 것처럼 보였다.

그때 다른 사람이 일본인에게 물었다.

"그런데 당신네 일본도 더 나을 것이라고는 없지요? 패거리를 뒤쫓지 않는 사람들은 어디서나 드물어요. 여기 이곳에도 더러 있을 겁니다."

그 말 한마디 한마디가 기쁨과 놀라움으로 나의 뇌리를 꿰뚫었다. 그렇게 말하는 사람이 누구인지 난 알 수 있었다. 그는 데미안이었다!

바람이 몰아치는 어둠 속에서 나는 데미안과 일본 사람을 따라 캄캄한 골목을 지났다. 그들의 대화에 귀를 기울였으며, 데미안 특유의 목소리의 그 울림을 즐겼다. 그 목소리는 여전한 예전의 음색을 잃지 않은 듯했다. 오래되어 익숙하고 안정된 듯한 편안한 느낌에서 나는 그의 지배력을 느꼈다. 이것으로 모든 것이 잘 된 것 같았다. 데미안, 그를 찾아낸 것이다.

교외로 뻗은 거리의 끝에서 일본 사람이 데미안과 작별을 고하고 현관문을 열었다. 데미안은 자신이 걸어간 길을 천천히 돌아왔다. 나는 길 한가운데 그대로 멈추어 선 채 길 데미안을 기다렸다. 벅차오르는 가슴을 느끼며 데미안이 나를 향해 마주 오는 모습을 지켜보고 있었다.

꼿꼿하고 탄력 넘치는 걸음에 갈색 레인코트를 입은 그는 팔에 가느다란 단장을 걸고 있었다. 그는 일정한 보폭을 유지한 채 내가 선 곳까지 가까이 다가와서 모자를 벗고 결단력이 느껴지는 굳게 다문 입과 넓은 이마를 내보였다.

"데미안!"

나는 그의 이름을 외치다시피 불렀다.

그러자 그는 내게로 손을 뻗으며 다가왔다.

"싱클레어! 너였구나. 널 기다렸어."

"내가 여기 있다는 걸 어떻게 알았어?"

"정확하게는 몰랐지. 하지만 난 확신을 가지고 너를 만나길 희망했어. 보는 건 오늘 저녁이 처음이군. 너, 저녁 내내 내 뒤를 따라왔지?"

"그럼, 그것으로 나인 줄 알게 되었단 말이야?"

"물론! 싱클레어, 네가 변하기는 했지만 그래도 여전히 그 표적을 가지고 있었구나."

"표적? 무슨 표적 말이야?"

"우리가 예전에 카인의 표적이라고 그랬던 것 말이야. 너는 언제나 그것을 지니고 있었거든. 그건 우리들의 표적이지. 그래서 내가 네 친구가 되었던 것이고. 그런데, 지금은 그 표적이 더 분명해졌구나!"

"난 몰랐어. 아니, 사실 알고 있었는지도 모르겠어. 한번은 데미안 형의 모습을 직접 그렸어. 데미안! 그런데 나하고도 비슷했어. 참으로 놀랍지? 그것이 정말 그 표적이었을까?"

"그래, 그랬어! 그 표적이 분명했어. 좋구나! 네가 이곳에 있으니. 아차, 우리 어머니도 무척이나 기뻐하실 거야."

나는 화들짝 놀랐다.

"어머니? 여기 이곳에 계셔? 하지만 나를 전혀 모르시잖아."

"아니, 너에 대해서 잘 아셔. 널 잘 기억하실 거야. 네가 누구인지 상세한 설명은 하지 않았지만 말이야. 그런데 왜 그토록 오랫동안 아무 소식이 없었지?"

"자주 편지를 쓰려고 했지만, 그게 잘 안 되더라고. 얼마 전부터는 데미안 형을 곧 만날 수 있다는 확신이 느껴졌어. 그래서 날마다 이렇게 방황하며 기다렸어."

데미안은 내 팔짱을 끼었다. 우리는 계속 걸었다. 그에게서 비롯된 안정감이 내 마음속으로 흘러들었다. 우리는 곧 예전에 그랬던 것처럼 이런저런 이야기를 나눌 수 있었다. 함께 보냈던 학창 시절과 견진성사 수업에 있었던 일, 그리고 방학 때 잠깐이나마 만났을 때의 불행했던 추억에 대해서도 얘기를 나눴다. 다만 한 가지, 두 사람 사이의 암묵적인 이야기이자 서로를 이어준 최초의 끈이 된 프란츠 크로머에 대해서만은 아무런 언급도 없었다.

어느새 우리는 기이하고도 예감이 가득한 대화에 빠져 있었다. 데미안이 그 일본인과 나누었던 대화를 상기하며 대학 생활에 대하여 이야기를 나누었다. 그리고 거기서부터 애기는 다른 방향으로 흘러갔다. 아무리 관심 외였던 이야기도 데미안의 입을 통해 나오면 긴밀하고 긴장 넘치는 이야기가 되었다.

그는 유럽의 정신과 시대의 특징에 대해 이야기했다. 어디를 가나 단합과 집단 형성이 추세였으나 그런 어느 곳에서도 자유와 사랑은 없다고 말했다. 학생 단체와 국가에 이르기까지 이 모든 공동체는 강제적인 것이며, 불안과 도피에 젖은 당황에서 비롯되었고, 내부가 썩고 낡아 붕괴에 직면했다고 말했다.

"단합이란……."

데미안이 입을 열었다.

"무척이나 아름답긴 하지. 그러나 지금 곳곳에서 성행하는 것은 전혀 단합이라고 할 수 없어. 진정한 단합은 개개인이 서로를 알게 됨으로써 새롭게 생성될 것이고, 한동안 기존의 세계의 모습을 뒤바꿀 거야. 지금 단합이다 연합이다 하며 저기 저런 식으로 모여 있는 짓은 그저 시시껄렁한 모임일 뿐이야. 인간들은 서로에 대한 두려움을 느끼기 때문에 각자의 품으로 도망치는 거야. 신사들은 신사들끼리, 노동자는 노동자들끼리, 학자는 학자들끼리 말이야! 헌데 그들은 왜 불안을 느끼는 걸까? 그건 바로 자기 자신과도 하나가 되지 못했기 때문이지. 그들은 단 한 번도 자신을 깨닫고 느낀 적이 변변하지 않기 때문에 불안한 거야. 그들 모두가 가진 각자의 삶의 법칙이 이제는 적합하지 않다는 것을 느끼는 거지. 그저 낡은 규범을 지키며 살고 있음을 깨달은 거야. 종교와 도덕적 규범 등의 모든 이치가 이제는 우리가 필요로 하는 것과는 맞지 않은 거지. 백 년, 그리고 그 이상을 유럽 사회는 그저 연구만 하고 공장이나 지었을 뿐이야. 이제 사람들은 사람 한 명을 죽이기 위해 화약이 정확히 몇 그램이 필요한지 정확하게 알고 있어. 하지만 이제 어떻게, 어떤 생각을 가지고 신에게 기도를 해야 하는지는 모르게 된 거지. 어떻게 한 시간을 유쾌하게 보낼 수 있는지 조차도 스스로 생각할 수 없게 된 거지. 저기 대학생들이 우글대는 술집을 봐! 아니면 자, 저기! 부자들이 가는 유흥장을 보라고! 절망적이야! 싱클레어, 보는 것처럼 그 어디에서도 진정한 명랑함을 찾을 수 없어. 저렇게 겁을 집어먹고 따로따로 뒤섞여 뭉친 사람들은 온갖 두려움과 악의를 품고 있어! 더 이상 그 누구도 남을 신뢰하지 않아. 그들은 이제 이상(理想)이 아닌 허상에 매달려 있어. 그러면서 새로운 이상을 내세우는 사람에게는 돌을 던지지. 나는 곧 큰 싸움이 있으리라는 것을 느끼고 있어. 머지않아 싸움이 다시 일어날 거야. 날 믿어, 싱클레어. 곧 터진다고! 물론 그것이 세계를 개선하지 못하겠지만 노동자가 공장주를 쳐 죽이든, 러시아와 독일이 서로 총질을 하든 주인만 바뀔 뿐이야. 하지만 그리 헛된 일은 아닐 거야. 오늘날까지 존속된 이상이 얼마나 무가치한 것인지 밝혀지겠지. 그리고 석기 시대의 신들이 제거될 거야. 지금 이대로의 세계는 죽어가고 있어. 멸망하고 있고 또 그렇게 되고 말 거야."

"그럼 그때의 우리들은 과연 어떻게 될까?"

나는 긴장하며 물었다.

"우리? 아, 어쩌면 우리도 함께 멸망하겠지. 우리도 어느 순간 맞아 죽을 가능성이 있으니까. 하지만 단지 우리 모두가 그런 식의 최후를 맞지 않기를 바라는 수밖에. 우리에게서 남는 것이나 훗날 살아남은 자들의 주위에 미래의 의지가 모이겠지. 유럽은 한동안 기술과 과학이라는 시장으로 떠들썩하게 덮어 누르고 있던 인간성의 의지가 나타나겠지. 그리고 나서야 인간성의 의지가 국가와 민족, 단체와 교회 등의 협회 같은 공동체의 의지와는 전혀 같지 않다는 것이 드러나겠지. 자연이 인간에 대해서 원하는 바는 개인의 마음속에, 너와 나의 마음속에 적혀 있는 거야. 그것은 예수 그리스도의 마음속에 적혀 있고 니체 속에도 적혀 있지. 그런 건 물론 날마다 다른 모습일 수 있겠지만 유일하게 중요한 조류들을 위한 공간이 생기게 될 거야. 오늘날의 공동체들이 전부 와해되고 나서 말이야."

데미안과 나는 늦은 시각에 강가에 있는 어느 집의 뜰 앞에 멈추었다.

"여기가 우리 집이야."

데미안이 말했다.

"곧 시간 내서 한번 와! 어머니는 널 몹시 기다리고 있어."

나는 기쁨이 가득한 마음을 품고 서늘해진 어둠을 뚫고 먼 거리를 걸어서 돌아왔다. 곳곳에서 집으로 돌아가는 대학생들이 휘청거리며 시내를 시끌벅적하게 돌아다니고 있었다. 나의 외로운 삶을 통해 경험한 결핍감을 새삼 느끼며 그들의 우스꽝스러운 삶과 분명하게 대립되어 있음을 느꼈다. 그런 세상이 나와는 얼마나 무관한지, 이런 세계가 나에게 과연 얼마나 멀리 상실된 것인지를 오늘처럼 안정된 마음과 그들이 모르는 힘을 바탕으로 받아들인 적은 이제껏 단 한 번도 없었다.

불현듯 고향 도시의 관리들, 그 늙고 위엄 있는 신사들이 생각났다.

그들은 마치 행복한 낙원의 추억처럼 술집에서 낭비한 대학 시절의 추억에 매달렸으며, 학창 시절 이래 사라져버린 자유를 예찬했다. 마치 시인이나 낭만주의자들이 유년에 바치는 숭배와도 같았다. 어디서나 똑같았다! 어디서나 그들은 이미 지난 세월의 한 점에서 자유와 행복을 갈망했다. 오로지 두려움에 사로잡힌 그들은 각자 짊어진 책임을 상기하고 정해진 길을 가라는 경고를 받았을 수도 있을 것이다.

몇 년 동안 술을 퍼마시고 방종한 생활을 하다가 다음에는 밑으로 기어들어 국가에 봉사하는, 그런 근엄한 신사가 된 것이다. 그렇다. 그들은 썩어 있었다. 우리 사는 곳은 전부 썩어 있었다. 그리고 세상에는 이렇듯 멍청함보다 더 멍청하고 더 나쁜 수백 가지의 멍청함이 있었다.

내가 데미안의 집에서 멀리 떨어진 숙소에 도착해 잠자리에 들었을 때, 이 모든 생각은 사라지고 없었다. 나의 생각은 온통 오늘 있었던 큰 약속에 집중되어 있었다. 나는 원하기만 하면, 당장 내일이라도 데미안의 어머니를 만날 수 있을 것이다.

대학생들이 그들의 은신처인 술집을 멀리하고 얼굴에 문신을 새기든, 세계가 썩어 문드러져 몰락을 기다리든 나와 무슨 상관이란 말인가!

나는 오로지 기다리고 있었다. 운명이 새로운 모습으로 나를 향하는 것을.

아침 늦게까지 나는 깊이 잠을 잤다. 새롭게 도래할 날은 소년 시절의 성탄절 잔치 이후에 맞아보지 못한 장엄한 축제일처럼 밝아왔다.

나는 어제의 감정에 속속들이 동요하고 있었지만 불안감은 없었다. 나에게 있어서 참으로 중요한 하루가 밝았다고 느꼈고 나를 에워싼 세계가 변화했음을 느꼈다. 나와 깊은 관계성을 갖고 장엄하게 기다리고 있음을 보고 느꼈다. 소리를 내며 떨어지는 가을비조차도 아름답고 고요했다. 또 경축할 만한 날답게 엄숙하고도 즐거운 음악이 가득했다.

처음으로 바깥 세계가 내면의 세계와 어울려 순수한 하모니를 이루었다. 그 다음 영혼의 축제일이 오고 살아가는 보람이 생겨나게 되었다.

어떤 집, 어떤 상점의 진열장이나 골목의 어떤 얼굴도 내 신경을 거스르지 않았다. 모든 것이 분명 본디 그래야 할 그대로였지만, 일상적이고 익숙한 것의 공허한 낮이 아니라 경건하게 운명을 받아들이기를 기다리는 자연이었으며 준비가 되어 있었다. 어린 소년이었던 시절의 큰 축제일 아침, 성탄절이나 부활절 같은 아침에 맞이한 세계가 그렇게 보였었다. 세상이 아직도 그렇게 아름다울 수 있다는 것을 나는 알지 못했다.

나는 내면을 향한 삶을 살아감에 익숙했다. 또한 외부에 있는 것에 대한 감각은 상실되었다는 사실과 반짝이는 빛의 상실은 그저 유년의 불가피한 일이었음을 깨달았다. 사람은 그래도 어느 정도까지는 영혼의 자유와 성인이 되는 대가로 이토록 사랑스러운 미광(微光)을 포기하지 않으면 안 된다는 체념에 익숙해져 있었다.

막스 데미안과 지난밤 작별했던 교외의 집 정원으로 향하는 시간이 왔다.

비에 젖어 잿빛이 되어버린 키가 큰 나무 뒤로 작은 집이 환한 빛을 발하며 애초에 숨겨진 듯한 모습으로 나를 기다리고 있었다. 커다란 유리벽 뒤에는 꽃이 피어난 다년생 화초들이 있었고, 빛나는 유리창 뒤에는 그림과 책이 줄지어 있는 서가 달린 어두운 벽이 있었다.

현관문은 따뜻한 공기가 가득한 작은 홀로 곧바로 이어졌다. 검은 옷에 흰 앞치마를 입은, 말없는 늙은 하녀가 나를 맞아들이며 외투를 벗겨주었다.

그녀는 그 홀에 나를 혼자 남겨두었다. 나는 주위를 둘러보았다. 곧바로 꿈의 한가운데로 빠져든 착각이 들었다. 황금빛 매의 머리를 가진 새가 벽에 걸린 검정 유리 액자 속에서 뚫고 나올 듯 솟구치는 자태를 뽐내고 있었다.

나는 사로잡힌 듯 멈추어 서 있었다. 무척이나 기쁘기도 하고 한편으로 슬프기도 했다. 마치 이 순간에 이르기까지 행동하고 겪은 그 모든 일의 해답을 찾은 것 같았다. 번개같이 빠른 추억이 스쳐갔다. 대문 아치 위에 있던, 오래된 돌 문장이 기억에 생생한 고향의 부모님 댁, 문장을 그리던 소년 데미안, 나의 적 크로머의 속박에 얽매여 꼼짝 못하며 두려움에 떨었던 나, 조용한 교실 책상에서 그리움을 그림으로 그리던 청년 시절의 나를 기억했다. 복잡하게 얽히고설킨 마음의 실타래에 스스로 묶여버린 영혼과 그리고 이 순간까지의 모든 것들이 가슴을 두드리는 메아리를 느끼게 했다. 모든 것은 나의 내부에서 되울리고, 시인되었으며, 대답되었고, 긍정되었다.

어느새 젖어버린 눈으로 내가 그린 그림을 응시하며 마음을 읽었다. 그때 나의 눈길이 그림의 아래로 향했다. 새의 그림 아래, 열린 문을 통해 검은 옷을 입은 키 큰 부인이 서 있었다. 그녀였다.

나는 아무런 말도 할 수 없었다. 어쩌면 그토록 아들의 얼굴과 똑같은가. 시간과 나이의 비례가 붕괴해 낳은 결과인 듯한, 혼이 깃든 의지가 충만한 아름다운 얼굴을 가진 기품 넘치는 그녀가 나를 향해 다정하게 미소 짓고 있었다.

그녀의 시선은 나에게 충족이었다. 그 인사의 의미는 귀향이었다. 나는 말없이 그녀에게 두 손을 내밀었다. 그 손을 그녀는 굳건하고 따스하게 맞이하며 잡아주었다.

"싱클레어 군이죠? 첫눈에 알아봤어요. 아주 잘 왔어요!"

그녀의 음성은 깊고 따스했다. 나는 감미로운 포도주를 마시듯 그녀 목소리에 젖어들었다. 그리고 시선을 들어 그녀의 고요한 얼굴을, 깊이를 헤아리기 어려운 검은 눈동자를 바라보았다. 신선하고 성숙한 입과 자유롭고 당당한, 그 표적을 지닌 이마를 쳐다보았다.

"얼마나 기쁜지 모르겠습니다!"

나는 그렇게 말하고는 그녀의 두 손에 입을 맞추었다.

"저는 이날 이때까지 언제나 길 위에 있는 것 같았습니다. 이제야 집에 온 것입니다."

그녀는 마치 어머니처럼 미소를 지으며 다정스럽게 말했다.

"아무도 집으로 돌아갈 수는 없어요. 하지만 친밀한 두 길이 만날 때는 마치 얼마 동안은 온 세계가 고향처럼 보이지요."

그녀는 이곳에 오는 도중 내가 느꼈던 바를 말했다. 목소리와 어투 또한 아들의 그것과 매우 비슷했다. 그러나 전혀 딴판이기도 했다. 모든 것이 데미안에 비해 한결 더 성숙해 있었고, 따스했으며, 자명했다. 그러나 데미안이 예전에 그 누구에게도 소년의 인상을 주지 않았던 것과 같이 그의 어머니 역시 전혀 장성한 아들을 둔 여자로는 보이지 않았다. 그녀의 얼굴과 머리카락에 감도는 숨결은 젊고 감미로웠다.

금빛이 감도는 그녀의 살결은 팽팽하고 주름이 없었다. 입술은 활짝 개화한 꽃과 같았다. 내 꿈에서보다 더 위풍 있게 그녀는 앞에 서 있었다. 그녀 가까이에 있다는 것은 사랑의 행복이었고 나에게 향한 눈빛은 충족이었다.

이것은 내가 가진 숙명이 스스로의 모습을 보여준 환상이었다. 그것은 더 이상 엄격하지도, 고독하지도 않았다. 단지 좀 더 성숙한 기쁨이 가득 차 있었다!

나는 결심도 하지 않고 아무런 맹세도 하지 않았다. 나는 목적지에 도달한 것이다. 그곳으로부터 앞으로 가는 길은 가까운 행복의 나무 그늘이 드리워져 있고, 온갖 열락의 정원에서 식혀진 길이었다. 저 멀리 약속의 땅을 향해 뻗은 장엄한 고지에 도달한 것이다.

나는 행복했다. 앞으로의 일이 어떻게 되어 가는지는 신경 쓰고 싶지 않았다. 그저 이 세상에서 눈앞의 그녀를 알게 되었고, 목소리를 느끼고 함께 숨을 쉴 수 있다는 것이 행복했다. 설사 그녀의 존재가 나에게 있어서 어머니든, 애인이든, 여신이든 상관없었다. 나의 길이 그녀의 길 지척에 있기만 하다면 행복하기만 할 뿐이다.

그녀는 매 그림을 가리켰다.

"이 그림을 받았을 때만큼, 우리 막스가 기뻐했던 적은 없어요."

그녀는 생각에 잠기며 말했다.

"나도 마찬가지였고. 우리는 당신을 기다렸답니다. 그리고 당시에 이 그림이 도착했을 때, 당신이 우리에게 오는 도중에 있다는 확신을 하게 되었지요. 싱클레어 당신이 아직 어린 소년이었을 때, 어느 날 아들이 학교에서 오더니 말했지요. 이마에 표적을 지닌 소년이 하나 있다고. 분명 친구가 될 수 있을 거라고 했죠. 그게 바로 당신이었어요. 당신은 쉽지 않았겠지만 우리는 믿었습니다. 방학 때 고향에 왔을 때 막스와 만난 일이 있었지요? 아마 열다섯 되던 해였을 거예요. 막스가 그때의 일에 대해 이야기해주더군요."

순간 나는 그녀의 말을 끊었다.

"아, 데미안 형이 그런 말을 했었나요? 그때는 제가 가장 비참했던 시절이었습니다!"

"그래요. 막스가 내게 싱클레어 당신이 큰 곤경에 처했다고 하더군요. 다시 한 번 공동체 속으로 도망치려 애쓰며 심지어 술집의 단골손님이 되었다고 했어요. 그러나 그렇게 끝나지 않을 거라고 했죠. 그의 표적이 가려져 있긴 하지만 그것이 아무도 모르게 그를 불태우고 있으니 그렇게 된다고 했어요. 내 말이 틀렸나요? 싱클레어."

"네, 물론 그랬습니다. 틀림없이. 그 후 저는 베아트리체를 발견하고 마침내 지도자가 하나 제게 찾아왔었습니다. 그는 피스토리우스라는 사람이었는데 그를 만난 그제야 비로소 알게 되었습니다. 나는 왜 그 시절 막스에게 결부되었는가, 왜 제가 그에게서 벗어날 수 없었는지에 대해 명백하게 알게 되었던 겁니다. 부인, 아니 어머님! 저는 당시 때때로 자살을 하지 않으면 견딜 수 없다고 믿었습니다. 누구에게나 그 길은 그렇게 어려운 건가요?"

그녀는 바람처럼 다가와 나의 머리를 쓰다듬어주었다.

"탄생은 늘 어려운 일이지요. 새도 알에서 나오기 위해 애를 쓰지요. 돌이켜 생각해보고 스스로에게 물어봐요. 대체 그 길이 그렇게 어려운 것이었을까, 그저 어렵기만 했던가를…… 그것이 또한 아름답지는 않았었는지에 대해서 말이죠. 당신은 보다 더 아름답고 쉬운 길을 알고 있었던 것은 아닌가요?"

나는 고개를 저었다.

"힘들었어요."

나는 꿈을 꾸듯 말했다.

"꿈이 오기까지는 정말 어려웠습니다."

그녀가 고개를 끄덕이며 나를 꿰뚫어 보았다.

"그래요. 모름지기 사람이란 자기의 꿈을 발견해야 되는 거예요. 그렇게 되면 길은 쉬워져요. 하지만 영원히 지속되는 꿈이란 존재하지 않아요. 새로운 꿈이 모든 꿈과 뒤바뀌는 거지요. 그리고 어떤 꿈에도 집착하려고 해서는 절대 안 돼요."

나는 매우 놀랐다. 그것은 모름지기 일종의 경고가 아니었을까? 아니면 방어였을까? 나는 그녀에 의해 인도받고 목적 따위는 묻지 않으려는 각오가 되어 있었다.

"모르겠습니다."

내는 말했다.

"얼마나 오랫동안 저의 꿈이 지속될 것인지 모르겠습니다. 저는 이 꿈이 영원하기를 원합니다. 새의 그림 아래서 저의 운명은 마치 앞에 계신 어머니처럼, 애인처럼 저를 맞아주었습니다. 거는 운명에 속해 있으며 그밖에는 아무에게도 속하지 않았습니다."

"그 꿈이 당신의 운명인 한, 당신은 그 꿈에 변함없이 충실해야 되겠지요."

그녀는 엄숙한 판결을 내리듯 말했다.

비애, 한 가닥 슬픔이 나를 사로잡았다. 이렇듯 매료된 순간에 나는 죽고 싶다는 간절한 소망을 느꼈다. 나는 눈물이 — 얼마나 오래 나는 울지 않았던가! — 걷잡을 수 없이 안에서 솟구쳐 나를 압도하는 것을 느꼈다. 나는 황급히 몸을 돌려 그녀에게서 얼굴을 돌리고 창가로 향했다. 흐릿해진 눈으로 화분의 꽃 너머를 바라보았다.

등 뒤에서 그녀의 목소리가 들렸다. 침착하면서도 포도주처럼 감미로운 그 목소리는 애정이 가득 담겨 있었다.

"싱클레어, 당신은 아직 어린애로군요! 당신의 운명은 당신을 사랑하고 있는데 말이죠. 언젠가 그것은 완전히 당신의 것이 될 겁니다. 당신이 변함없이 충실하면 꿈은 변함이 없을 겁니다."

나는 눈물을 억누르고 다시 그녀를 향해 몸을 돌렸다. 기다렸다는 듯 그녀의 손에 나에게 와 닿았다.

"나에게는 친구가 몇 명 있어요."

그녀는 웃으며 말했다.

"몇 안 되는 아주 가까운 친구들이죠. 그들은 나를 에바 부인이라고 불러요. 당신도 나를 그렇게 불러도 좋아요. 물론, 원한다면 말이죠."

그녀는 나를 문까지 배웅하며 정원 한 곳을 손가락으로 가리켰다.

"저기 바깥에서 막스를 찾을 수 있을 겁니다."

큰 나무들이 무성한 아래에서 나는 멍하니 굳은 채 서 있었다. 이제까지 그랬던 것보다 더 깨어난 것인지, 아니면 여전히 꿈을 꾸는 것인지 분간할 수 없었다. 빗방울이 나뭇가지에 고였다 떨어지는 동안 나는 천천히 강기슭을 따라 저 멀리 뻗은 정원으로 걸어 들어갔다.

나는 거기서 마침내 데미안을 만났다. 그는 탁 트인 작은 정자 안에서 윗옷을 벗은 채 허공에 매달린 모래주머니를 치며 권투 연습을 하고 있었다.

나는 놀라서 걸음을 멈추었다. 눈앞의 데미안은 멋있어 보였다. 넓은 가슴과 야무지고 남성적인 머리, 게다가 치켜든 두 팔은 긴장된 근육이 잘 발달해 강하고 단단해 보였다. 그의 허리와 어깨, 팔의 관절에서는 마치 흐르는 샘물처럼 근육이 꿈틀거렸다.

"데미안!"

나는 그를 불렀다.

"거기서 뭐 해?"

그는 유쾌하게 웃으며 말했다.

"연습을 하는 거야. 그 작은 일본인하고 씨름을 한판 하기로 했거든. 그는 고양이처럼 재빠르고 빈틈이 없어. 그러나 나를 어쩌지는 못할걸? 나는 그에게 필히 갚아주어야 할, 아주 사소하고 굴욕적인 일이 있어."

데미안은 셔츠와 저고리를 걸치며 다시 물었다.

"벌써 우리 어머니를 만나고 왔니?"

"그래, 데미안 형. 어쩌면 그렇게 근사한 어머니가 있지? 에바 부인이라니, 그 이름은 너무도 완벽하게 어울리시더라. 모든 존재의 어머니 같으셔."

그는 한순간 생각에 잠긴 채 내 얼굴을 들여다보았다.

"그 이름을 벌써 아는구나? 이봐, 그렇다면 넌 자랑스러워해도 되겠다. 어머니가 초면에 이름을 말해준 건 네가 처음이야."

그날부터 나는 에바 부인의 아들이자 데미안의 형제처럼, 또한 연인을 만나듯이 그 집을 드나들었다. 현관문을 닫고 그 집에 들어설 때면 나는 벌써 흡족한 표정으로 행복해했다. 아니, 그 집으로 향하며 이미 멀리서 정원의 높은 나무들이 모습을 보이기 시작할 때부터 기쁨을 감출 수 없었다.

바깥에는 현실이 있었다. 밝은 거리와 집들, 사람과 시설들, 도서관과 강의실들이 있었다. 그러나 여기 이곳에는 사랑과 영혼이 있었다. 여기에는 동화와 꿈이 공존하고 있었다. 그렇다고 우리가 바깥세상으로부터 차단되어 사는 것은 결코 아니었다. 우리는 생각과 대화를 통해 자주 그 세계의 한가운데에 서 있었다. 우리는 다수의 사람들과 어떤 경계선을 두고 갈라져 다른 공간에 있는 것이 아니라 오로지 다르게 바라보는 시각에 의해 떨어져 있었다.

우리의 사명은 이 세계에 한 개의 섬을 보여주는 것이었다. 어쩌면 하나의 모범일지도 모르지만 아무튼 살아가는 또 다른 가능성을 알리는 것이었다. 오래도록 고립되어 있던 사람인 내가 완전한 혼자임을 맛보고 난 사람들 사이에 존재하는 공동체를 알게 된 것이다. 다시는, 결코 다시는 행복한 사람들의 연회를, 즐거운 사람들의 축제를 갈망하지 않을 것이다. 다시는 다른 사람들의 연대를 보고 질투나 향수를 원하지 않을 것이다. 그리고 천천히 나는 표적을 지닌 사람들의 비밀을 전수받았다. 표적을 가진 우리들은 세상의 눈에 비추어 이상한 사람들이자 위험한 광인들일지도 모른다. 우리는 깨어난 사람들이거나 혹은 깨어나고 있는 사람들이었다.

우리의 노력은 점점 더 완벽한 깨어 있음을 지향했다. 반면 다른 사람들의 노력과 행복의 추구는 그들의 의견과 그들의 이상, 의무와 함께 그들이 가진 삶과 행복을 점점 더 밀접하게 옭아가는 것이었다. 그곳에도 힘과 위대함은 있었다. 그러나 우리의 의견에 의하면 표지를 지닌 자들은 새로운 것과 고립에 대한, 그리고 미래의 것으로 향하는 자연의 의지를 제시하는 데 반해 다른 자들은 완고한 의지 속에서 살고 있는 것이다.

그들에게 있어서 인류란 존재는, 우리와 마찬가지로 그들도 사랑하는 인류는 보호받아야 마땅한 완성된 그 무엇이었다. 반대로 우리에게 있어서 인류란 우리가 모두 그것을 향한 도중에 있으며, 그 실체를 아는 사람은 없으며, 법칙이 적힌 곳은 어디에도 없는 아득히 먼 미래였다.

에바 부인과 막스 데미안을 비롯하여 나를 제외하고도 우리 모임에는 여러 종류의 구도자들이 가깝거나 먼 거리를 유지한 채 존재하고 있었다. 그들 중 일부는 색다른 길을 걸어가며 각자 정해진 목적을 지향하는 독특한 의견과 의무에 집착하고 있었다. 그들 중에는 점성술가와 카발라 학파, 톨스토이를 신봉하는 이들도 있었고, 섬세하고 수줍음을 타며 상처를 입기 쉬운 사람들이었다. 그들은 새로운 소수 교파의 신봉자들이거나 인도풍의 구도자였고 채식주의자였다.

이 모든 사람들과 우리는 서로의 비밀스러운 꿈을 존중한다는 것 말고는 정신적인 교감이나 동질성이 없었다. 몇몇은 우리와 좀 더 가까왔는데 그들은 과거 신과 새로운 소망에 대한 인류의 추구를 연구했다. 그들의 연구는 문득 피스토리우스의 그것을 상기시켜주었다.

그들은 낡은 고서를 가져와 고대어로 기술된 글을 번역해 우리에게 제공하였으며, 옛날부터 인간이 소유했던 이상이 무의식적인 영혼과 미래의 가능성을 추구한 인류의 꿈으로 구성되어 있음을 가르쳐주었다. 그렇게 우리는 천 개의 머리를 지닌 고대의 경이로운 신들로부터 기독교로 개종하기까지에 이르는 신의 역사를 더듬어봄으로 고독하고 경건한 사람들의 고해와 민족 간에 옮겨가는 종교가 변천되는 과정과 원리를 알게 되었다. 그리고 우리가 수집한 모든 것에서 지금의 우리와 유럽에 대한 비판이 나왔다.

유럽은 엄청난 노력을 기울여 인류의 역사상 가장 막강한 새로운 무기를 만들어냈으나 마침내는 결국 통탄할 만큼의 정신적 황폐화의 길로 접어들고 만 것이다. 유럽은 온 제계를 제패함으로 인해 영혼을 잃어버리고 말았던 것이다.

여기에도 독특한 희망과 구원의 교리를 믿는 신도와 구도자들이 있었다. 유럽을 개종시키려는 불교도들이 있었고, 톨스토이를 신봉하는 이들이 있었으며, 다른 종파들이 존재했다. 우리는 작은 모임에 귀를 기울였지만 어떤 것도 상징 외적인 다른 것으로는 받아들이지는 않았다.

미래에 대한 염려는 바로 우리, 표적을 가진 사람들의 책임이 아니었다. 우리는 모든 교파와 구제론은 이미 쓸모가 없을 거라고 생각했다. 그리하여 각자 완전하게 자아를 되찾고 내면에서 작용하는 자연의 싹을 뒤따르며 불확실한 미래가 초래할지 모르는 온갖 일에 대해서 만반의 준비를 갖추고 사는 것을 의무와 운명으로 받아들였다.

왜냐하면 그것을 언급하건 아니건 간에 새로운 탄생과 현 시대의 붕괴가 가까워졌다는 것은 이미 우리들 마음속에서는 분명한 일이었기 때문이다. 데미안은 여러 번에 거쳐 나에게 말했다.

"무엇이 닥칠지는 아무도 짐작할 수 없어. 유럽의 영혼은 지겹게도 오래 묶여 있던 짐승이나 마찬가지야. 만약 그것이 해방되었을 때 그 첫걸음은 그다지 칭찬할 만한 것이 아닐 거야. 그러나 이제껏 오랫동안 기만당하고 마비되었던 영혼의 진정한 고난이 만천하에 드러나기만 한다면, 우리가 가야 할 길이 지름길이든 멀리 돌아가는 길이든 중요하지 않아. 때가 되면 우리들의 날이 될 거야. 그러면 사람들이 우리를 필요로 하겠지. 인도자나 새로운 입법자로서가 아니라 — 새로운 법을 우리는 더 이상 경험하지 않게 되겠지만 — 뜻있는 자와 함께 하고 운명이 부르는 곳에 서 있을 준비가 있는 사람들로 말이야. 봐, 모든 사람들이 자신의 이상이 위협당할 경우, 믿을 수 없는 일을 서슴지 않고 할 용의가 있다는 것을. 그러나 새로운 이상이 움틀 때 그런 위험하고 무시무시한 성장의 움직임이 다가와 문을 두드릴 때 아무도 그곳에 존재하지 않아. 그때 거기에 있다가 함께 가는 소수의 사람들이야말로 우리인 거야. 그러기 위해 우리에게 표적이 찍혀 있는 거니까. 공포와 증오를 일으켜 그때의 인류를 좁고 옹색한 곳에서 끌어내 위험하고 넓은 세계로 몰아가기 위해 카인이 표지를 갖고 있었던 것처럼 말이야. 인류에게 영향력을 발휘했던 사람들은 모두 하나같이 운명에 맞닥뜨릴 준비를 하고 있었기 때문에 유능하고 활동적이었던 거야. 그것은 모세 외에 부처에게도 적용되고 나폴레옹과 비스마르크를 통해서도 알 수 있지. 어떤 흐름에 봉사하는가, 어떤 극(極)에 지배를 받는가 하는 것은 자기가 선택할 수 있는 범위를 벗어나거든. 만약 비스마르크가 사회민주주의를 이해하고 그들과 생각을 같이 했더라면 그는 현명한 신사는 될 수 있었을지언정 역사에 남을 영리한 지배자는 되지 못했을 거야. 나폴레옹, 시저, 로욜라가 그랬던 것처럼. 다른 모든 사람들도 마찬가지야! 그것을 늘 생물학적인 발전사로 생각해야 돼! 지표 위에서 일어난 지각 변동이 물에 살던 동물을 뭍으로, 뭍에 살던 동물을 다시 물로 던져 넣었을 때 운명을 미리 준비한 예가 더러 있지. 들어보지도 못한 새로운 것에 적응하고 새롭게 자신의 종(種)을 구해낼 수 있었던 예들이 말이야. 그것이 이전에 그들의 종 안에서 보수적인 현상 유지자들이었는지, 혹은 변태적인 혁명가였는지 우리는 알 수 없지만 그들은 준비가 되어 있었기 때문에 그 모든 것을 뛰어넘어 종족을 구할 수 있었던 거야. 그것을 우리는 알고 있지. 그러니까 우리는 미리 준비를 하려는 거야."

그런 대화에 에바 부인이 종종 함께 했지만 그녀는 이런 이야기에 끼어들지는 않았다. 그녀는 각자 생각을 말하는 우리들의 이야기를 신뢰와 이해가 가득한 표정으로 경청했다. 이런저런 생각 모두 그녀에게서 나와 그녀에게로 되돌아가는 메아리 같았다. 그녀 가까이에 앉아서 이따금씩 그녀의 목소리를 듣고 성숙한 영혼에 젖어본다는 것은 나에게 있어서 행복이었다.

나의 마음속에 그 어떤 변화나 혼탁, 또는 새로운 혁명이 일어나고 있을 때면 그녀는 그 즉시 그걸 알아차렸다. 내가 잠잘 때 꾸는 꿈들은 혹시 그녀가 불어넣어준 것은 아닐까 하는 생각이 들었다. 나는 그녀에게 자주 꿈 이야기를 들려주었다.

내 꿈은 그녀에게는 쉽게 이해되고 자연스러운 것이었다. 그녀 특유의 맑은 느낌으로 쫓아갈 수 없는 특별한 것이라고는 없었다. 한동안 나는 우리가 낮에 나누었던 대화를 그대로 옮긴 것 같은 꿈을 꾸었다. 온 세계가 뒤흔들리는 꿈속에서 나는 혼자이거나 데미안과 함께 긴장된 상태로 위대한 운명을 기다리는 꿈을 꾸었다. 운명은 여전히 베일에 가려져 있었다. 그러나 왠지 에바 부인의 표정을 떠오르게 했다. 그녀로부터 선택을 당했든 배척받았든 그것은 바로 운명이었다.

그녀는 종종 나에게 미소를 지으며 말했다.

"당신의 꿈은 완전하지 않아요. 싱클레어, 가장 중요한 것이 상실되었군요."

그리고 나서야 나는 다시 그것을 상기할 수 있게 되었고, 어떻게 그것을 잊을 수 있었는지 이해할 수 없었다. 때때로 나는 불만 가득한 욕망에 시달렸다.

그녀를 안지도 못하면서 곁에서 바라본다는 것은 이제 더 이상 참을 수 없는 일이라고 생각했다. 그리고 곧 그녀도 그걸 눈치 챘다. 한번은 내가 여러 날 동안 찾아가지 않고 외면하다가 혼란스러운 마음으로 찾아갔을 때 그녀는 나를 곁으로 다가오게 한 뒤 말했다.

"당신이 믿지도 않는 소망에 몰두해서는 안 됩니다. 당신이 원하는 것이 무엇인지 나는 알아요. 그런 소망들을 버릴 수 있어야 합니다. 아니면 완전히 올바른 생각으로 원하든지요. 당신은 마음속에서 완전한 성취를 확신해야만 그것을 이룰 수 있을 겁니다. 그러나 당신은 소망하고 다시 후회함과 동시에 두렵겠지요. 그 모든 것을 극복해야만

217

하는 겁니다. 전설에 대해 이야기해 드리지요."

그녀는 나에게 별과 사랑에 빠진 어떤 청년에 대한 이야기를 들려주었다.

청년은 바닷가에 서서 손을 뻗고 별에게 기도했다. 별에 대해 꿈꾸며 모든 생각을 별에게 보냈다. 그러나 그는 알았다. 인간은 별을 안을 수 없다는 것을 알고 있었으리라 생각했다. 그는 성취에 대한 희망도 없이 별을 사랑하는 것을 자신의 운명이라고 여겼다. 그리고 그는 이 생각에서 체념과 무언의 충실한 고민을 읊은 완전무결한 생명의 시를 지었다. 그러나 그의 꿈은 모두 별을 찾아갔다. 그는 어느 날 밤 바닷가 높은 낭떠러지 위에 서서 별을 바라보며 사랑을 불태우고 있었다. 그리하여 별에 대한 그리움이 너무나도 절정에 달한 순간 몸을 던져 허공으로 비상했다. 그러나 도약의 순간은 번개처럼 짧았고, 그는 바닷가에 떨어져 죽고 말았다.

안타깝게도 그는 사랑하는 방법을 이해하지 못했던 것이다. 만약 그가 뛰어오른 찰나의 순간에 굳고 확실하게 그 성취를 믿어 의심치 않을 정신력만 가졌다면 그는 하늘로 날아올라 별과 하나가 되었을 터였다.

"사랑은 간청해서 되는 것이 아닙니다."

그녀는 말했다.

"강요해서도 안 됩니다. 사랑은 내면에 확신에 이를 수 있는 힘을 지니지 않으면 이루어지지 않는 것입니다. 그러면 그것은 끌려오는 것이 아니라 끌어당기게 되는 힘을 갖게 되는 거지요. 싱클레어, 당신의 사랑은 나에게 끌리고 있어요. 만일 내가 아니라 당신의 사랑이 나를 끌게 되면 나는 기꺼이 가겠어요. 나는 아무런 선물도 주고 싶지 않습니다. 단지 획득당하고 싶은 거예요."

그러나 다음번에 그녀는 다른 이야기를 들려주었다. 희망도 없이 사랑하는 사내의 얘기였다. 그는 완전히 자신의 영혼 속에 틀어박혀 사랑하는 나머지 타 없어질 것 같다고 생각했다. 그에게는 이 세계가 사라졌으며 푸른 하늘과 파릇파릇한 숲도 보이지 않았다. 조졸거리는 시냇물 소리와 하프의 선율도 그에게는 울리지 않았다.

모든 것이 침묵했으며, 그는 가엾고 비참한 신세가 되었다. 그러나 그의 사랑은 점차 커갔다. 사랑스러워 미칠 것 같은 아름다운 여인을 소유하지 못하느니 차라리 죽어 썩어버리는 편이 속 시원하다고 생각했다. 그는 자신의 사랑이 내면의 다른 모든 것을 불태워버렸음을 알았다. 그의 사랑은 강력해져 여자를 끌어당겼다. 그러자 아름다운 여인은 따를 수밖에 없었다. 그녀가 왔을 때 사내는 두 팔을 활짝 벌리고 서서 여인을 끌어당겼다. 그러나 그녀가 앞에 서자 모습이 완전히 변해 있었다. 그리하여 그는 자기가 잃어버린 모든 세계를 자기에게로 끌어당겼음을 전율을 통해 느끼고 보았다. 그가 원했던 세계는 완전하게 사내에게 몸을 맡겼다.

하늘과 숲과 개울, 모든 것이 새로운 빛을 띠며 신선하고도 찬란하게 그를 맞이했다. 그의 것이었고, 그의 말을 사용했다. 이렇게 그는 그저 여자 하나를 얻는 대신 마음속에 온 세계를 품게 된 것이다. 하늘의 별 하나하나가 그의 내부에서 불타고 영혼을 통해 기쁨의 빛을 뿜어냈다. 그는 사랑했고, 자기 자신을 발견한 것이다. 그러나 대부분의 사람들은 사랑하면서 자신을 잃어버린다.

에바 부인에 대한 내 사랑이 내 삶의 단 하나처럼 보였다. 그러나 날마다 다르게 보였다. 나는 가끔 본성에 이끌려 지향하는 것은 그녀 개인이 아니라는 생각이 들었다. 에바 부인은 다만 나의 내면적 상징에 불과하며 나의 내부로 더욱 깊이 인도함을 느끼는 것 같았다.

가끔씩 나는 마음을 뒤흔드는 절박한 질문에 대해 무의식적인 대답을 하고 있다는 듯한 그녀의 지적을 받았다. 또한 그녀의 곁에서 관능에 사로잡힌 욕망에 불탄 나머지 그녀가 만진 물건에 입을 맞추는 순간도 있었다. 그리고 점차 관능적인 사랑과 그렇지 못한 사랑이, 현실과 환상이 서로 뒤섞였다. 우리 집에 있는 내 작은 방에서 그녀를 떠올려 서로의 손을 맞잡고 입술을 포개는 상상을 한 적도 있었다.

또는 내가 그녀의 곁에서 얼굴을 바라보며 이야기를 나눴다거나 그녀의 목소리를 들으며 과연 이것이 현실인지 꿈인지를 분간하지 못하기도 했다. 나는 과연 어떻게 하나의 사랑을 지속적이고 불멸의 것으로 간직할 수 있는지를 예감했다.

나는 어떤 책을 읽다가 새로운 인식을 갖게 되었는데, 그것은 에바 부인의 입맞춤 같은 느낌이었다. 그녀가 내 머리카락을 쓰다듬고 성숙한 향기가 나는 온기를 담은 미소로 보내주었을 때, 내면의 한걸음 진보를 이루었을 때와 똑같은 느낌을 얻었다. 나에게 있어 중요하고 운명적이었던 온갖 것들이 그 여자의 모습을 형성하게 되었다. 그녀는 나의 모든 생각으로 변신할 수 있었고 나의 모든 생각은 그녀로 변할 수 있었다.

부모님 댁에서 지낼 성탄절 휴가가 나는 두려웠다. 2주나 에바 부인과 떨어져 있어야 한다는 것은 고통이 분명했기 때문이다. 그러나 고통이 아니었다. 집에 있으면서 그녀를 생각하는 것은 제법 근사했다.

H시로 되돌아와서도 나는 이틀에 걸쳐 독립감을 즐기기 위해 그녀의 집에 가지 않았다. 이 안정과 그녀의 감각적 현존으로 부터의 독립하기 위해서였다.

또한 나는 그녀와 나의 융합이 새로운 비유적 방법으로 이루어지는 꿈을 꾸었다. 그녀는 내가 용솟음쳐 흘러 들어가는 바다였다. 그녀는 별이었고, 나 자신도 별이 되어 그녀에게로 가고 있었다. 우리는 서로 만났고, 끌리고 있음을 느꼈다. 그리고 함께 머물며 소리가 울리는 원을 그리며 서로의 주위를 영원토록 행복하게 감쌌다.

내가 다시 그녀를 만났을 때 나는 이 꿈에 대해서 말했다.

"아름답군요."

그녀는 조용히 속삭였다.

"그 꿈을 실현시키세요."

이른 봄날, 결코 잊을 수 없는 날이 왔다. 나는 홀로 들어섰다. 창문이 열려 있었고 훈훈한 봄바람이 히아신스의 짙은 향기를 방 안에 퍼트리고 있었다. 아무도 보이질 않았기에 나는 계단을 올라 막스 데미안의 서재로 들어갔다. 늘 익숙했던 대로 대답을 기다리지 않고 가볍게 문을 두드리고 들어섰다.

방은 어두웠다. 커튼이 모두 쳐져 있었다. 막스가 화학 실험실로 꾸민 작은 곁방으로 통하는 문이 열려 있었다. 거기서부터 봄의 태양과 환하고 흰 빛이 비구름을 뚫고 빛을 발했다. 나는 아무도 없다고 생각하고 커튼을 젖혔다.

그곳에 있는 작은 의자 위에 커튼 쳐진 창 가까이에 있는 의자에 앉은 막스 데미안이 기이하게 웅크리고 있었다. 번개처럼 한 가지 생각이 내 머릿속을 스쳐 지나갔다. 언젠가 이미 이 모습을 한 번 보았던 기억이 난다!

그는 두 팔을 꼼짝도 않고 늘어뜨리고 있었다. 두 손은 무릎에 올리고 약간 앞으로 숙인 채 두 눈을 부릅뜬 얼굴은 생기가 없었다. 시선은 죽은 사람과 비슷할 정도였다. 동공은 마치 한 조각 유리에서 발하는 빛처럼 반짝였다. 창백한 얼굴은 스스로에 침잠해 있었으며, 마비된 상태로 다른 표정은 없었다. 그 얼굴은 마치 사원 현관에 있는 태곳적 동물의 가면처럼 보였다.

기억이 나를 전율케 했다.

그렇게, 꼭 지금과 같은 모습을 하고 있는 그의 모습을 여러 해 전에 본 적이 있었다. 내가 아직 어린 소년이었을 때 벌써 한 번 본 적이 있었다. 두 눈은 내면을 향하여 있고, 두 손은 생명력 없이 가지런히 놓여 있었다. 파리 한 마리가 그의 얼굴 위를 기어갔었을 때도 얼굴의 주름 하나 일그러뜨리지 않은, 어쩌면 6년 전을 초월한 듯 보였다.

두려움이 엄습한 나는 가만히 방을 나와 층계를 내려왔다. 홀에서 에바 부인을 만났다. 그녀는 창백했고 지친 기색이 역력했다. 이제껏 그녀에게서 보지 못했던 모습이었다. 그림자 하나가 창문을 스쳐갔다. 눈부신 흰 태양이 갑자기 사라졌다.

"데미안 형에게 갔었어요."

내가 얼른 낮은 소리로 말했다.

"무슨 일이 있었나요? 막스는 자고 있는지 아니면 침잠해 있는지 잘 모르겠어요. 전에도 벌써 한번 저런 모습을 본 적이 있어요."

"막스를 깨우지는 않았죠?"

그녀가 다급하게 물었다.

"네. 제가 들어가는 소리를 듣지 못했어요. 저는 서둘러 다시 나왔고요. 에바 부인. 무슨 일이 일어났는지 말씀해주시겠어요?"

"침착해요. 싱클레어. 아무 일도 아니니까요. 막스는 그냥 명상에 잠긴 거예요. 오래 걸리지는 않을 거예요."

그녀는 일어서서 비가 오는 정원으로 나갔다. 왠지 함께 가서는 안 될 것 같았다. 나는 홀에 남아 오락가락 거닐었다. 마비될 정도로 짙은 히아신스의 향기가 느껴졌다. 나는 문 위에 있는 새 그림을 응시했고, 마음을 졸이며 아침에 집을 채우고 있던 기이한 그림자를 떠올렸다.

그것은 무엇이었을까? 무슨 일이 일어났을까?

에바 부인은 곧 돌아왔다.

빗방울이 그녀의 짙은 머리카락에 방울방울 맺혀 있었다. 그녀는 자신의 안락의자에 앉았다. 피로가 온몸을 덮고 있었다. 나는 그녀 곁으로 다가가 그녀 위로 몸을 숙이고 머리카락에 매달린 물방울들을 입맞춤으로 떼어냈다. 그녀의 두 눈은 환하고 고요했다. 그러나 물방울들이 내게는 눈물 같은 맛이었다.

"데미안 형을 살펴보고 올까요?"

내가 나직이 물었다.

그녀는 힘없이 미소를 지었다.

"어린아이처럼 굴지 말아요, 싱클레어!"

그녀는 내면에 깃든 마력을 깨기 위해서인 듯 강하게 경고했다.

"지금은 갔다가 나중에 다시 오세요. 지금은 같이 이야기를 할 수가 없네요."

나는 떠났고 집을 나와 도시를 지나 산으로 걸어갔다.

성긴 비가 나를 향해 비스듬히 떨어졌다. 구름은 무거운 압력을 받으며 낮게 깔려 불안하게 흘러갔다. 아래쪽 구름은 잔잔한데 위쪽은 폭풍이 부는지 구름이 빨리 떠내려갔다. 가끔씩 회색빛 어두운 구름장에서 햇살이 창백하면서도 눈부시게 비쳤다.

그때 하늘 멀리 노란 뭉게구름이 한 조각 흘러갔다. 그 구름은 잿빛 벽에 막혀 더는 나아가지 못하고 멈추어 있었다. 몇 분 지나지 않아, 노란 구름과 푸른 하늘이 한 마리의 큰 새를 만들었다. 새는 푸른 혼돈을 찢어 떨치고 거대한 날갯짓으로 하늘 속으로 사라졌다. 그러더니 잠시 후 다시 폭풍우소리가 들렸다. 비가 우박에 섞여 요란하게 타다닥 소리를 내며 쏟아져 내렸다. 믿을 수 없을 정도로 무서운 소리를 내는 짧은 천둥 번개가 풍경 위에 와지끈 내리쳤다. 그 후 곧바로 다시 한 줄기 작은 빛이 비쳤고, 갈색 숲 너머 가까운 산 위에는 창백하고 비현실적인 눈이 빛을 발하고 있었다.

몇 시간 뒤 젖은 상태로 창백해진 채 데미안이 직접 열어주는 현관으로 들어섰다. 그는 나를 방으로 데리고 올라갔다. 실험실에서는 가스 불꽃이 타고 있었고, 종이가 여기저기 널려 있었다. 일을 하고 있었던 것 같았다.

"앉자."

그가 권했다.

"피곤하겠는데? 형편없는 날씨군. 밖에 한참 있었나 본데? 곧 차를 가져올 거야."

"오늘 뭔가 시작되었어."

내가 망설이며 말했다.

"이런 건 단순한 천둥번개일 수 없어."

데미안은 나를 탐색하듯 바라보았다.

"뭘 보았지?"

"응. 구름 속에서 한순간 분명한 형상을 보았어."

"무슨 형상?"

"매였어."

"매? 그것이었지? 네 꿈의 새였지?"

"맞아, 그건 내 매였어. 노랗고 거대했는데 검푸른 하늘 속으로 날아갔어."

데미안은 깊게 숨을 내쉬었다.

그때 노크와 함께 늙은 하녀가 차를 들고 들어섰다.

"잘 들어! 싱클레어. 네가 그 새를 우연히 본 것이 아니라고 나는 생각하는데?"

"우연히? 그런 것들을 우연히 볼 수 있어?"

"좋아, 아니지. 무언가 의미가 있을 거야. 무엇인지 알겠니?"

"아니. 그 뜻이 어떤 충격이라는 것과 운명을 향한 한걸음이라는 것만은 느끼겠어. 우리들 모두가 관계있다고 나는 믿어."

그는 격하게 이리저리 오갔다.

"운명의 한걸음이라고!"

데미안은 크게 외쳤다.

"같은 것을, 그 꿈을 나는 지난밤에 꾸었어. 우리 어머니는 어제 예감을 느끼셨고 그것도 같은 의미였어. 내가 꾼 꿈은, 나무 등걸에나 탑에 놓던 사다리를 올라가 온 나라를 바라보는 거였어. 그곳은 커다란 평지였는데 도시와 마을이, 온 나라가 불타고 있는 거야. 나는 아직 다 이야기해 주지는 못하겠어. 아직 내게도 분명하지는 않거든."

"그 꿈을 자신과 관련시켜 해석해?"

나는 그에게 물었다.

"자신과 연관시키냐고? 물론이지. 아무도 자기와 관계없는 꿈을 꾸지는 않아. 그러나 나만 관계되는 것도 아냐. 그건 네가 옳아. 난 꽤나 정확하게 꿈을 구분하지. 내 자신의 영혼 속 움직임을 알려주는 꿈과 다른 꿈. 매우 드물지만 온 인류의 운명이 그 가운데서 암시되는 꿈 말이야. 나중의 꿈들은 매우 드물게 꾸고 그건 예언이었으며 성취되었다고 말할 수도 있을 꿈은 한 번도 꾸지 않았어. 풀이는 너무도 불확실하지. 그러나 그걸 분명하게 알고 있어. 나는 혼자 관련된 게 아닌 무엇인가를 꿈꾸었어. 그 꿈은 전에 꾸었던 꿈의 속편이었는데, 예전의 꿈이 계속되는 것이었어. 이 꿈이었어! 싱클레어, 거기서 내가 이미 말한 예감을 느꼈던 것은 우리의 세계는 정말 썩어 있다는 것이었지. 우린 알지? 그렇지만 그건 몰락이나 그 비슷한 것을 예언할 이유는 되지 않을 거야. 그러나 몇 년째 꿈을 꾸었는데, 거기서 추론하고 느낀 것은, 혹은 무엇이든 간에 거기서 내가 느끼는 것은 낡은 한 세계의 와해가 가까이 다가오고 있다는 거였어. 처음에는 아주 약하고 멀리 떨어진 예감이었어. 그러나 점점 더 분명하고 강해졌어. 아직 내가 아는 건, 나 자신에게도 함께 관련된 무엇인가 큰 것, 무서운 것

226

이 저벅저벅 다가오고 있다는 것뿐이야. 싱클레어. 우리는 이따금 이 야기했던 것을 겪게 될 거야! 세계가 새로워지려 하고 있어. 죽음의 냄새가 나! 그 어떤 새로운 것도 죽음 없이 오진 않아. 내가 생각했던 것보다 더 충격적이야."

나는 놀란 나머지 데미안을 뚫어지게 응시했다.

"데미안 형의 꿈의 나머지를 이야기해줄 수 없었어?"

나는 수줍게 청했다.

그는 고개를 저었다

"못하겠어."

그때 문이 열리고 에바 부인이 들어왔다.

"여기 함께 있구나! 얘들아. 너희들 설마 슬퍼하는 건 아니겠지?"

그녀는 이제 더 이상 피곤해 보이지 않았다. 데미안이 그녀에게 미 소를 지었다. 어머니가 아이들에게로 향하듯 그녀는 우리들에게로 다 가왔다.

"슬프지는 않은데요. 어머니, 저희는 다만 이 새로운 표적의 수수께 끼를 약간 풀어보려 했을 뿐입니다. 그러나 거긴 아무것도 없네요. 오 려고 하는 것은 갑자기 와 있을 겁니다. 그럼 우리는 알 필요가 있는 것을 듣게 되겠지요."

나는 기분이 언짢았다.

작별을 하고 혼자 홀을 지나가는데 히아신스 향기가 마치 시체 썩는 냄새처럼 느껴졌다. 그림자 하나가 우리들 위에 드리워졌던 것이다.

종말의 시작

여름 학기도 H시에 머물 수 있게 해놓았다. 집에 있는 대신, 우리는 이제 거의 언제나 강가의 정원에 머물렀다. 씨름에서 보기 좋게 진 일본인은 떠났고 톨스토이 추종자도 더 이상 없었다. 데미안은 날이면 날마다 끈질기게 말을 타고 돌아다녔다. 그리고 나는 자주 그의 어머니와 단둘이 있었다.

이따금씩 나는 내 삶이 평화로운 것에 놀라곤 했다. 나는 워낙 오랫동안 홀로 지내왔고, 포기하는 것을 연습했고, 고통에 허우적거리는 데 익숙했던 터라 H시에서의 이 몇 달이 마치 꿈의 섬에 있는 것처럼 느껴졌다. 거기서 나는 요술에 걸린 듯 편안하게 오직 아름답고 유쾌한 생각만 하며 살 수 있었다. 나는 이것이 우리가 구상하는, 보다 높은 새로운 공동체의 전조임을 예감했다. 그러나 이 행복감에 종종 비애가 엄습했다. 나는 넘치는 만족과 쾌적함 속에서 숨 쉬도록 태어난 사람이 아니었다. 내게는 고통과 쫓김이 필요했다. 나는 언젠가 이 아름다운 사랑의 영상 안에서 깨어나 오로지 고독과 싸우며, 평화나 공존이란 없는 타인들의 차가운 세계 속에서 온전히 홀로 다시 서게 되리라는 것을 느끼고 있었다.

그래서 나는 내 운명이 아직도 이 아름답고 고요한 얼굴을 지니고 있다는 데 기뻐하며 훨씬 커다란 애정으로 에바 부인의 곁에 머물렀다.

여름의 몇 주일은 빠르고도 쉽게 흘러갔다. 여름 학기가 벌써 끝나가고 있었다. 이별이 곧 닥쳐올 것이었다. 그러나 나는 이별을 생각하지도 않았고, 그걸 생각하면 안 된다고 나 스스로를 다스렸다. 나비가 꿀 많은 꽃에 매달려 있듯 나는 아름다운 나날에만 매달려 있었다. 그것은 나의 행복한 시절이었다. 내 인생에 맛본 첫 성취였으며, 처음으로 맺은 동맹이었다. 그 다음에는 무엇이 올까?

나는 또다시 싸워나가며 누군가를 그리워하고, 그 그리움에 괴로워하게 될 것이며, 꿈을 꿀 것이고, 고독해질 것이다.

이런 나날 중의 하루는 이런 예감이 너무도 강렬하게 엄습하여, 에바 부인에 대한 나의 사랑이 갑자기 고통스러울 정도로 활활 타올랐다. 맙소사! 이제 곧 나는 그녀를 더 이상 보지 못할 것이다. 그녀의 다정하고 안정된 발걸음이 집 안을 거니는 소리를 다시는 듣지 못할 것이며, 내 책상 위에는 그녀의 꽃이 더 이상 없을 것이다. 대체 나는 무엇을 얻었던가? 나는 그녀를 얻는 대신 그녀를 얻기 위해 싸우고, 영원히 그녀를 내 것으로 만드는 대신 꿈을 꾸었으며 안락함에 내 몸을 맡겼을 뿐이다! 그녀가 일찍이 진정한 사랑에 대하여 내게 말했던 것이 떠올랐다. 다정한 경고의 말들과 셀 수 없는 가벼운 유혹들, 혹은 약속들이 떠올랐다. 그걸로 내가 무얼 이루었는가? 아무것도! 아무것도 이룬 것은 없었다!

내 방 한가운데 서서 나는 내 모든 의식을 모아 에바 부인을 생각했다. 그녀가 내 사랑을 느끼고 내게 오게 하기 위해 내 영혼의 힘들을 한데 모으려 했다. 그녀가 와서 나의 포옹을 열망해야 했다. 나의 입맞춤이 그녀의 성숙한 사랑의 입술을 끝없이 헤쳐야만 했다.

나는 서서, 손가락과 발이 싸늘해질 때까지 긴장했다. 힘이 빠져 나가는 것이 느껴졌다. 잠시 내 속의 그 무엇인가가 단단하고도 긴밀하게 한데 모였다. 그리고 그것은 밝고도 환한 수정 한 덩이가 되어 내 심장에 머물렀다. 나는 그것이 나의 자아라는 것을 깨달았다. 냉기가 가슴까지 차올랐다.

무서운 긴장감에서 깨어났을 때, 무엇인가가 오는 것 같은 느낌이 들었다. 탈진으로 죽을 정도였으나 나는 에바 부인이 황홀한 모습으로 방 안으로 들어오는 것을 바라볼 준비가 되어 있었다.

그때 따가닥따가닥 하는 말발굽소리가 멀리서부터 들려왔다. 거세게 울리는 그 소리는 점점 가까이 다가오더니 갑자기 멈추었다. 나는 창가로 뛰어갔다. 데미안이 말에서 내리고 있었다. 나는 급히 달려 내려갔다.

"무슨 일이지, 데미안? 어머니께 무슨 일이 있는 건 아니겠지?"

그는 내 말을 귀담아듣지 않았다. 그는 몹시 창백한 얼굴로 땀을 흘리고 있었다. 데미안은 열로 달아오른 말의 고삐를 정원 울타리에다 매고는 내 팔짱을 끼고 나와 함께 거리를 걸어 내려갔다.

"벌써 소식 들었니?"

나는 아무것도 모르고 있었다.

데미안은 내 팔을 누르며 어둡고 연민에 찬 특별한 눈길로 나를 바라보았다.

"그래, 이제 시작되었어. 러시아와 긴장이 고조되었다는 것은 알고 있었지?"

"뭐라고? 전쟁이 일어났다고? 설마 그렇게 될 거라고는 생각하지 못했는데."

가까이에 아무도 없건만 그는 누가 들을세라 나직하게 말했다.

"아직 선포되지는 않았어. 그러나 전쟁이 일어날 거야. 내 말을 믿어. 지금껏 나는 이 일로 널 번거롭게 하지 않았어. 하지만 나는 그때부터 세 번이나 새로운 징후를 보았어. 그건 세계의 몰락도 아니고, 지진도 아니고, 혁명도 아니야. 전쟁이 일어나는 거야. 그것이 어떻게 닥쳐올지 나도 볼 수 있겠지! 모두들 기뻐할 거야. 다들 한 번쯤은 터지기를 바랐으니까. 전쟁을 원할 정도로 그들의 삶은 맥이 빠져버린 거야. 그러나 싱클레어, 이건 다만 시작에 불과해. 어쩌면 큰 전쟁이 될 거야. 아주 큰 전쟁이. 그러나 그것도 역시 단순한 시작일 뿐이지. 새로운 것이 시작될 거야. 새로운 것이란 낡은 것에 매달린 사람들에게는 충격적이겠지. 넌 어떻게 할 거니?"

나는 당혹스러웠다. 이 모든 것이 나에게는 아직 낯설었고 믿기지 않는 일이었다.

"모르겠는데. 형은?"

그가 어깨를 으쓱했다.

"동원령이 내리면 곧바로 들어가야 해. 난 소위거든."

"형이? 그건 전혀 몰랐는데."

"그래, 그것이 내 적응 방법의 하나야. 알고 있지. 너도 알고 있듯이 난 남의 눈에 띄는 것을 좋아하지 않아. 그리고 늘 행동이 다소 지나쳐 올바르지 못한 편이지. 나는 아마 일주일 이내로 전장에 서 있을 거야."

"맙소사."

"자아, 이봐. 일을 감상적으로 생각해서는 안 돼. 살아 있는 사람을 향하여 총을 겨누라고 명령하는 것은 나로서도 즐겁지 않은 일이야. 그러나 그건 부차적인 것일 거야. 이제는 우리들 누구나 큰 수레바퀴 안으로 들어와 버렸어. 아마 너도 분명 징집될 거야."

"그럼 어머니는, 데미안?"

그제야 나는 다시 15분 전에 있었던 일을 생각해내었다. 세계가 얼마나 변했는가! 가장 감미로운 영상을 불러내기 위하여 모든 힘을 한데 모았었다. 그런데 이제는 운명이 갑자기 위협적으로 무시무시한 새로운 가면을 쓰고 나를 바라보고 있는 것이다.

"우리 어머니? 아, 어머니 걱정은 할 필요 없어. 어머니는 안전하셔. 지금 세상에 있는 그 누구보다도 더 안전하셔. 어머니를 그토록 사랑하고 있니?"

"형도 알고 있었어?"

그는 환하게 웃었다.

"어린아이로군! 물론 알고 있었지. 사랑하지도 않으면서 우리 어머니한테 에바 부인이라고 말한 사람은 아무도 없었어. 그런데 어땠지? 네가 어머니나 나를 오늘 부른 거지? 안 그래?"

"그래, 내가 불렀어. 에바 부인을 불렀어."

"어머니가 들으셨어. 갑자기 나를 보내셨거든. 너한테로 가봐야 된다고 하시면서. 어머께 방금 러시아에 대한 소식을 들려드리고 난 참이었는데 말이야."

우리는 돌아섰다. 그 외에는 별로 더 이야기하지 않았다. 그는 울타리에 매어두었던 말고삐를 풀고 올라탔다.

위층 내 방으로 돌아와 나는 내가 얼마나 지쳐 있는지 비로소 감지했다. 데미안이 전한 소식 때문이기도 했지만 그보다 조금 전의 긴장 때문이었다. 그러나 에바 부인은 내 소리를 들었다! 나의 생각만으로 내 마음속에서 그녀에게 가 닿은 것이다. 그녀 자신이 왔더라면 좋았을 텐데. 그렇지 않더라도 이 모든 것은 얼마나 특별한가. 근본에 있어서 얼마나 아름다운 일인가!

이제 전쟁이 일어날 것이다. 우리가 이미 여러 번 이야기했던 것이 이제 일어나기 시작하는 것이다. 그리고 데미안은 거기에 대해 많은 것을 미리 알고 있었다. 갑작스레 우리는 세계의 흐름 한가운데에 서 있게 되었다. 모험과 거친 운명이 우리를 부르며 이제, 아니면 머지않아 세계가 우리를 필요로 하고 스스로를 변모시키려 하는 순간이 온다는 것은 얼마나 기이한 일인가. 데미안이 옳다. 그것은 감상적으로 받아들일 일이 아니었다. 단지 이상한 일은 그토록 외로웠던 '운명'을 내가 이제 온 세계의 많은 사람들과 공동으로 체험해야 한다는 것이었다. 물론 좋다!

나는 준비가 되어 있었다. 저녁에 시내를 지나갈 때, 구석구석은 큰 흥분으로 들끓고 있었다. 어디서나 '전쟁'이란 말이 들려왔다.

나는 에바 부인의 집으로 갔다. 우리는 정원의 정자에서 저녁을 먹었다. 내가 유일한 손님이었다. 전쟁에 대해서는 아무도 말이 없었다. 다만 내가 떠나기 직전에 에바 부인이 말했다.

"사랑하는 싱클레어, 오늘 날 불렀지요? 내가 왜 직접 가지 못했는지는 알지요? 그러나 잊지 말아요. 당신은 이제 부르는 방법을 알아

233

요. 언제든 표적을 지닌 누군가가 필요하거든 그때 다시 불러요!"

그녀가 일어나 어스름한 뜰을 가로지르며 앞서 갔다. 비밀을 간직한 여인은 왕녀처럼 당당한 걸음으로 말없이 나무들 사이를 걸어갔다. 그녀의 머리 위에는 조그맣고 사랑스러운 많은 별들이 빛나고 있었다.

내 이야기도 이제 거의 끝나간다. 사태는 급격히 진전되었다. 곧 전쟁이 일어났다. 제복에 은회색 외투를 입은 데미안은 놀랍도록 낯선 모습으로 떠났다. 나는 그의 어머니를 집으로 바래다주었다. 그리고 곧 그녀와도 작별했다. 그녀는 내 입에 키스했고 잠시 동안 나를 가슴에 안았다. 그녀의 큰 눈이 가까이에서 흔들림 없이 내 눈 안으로 고스란히 들어왔다.

모든 사람들이 형제가 된 것 같았다. 그들은 조국과 명예를 말했다. 그러나 그것은 운명이었다. 그들 모두가 한순간 가리지 않은 얼굴을 들여다본 운명이었다. 젊은 남자들은 병영에서 나와 기차에 올랐다. 그리고 많은 얼굴들에서 나는 표적 하나를 ─ 우리들의 표적이었다 ─ 아름답고 가치 있는 표적 하나를 보았다. 사랑과 죽음을 의미하는 것이었다. 나 역시 한 번도 본 적 없는 사람들의 포옹을 받았다. 나는 그것을 이해했고 기꺼이 응답했다. 그들이 그렇게 하는 것은 일종의 도취였다. 운명의 뜻이 아니었다. 그러나 도취란 신성하다. 그들 모두가 짧게 뒤흔들리는 시선으로 이미 운명의 두 눈을 들여다보았기 때문이다.

내가 전장으로 갔을 때는 이미 겨울이 다가와 있었다.

처음에 나는, 총격의 선정성에도 불구하고 모든 것에 실망했다. 예전에 나는 한 인간이 하나의 이상을 위하여 살 수 있는 일이 왜 그렇게 극단적으로 드문지에 대해 많이 생각해 보았었다. 그리고 지금 나는 많은 사람들, 아니 모든 사람들이 이상을 위해 죽는 것이 가능하다는 것을 알았다. 다만 그것이 개인적이고 자유로이 선택한 이상은 아니었다. 그것은 떠맡겨진 공동의 이상이었다.

그러나 시간이 가면서, 내가 인간을 과소평가했음을 알았다. 아무리 군무와 공통적인 위험이 그들을 획일화했어도 나는 많은 살아 있는 사람들과 죽어가는 사람들이 자신의 운명의 의지에 눈부시도록 접근하는 것을 보았다. 아주 많은 사람들이 공격 때뿐만 아니라 어느 때나 확고하고 먼 곳을 바라보는, 약간 신들린 듯한 눈빛을 지니고 있었다. 그런 시선은 목적 외에는 아무것도 보이지 않고 엄청난 것에 몰두해 있음을 뜻한다. 이런 사람들은 그들이 무얼 원하든 믿고 생각한다. 자기들이 준비되어 있고, 쓸모 있다고. 그리고 그들에게서 미래가 형성되리라고. 그리고 세계가 점점 더 경직되어 전쟁과 영웅주의에 빠지고, 명예와 다른 낡은 이상에 맞추어져 있는 듯 보일수록, 외면적인 인간성의 목소리가 하나하나 울릴수록, 이 모든 것은 마치 전쟁의 외적이고 정치적인 목적이 그렇듯 단지 표면적인 것에 불과했다.

그 깊은 곳에서는 무언가가 생성되고 있는 것이다. 새로운 인간성과도 같은 무엇인가가. 왜냐하면 나는 많은 사람들을 볼 수 있었기 때문이다. 그들 중 대다수가 내 옆에서 죽어갔지만 그들에게서는 증오나 분노, 살육과 말살이 그 대상물에 매어 있지 않다는 인식을 느낄 수 있었다. 그렇다. 그 대상이란 그 목적과 마찬가지로 완전한 우연이었다. 원래의 감정은 가장 거친 것조차 적에게 향한 것이 아니었다. 그

235

유혈의 소산은 오로지 내면의 발산이며 새로이 태어날 수 있기 위해 광분하여 죽이고, 말살시키고, 죽어 버리려고 하는 영혼의 발산이었다. 한 마리의 거대한 새가 알에서 나오려고 투쟁하는 것이었다. 그 알은 이 세계였고, 따라서 이 세계는 산산이 부서져야 했던 것이다.

우리가 점령한 농가 앞에서 어느 이른 봄날 밤 나는 보초를 서고 있었다. 가끔씩 미풍이 불고 있었다. 높은 플랑드르의 하늘에 구름떼가 몰려가고 있었다. 그 구름 뒤 어디쯤엔가 달이 떠 있는 것 같은 예감에 나는 온종일 불안에 떨었다. 왠지 모를 근심이 내 마음을 어지럽혔다. 지금, 지정된 어두운 내 자리에서 보초를 서며 나는 간절하게 내가 지금껏 살아온 삶의 영상들과, 에바 부인과, 데미안을 생각했다. 한 그루 포플러에 기대어 요동치는 하늘을 응시했다. 남모르게 움찔거리는 하늘의 밝은 빛이 곧 솟구치는 커다란 상의 행렬이 되었다. 내 맥박이 기이하게 엷어졌고, 내 피부가 바람과 비에 둔감해졌다. 문득문득 떠오르는 내면의 경각심에 의해 나는 내 주위에 지도자가 있음을 느꼈다.

구름 속에 커다란 도시 하나가 보였다. 거기서 수백만의 사람이 쏟아져 나와 그들이 떼를 지어 넓은 풍경 위로 퍼져갔다. 그리고 그들한가운데서 머리에는 빛을 뿜는 별을 달고 있는, 산처럼 크고 에바 부인의 표정을 한 힘찬 신의 모습이 나타났다. 그 모습 속으로 인간의 대열이 거대한 동굴 속으로 빨려들듯 사라졌다. 여신은 바닥에 앉았다. 그녀 이마에 박힌 점이 환하게 빛을 내고 있었다. 꿈이 그녀를 지배하는 듯 보였다. 그녀가 두 눈을 감았다. 여신의 큰 얼굴이 고통으로 일그러졌다. 갑자기 그녀가 맑고 높은 소리로 비명을 질렀다. 그러자 그녀의 이마에서 별들이 튀어나왔다. 수천 개의 빛나는 별들이. 그 별들은 찬란한 포물선을 그리며 검은 하늘 너머로 휘익 떨어졌다.

그 별들 중의 하나가 날카로운 소리를 내며 똑바로 나를 향해 날아왔다. 마치 나를 찾고 있는 것 같았다. 그러더니 별은 요란한 소리를 내며 수천 개의 불꽃으로 쪼개져 나를 획 끌어올렸다가 다시 땅바닥으로 내동댕이쳤다. 천둥 같은 소리를 내며 내 머리 위에서 세계가 무너졌다

나는 포플러나무 가까이에서 흙과 상처로 뒤덮인 채 발견되었다.

나는 어느 지하실에 누워 있었다. 머리 위로 포탄이 퍼부어지고 있었다. 나는 어느 수레에 누워 덜컹덜컹 빈 벌판을 지나갔다. 대개 나는 잠을 잤거나 의식이 없었다. 그러나 깊이 자면 잘수록 무엇인가가 나를 끌어당김을, 나를 지배하는 주인인 어떤 힘을 내가 따르고 있음을 더 격렬하게 느꼈다.

어느 외양간 짚더미 위에 나는 누워 있었다. 어두웠다. 누군가가 내 손을 밟고 갔다. 그러나 나의 내면적인 것은 앞으로 더 나아가려 했다. 더 강하게 그것은 나를 끌고 갔다. 다시 나는 수레 위에 누웠다. 나중에는 들것 혹은 사다리 위에 누웠다. 점점 더 그 어딘가로 가라고 명령받고 있음을 느꼈다. 그리고 나는 마침내 거기로 가려는 충동 외에는 아무것도 느끼지 못했다.

마침내 나는 목적지에 도착했다. 밤이었다. 나는 의식을 분명이 되찾고 있었다. 이제 막 내 안의 끌림과 충동이 힘차게 느껴졌던 참이었다. 이제 나는 넓은 홀 바닥에 깔린 자리에 누워 있었다. 내가 부름을 받은 곳에 와 있다는 느낌이었다. 주위를 바라보았다. 내 매트리스 바

로 곁에 다른 매트리스가 바싹 붙어 놓여 있었고, 누군가가 그 위에 있었다. 그 사람이 앞으로 몸을 숙이고 나를 바라보았다. 이마 위에 그 표적이 있었다. 그것은 막스 데미안이었다.

나는 말을 할 수 없었다. 그도 말할 수 없었거나 말하려고 하지 않는 듯 아무런 말이 없었다. 다만 그는 나를 바라보았다. 그의 머리 위 벽에 달려 있는 등불이 그의 얼굴을 비춰주었다. 그가 나를 향해 미소 지었다.

무한히 긴 시간 동안 그는 내내 내 눈을 들여다보았다. 천천히 그가 얼굴을 내게 더 가깝게 밀었다. 우리의 얼굴이 거의 맞닿을 때까지.

"싱클레어!"

그가 나직이 말했다.

나는 그에게 눈으로 그의 말을 알아듣고 있다는 표시를 했다.

그가 다시 동정하는 표정으로 미소 지었다.

"꼬마!"

그가 미소 띠며 말했다.

그의 입이 이제는 내 입 아주 가까이에 있었다. 나직한 목소리로 그가 계속 이야기했다.

"프란츠 크로머, 아직도 기억해?"

나는 그에게 눈을 깜박여 보였다. 미소도 지었다.

"꼬마 싱클레어, 잘 들어! 나는 떠나게 될 거야. 너는 나를 어쩌면 다시 한 번 필요로 하게 될지 몰라. 크로머에 맞서든 혹은 그밖에 다른 일이 생기든. 그럴 때 네가 나를 불러도 이제 나는 예전처럼 말을 타거나 기차를 타고 달려오지 못해. 그럴 때 넌 네 자신의 목소리에 귀를 기울여야 해. 그러면 알아차릴 거야. 내가 네 안에 있다는 것을. 알아듣겠니? 그리고 또 하나 더! 에바 부인이 말했어. 네가 잘 지내지 못하면 그녀가 내게 보낸 입맞춤을 너에게 해주라고…… 눈을 감아, 싱클레어!"

나는 선선히 눈을 감았다. 계속해서 그치지 않고 조금씩 피가 흐르는 내 입술 위에 그가 가볍게 입을 맞추는 것이 느껴졌다. 그리고 나는 잠이 들었다.

아침에 사람들이 나를 깨웠다. 붕대를 감아야 했던 것이다. 마침내 완전히 잠에서 깨어났을 때, 나는 얼른 옆 매트리스로 몸을 돌렸다. 그 위에는 한 번도 본 적 없는 낯선 사람이 누워 있었다.

붕대를 감을 때는 아팠다. 그리고 그 이후에 내게 일어난 모든 일이 아팠다. 그러나 이따금 나는 열쇠를 찾아내어 내 자신 속, 어두운 거울 속에 운명의 영상들이 잠들어 있는 그곳으로 완전히 내려가기만 하면 되었다. 단지 그 어두운 거울 위에 몸을 굽히기만 하면 되었다. 그러면 내 친구이자 지도자인 데미안과 이제는 완전히 닮아 있는 나 자신의 모습을 거기에서 볼 수 있었다.